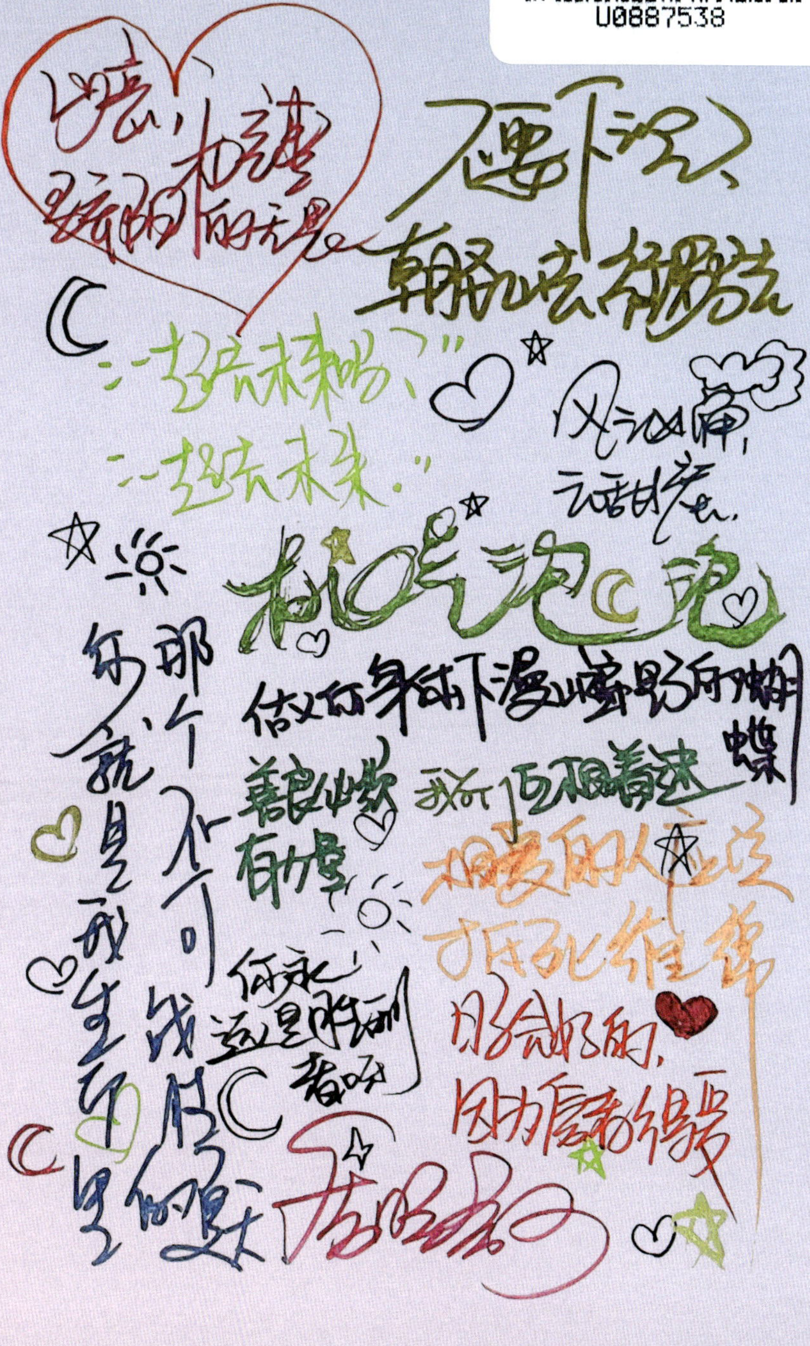

桃气

周晚欲 著

百花洲文艺出版社
BAIHUAZHOU LITERATURE AND ART PRESS

图书在版编目（CIP）数据

桃气 / 周晚欲著. -- 南昌 : 百花洲文艺出版社，2023.6
ISBN 978-7-5500-5167-6

Ⅰ. ①桃… Ⅱ. ①周… Ⅲ. ①长篇小说－中国－当代 Ⅳ. ① I247.5

中国国家版本馆 CIP 数据核字（2023）第 077042 号

桃气
TAOQI
周晚欲 著

出 版 人	陈　波
出版统筹	曾英姿
责任编辑	蔡央扬
选题策划	黄　欢
封面设计	白砚川
出版发行	百花洲文艺出版社
社　　址	南昌市红谷滩区世贸路 898 号博能中心一期 A 座 20 楼
邮　　编	330038
经　　销	全国新华书店
印　　刷	湖南天闻新华印务有限公司
开　　本	880mm×1230mm　1/32　印张 9
版　　次	2023 年 6 月第 1 版
印　　次	2023 年 6 月第 1 次印刷
字　　数	267 千字
书　　号	ISBN 978-7-5500-5167-6
定　　价	49.80 元

赣版权登字：05-2023-103

网址 http://www.bhzwy.com

我想与你一起看烟花落在眉梢上头，
再听着踩雪声一步步走到灯火通明处。

CONTENTS

目录

静谧的校园里，两道人影一前一后地朝操场走去。
男生拎着书包走在前面，步子迈得很大。
女生怀抱书本小跑着，紧跟其后。

认识你以后，我永远在过夏天。

第一章
初见

怎么是你啊

Peach Bubble

陈西桃刚从银饰店出来的时候，乌云正从远处飘到近前。起风了，空气里弥漫着汹涌的、潮湿的气味，树叶飘荡。

室友楚童发消息给她："带伞了吗？"

她回："用不着。"

对方又说："嘚瑟吧你。"

她回了个微笑的表情，又问："你给我送？"

对方发了个语音："放着宋明扬不用，要我跑什么腿啊！"

陈西桃按住语音键，故意沉默了十几秒，才在最后特别欠揍地回了句："哎哟哟，真酸哪。"

陈西桃退出聊天界面，去看微信列表，和宋明扬的最后对话停留在上午十点十三分。她告诉他要去打耳洞，他问她要不要陪她，她说都行。

他回："那你打好之后拍个照给我看看。"

她回："行。"

但她不会给他拍的。当然，他也不会追问。

陈西桃收回手机，看了一眼渐阴下去的天色，准备穿过广场到另一头乘地铁回校。

走到花坛的时候有电话打进来，她看了一眼来电显示，按下接听。

"喂，王老师。"

"喂，西桃，你干吗呢，今天在校吗？"

"我在外面呢。"陈西桃正巧走到广场中间的喷泉处，喷泉没开。

这天是周天，旁边的空地上有不少玩旱冰、滑板的男男女女，板子摩擦地面的声音此起彼伏。她捂了一下听筒又补充了一句，“不过现在正回校呢。”

王老师“哦”了一声，接着说：“是这样的，之前我们说的那个帮人做辅导的事情，今天那边跟我联系了，说想见一下你，如果合适呢，就把这事定了。”

陈西桃不自觉地顿住脚步：“什么时候见面，现在吗？”

“她约的晚上八点，会不会太晚啊？不过这也没办法嘛，人家做生意的都忙……现在才六点，你收拾一下应该来得及吧？”

陈西桃看了一眼手机，还差五分钟到六点整。风把她的头发吹得乱糟糟的，她小心地拂开乱发，小拇指不小心碰到了耳朵，传来一股胀胀的疼。

她刚打完耳洞，耳朵肿得宛如八戒。为此，她对见面这事有点犹豫。就在这时，身后忽然传来一阵惊慌的叫喊：“让开！让开！”

她闻声，迟疑地回头，猛地倒抽了一口气。对面有一个男生踩着滑板如离弓飞矢，直愣愣地冲她而来。

随后滑板摩擦地面的声音、膝盖磕地声、手机摔地声相应而起……

倒地后有几秒钟，她的大脑是空白的。

身后忽然响起男生的咒骂声。

陈西桃这才反应过来，好疼。身体上不用多说，主要是耳朵，不知道怎么被碰到了。她疼得皱眉，小心翼翼地去摸耳洞，黏腻的液体落到指尖。

果然，出血了。

陈西桃压着火小声地骂了一声，拧着眉转头，看到肇事男生背对着自己从地上站起来。不远处一群看热闹的少男少女，或踩着板子，或大大咧咧地坐在地上，其中不知道是谁喊了一句：“你到底行不行啊？丢人现眼！”

男生拍了拍身上的尘土，朝对方骂了一句，又漫不经心地转头去看陈西桃。

喷泉在他转头的那一瞬间忽然喷涌而出。

密密麻麻的水柱，恍若烟火纷纷，乱落如雨，“哗啦啦”淋了人一身。

男生站着，而陈西桃还坐在地上。

他们隔着水帘对视，两个人都看不清彼此的表情。

那帮看热闹的人又喊了一嗓子："孟亓！你傻了！快出来！"

九月中旬的北方傍晚虽谈不上冷，但水花凉。孟亓回过神，忙不迭地走到陈西桃面前，迟疑了一下，才将她拉起来，然后又俯身捡起地上被他撞掉的手机。

逃离水幕后，孟亓看了一眼碎了的屏幕，又转头淡淡地扫了一下陈西桃，随意地说："我赔你钱。"

陈西桃没接手机。她脸色阴郁，微眯着眼看向眼前的男生。

他穿经典款的V家板鞋、破洞牛仔裤、白色印花T恤。再看脸，圆脸、下垂眼、薄唇、高鼻梁，头发有些遮眼。以她的审美来看，长相还可以。

她对上对方的眼睛，发现他也在打量她。

陈西桃这天穿的黑色牛仔短裙，上面配休闲款的白色紧身上衣，一淋水，里面的粉色内衣尽显。她反应过来，一把抽走手机，没好气地说："看什么看？"

这把孟亓噎了一下。他原本没往那方面想，闻言不由得又看了她一眼。

他笑了："其实，也就那样。"

他的语气懒懒的，说完话扬着下巴睨她。

陈西桃原本正摆弄自己那可怜的手机，闻言，目光里浮起一丝厌恶的情绪。

这人一看就是小屁孩儿，还非得装成大人的样子，在她眼里很可笑。她双手抱胸站定，微微仰头看孟亓："一千五百元。"

"什么？"

"换屏官网报价一千五百四十九元，看你年纪小，给你抹个零头，一千五百元。"

陈西桃盯着孟亓，笑意不深，但笑得舒坦，明里暗里都透着一股"欺负小孩儿"的意思。

可孟亓只顾看她下巴上挂着的那颗晶莹的水珠。

那颗摇摇晃晃的珠子，随着她讲话的颤动坠落在地上。

孟亓再将目光移到她的脸上，蓦地想到数学课上偷看的那本漫画的女主人公，小脸、大眼睛，眉宇之间有幼态，乍一看是邻家少女，可偏偏她左眼下面有颗痣，一下子就多了点不善良的意味。

孟亓也学她那样双手抱胸："我现在没那么多钱。"

"没钱你说赔？"陈西桃呛声一句，不耐烦地拨了一下头发，并不打算放过他，"快点，我还有事。"

孟亓这才看到陈西桃两只耳朵上分别挂着四个银色耳钉，每个耳洞里都渗出红色血珠。

他的眼神暗了暗，说："等我一下。"

他转身往伙伴们那边去，大家嘻嘻哈哈地打趣："怎么样啊？看你们聊半天，哥们儿都没好意思过去凑热闹。"

周问渠是这帮人的头儿。他先调侃，其余人也都笑着揶揄孟亓。

孟亓管不了那么多，冲着正喝水的那人喊了句："小马哥，给我转个账。"

"咋了？"马轩抬眼问。

"把人家的手机摔烂了。"孟亓侧身又看了一眼站在原地的陈西桃，抓了一把湿发，说，"快点，风大，别叫人家等急了。"

陈西桃刚才没在意，这会儿一个人站在这边，才发觉风比刚刚吹得更凶了，鸡皮疙瘩起了一胳膊，耳朵还一跳一跳地疼。她不敢碰也不敢看，只双手抱胸站着看那边人堆里的孟亓。

男生很快跑过来，说："手机。"

陈西桃早就拿出自己的另一部手机，点开支付宝，没多废话："你扫吧。"

"叮"的一声，他扫码成功。

陈西桃一看，成功到账一千六百元。

"多一百块钱？"陈西桃睨孟亓。

孟亓以同样的姿态看她："酒精钱。"

陈西桃一愣，旋即满意地点头："你还算有眼色。"

"这下不欠你了。"孟亓低声说。

陈西桃把手机放回包里，头也没抬："走咯。"

眼见陈西桃往地铁站走去，孟亓打了个喷嚏，揉了揉鼻子。

马轩走过来，拍了一下他的肩："眼珠子快掉出来了！"

孟亓收回目光，骂了句“放屁”，话音刚落，手机就响了。他拿起一看，是他那不着家的妈。

他点接听，对方说了句什么，他的眉头皱起。

他挂了电话，马轩问：“怎么着，今天摔成这个熊样，还学不学了？”

孟亓给了马轩一拳：“不玩了，老妈又有事安排我了。”

风呼呼地吹着，天更阴了。马轩点点头：“得，我看要下雨了，各回各家各找各妈吧。”

陈西桃落汤鸡一样地回到宿舍。

楚童正在床上追剧，听见门响了，掀开床帘露出脑袋，大吃一惊：“外头真下雨了？”

陈西桃摘下手腕上的电线圈头绳把湿发扎起来，俯身照了一下镜子，没好气地说：“是我心里下雨了。”

解释刚才那个意外陈西桃都觉得累，当务之急是处理耳洞上的伤。

她打开桌上的酒精，拿棉签沾了沾，却怎么也没勇气往耳朵上涂。

楚童走过来看了一眼，啧啧两声：“你也真敢打，一下就八个耳洞，以后要是结婚，宋明扬买三金不得心疼死。”

陈西桃没工夫和楚童斗嘴，手拿棉签对着镜子龇牙咧嘴。楚童说了句“真笨”，然后接过棉签帮她涂好，又挤了点红霉素软膏给她涂上。

随后陈西桃到浴室简单地冲洗了一下，问楚童借了件白衬衫，没化妆，直接拿了包和伞出门。

到白马庄园的时候是七点五十分。

陈西桃摁了门铃，有用人带她进屋。

她换好鞋子在沙发上坐下，静静地打量屋子里的摆设，房间整体设计很现代，家具设计颇有线条感，窗帘是A家新款，配色高级。

不难看出这家人的品位与实力相得益彰。

打量之中，门响了，陈西桃站起来，见一位穿白色西服套装的女人走进屋，用人从厨房走出来接过她的包：“孟敏，你回来了，她已经到了。”

孟敏点点头，说："杨姨，你去喊他下来。"

说完，孟敏朝陈西桃走过来。她的眼神晃了晃，公式化地扯了个笑容说："不好意思啊，路上下雨，堵车了。"

孟敏的头发绾着，远看干练从容，精致无比的样子。离近了才看出她脸上微小的细纹，以及她微微发福的腰腹。

岁月公平，谁也不能幸免。

这令孟敏沾染了几分烟火气。

陈西桃不由得放松了下来，笑说："理解。"

孟敏的目光一直落在她身上，顿了顿，说："请坐。"

陈西桃顺势坐到刚才的位子上，从包里掏出资料递给对面的孟敏。女人拿起来边看边问她问题，两个人交谈起来。

三五分钟的样子，身后的电梯忽然"叮"了一声，陈西桃礼貌地站起来，一转头，愣了下。

"怎么是你？"

男生瞪大了眼，怀里的猫咪抻出脑袋"喵"了一声。

孟亓从广场回到家，发现孟敏还堵在路上，他淋了水，便先上去冲澡。

随后抱着叮当准备听一段相声解闷，就听杨姨敲门问："亓亓，你妈妈说要你先下去看看。"

孟亓想都没想："不去。"

"亓亓，你就下来吧，我帮你看了，这回的同学看着比之前那些老头子舒心多了，你妈妈真是按照你的要求托朋友找的。"

孟亓逗猫的手顿了顿。

高三了，孟亓的学习还是倒数。他倒是不急，孟敏却到处托朋友给他辅导上课。

不过他要么逃课，逃不了就在课上玩手机、睡觉，总之就是油盐不进。高三开学半个月，请的老师都被气跑了。

孟敏忍无可忍，一本正经地问他："到底什么样的人才能合你的意呢？"

孟亓吊儿郎当地说："好歹找跟我同龄的吧，你给我找的都是大叔大爷，别说提高了，我物理十二分都还有下降空间，你信吗？"

没承想孟敏还真是绞尽脑汁给他找了一个。

孟亓突然有点好奇。他改了主意："成啊，我下去会会他。"

他懒洋洋地抱着叮当下了电梯，见到人，傻眼了。

"怎么是你啊？"孟亓脱口而出。

孟敏狐疑道："怎么，你们认识？"

孟亓似笑非笑，等着对面的女生回答。

陈西桃下意识地咬了咬唇，在见到孟亓的那一刻她实在是吃了一惊，可一见男生欠揍的表情，她反倒稳了心神。

搞什么，她会在一个高中生面前露怯？

"你认识我吗？"陈西桃的样子无辜，天真地看着孟亓笑。

"我……"

孟亓心想：行啊，挺会装模作样，那我陪你玩玩。

于是他干咳了一声："可能认错人了。"

孟敏用眼神示意孟亓过来坐，又补充，"人家和你是一年的，今年以烟城理科状元的身份上了'熙大'。"

"你也是二〇〇二年的啊？"孟亓撸着猫，看似随意地瞥了陈西桃一眼。

陈西桃笑都懒得笑，空有礼貌的面具："嗯，我上学早。"

她不是不在意这个事情。

虽然是朋友帮忙，但对方还是会给一些辛苦费，一周就能赚两千元。这样算来，只要一个月她就能攒够去M国的机票钱。

只是……她要面对的这位学生显然不是个踏实学习的料，加上几小时前的插曲，他这会儿指不定打什么坏主意呢。

人都喜欢拣软柿子捏，陈西桃清楚，她表现得强势一些，日后他才不会为难自己。

孟亓没陈西桃那么多心思，刚刚下电梯看见她的震惊到现在还在心中回荡。

孟亓觉得真有意思，心里隐隐期待起什么来。

这边孟敏又继续和陈西桃交流，孟亓抱着那只叫"叮当"的布偶猫，被晾在一边，顺手拿起桌上的苹果，"咔嚓咔嚓"地吃起来。

孟敏扭头白了他一眼，可惜收效甚微。她又转头看陈西桃："您别介意，他我行我素惯了。"

陈西桃礼貌地笑笑，没接话。

孟敏又看了几眼资料，静了几秒，笑着说："不瞒您说，您比我想象中年轻。"

陈西桃的心跳快了几拍。

与年轻相关的都有什么？不外乎经验的多少、能力的大小、容貌对人的吸引程度。

不知道孟敏注重的是哪一种。

孟敏接着问："冒昧问一下，您有男朋友吗？"

对面吃苹果的声音戛然而止。

陈西桃愣了愣，说："有。"想了想，她又说，"您放心，这个不会对我们有影响。"

"您别误会，我担心的不是您，而是孟亓，这小子浑惯了。"孟敏有礼貌地解释道。

"说什么呢？"有人不痛快了。

孟亓这么说着，怀里的猫"嗷呜"一声，从他怀里挣脱。

他又嚼了一口苹果，说话含混不清，懒懒地打量陈西桃："再说了，谁知道她辅导得怎么样，我还没同意呢。"

孟敏带着浓重的威胁意味瞥了孟亓一眼，又对陈西桃笑："明天晚上六点过来试试吧，今天太晚了，我先让司机送你回去。"

"多谢。"陈西桃拿包起身，从头到尾都没看孟亓。

目送陈西桃起身走了，孟敏解下头绳把头发散下来，不再那么"女强人"，母亲的特性就冒了出来。她回身看向瘫在沙发里的儿子："这回是按你的要求找的，再找事，你就给我滚！"

孟亓又把叮当抱起来，和它亲昵，不应声。

孟敏恨铁不成钢："我刚刚都没脸提，人家以前和你是一个中学的，现在是'熙大'的高才生！你说你怎么上高中以后差那么多？白市师资不比烟城差吧？"

孟亓逗猫的手顿了一下。他看了一眼资料，又抬头看孟敏，却答非所问："你怎么胖了？"

孟敏顿了一下："有吗？"

"有啊。"孟亓抱着叮当站起来，边往电梯走边说，"衣服扣子都有点崩。"

孟敏下意识地低头看了一眼衣裳，再抬眼，孟亓已经进了电梯，她吼："谁和你讨论我胖瘦的事了……"

晚上九点多，陈西桃回到"熙大"后，先到医务室买消炎药。校医看了一眼她的耳朵，再三强调"千万别沾水"。

她打开微信付款的时候，才看到宋明扬发消息过来："你人在哪儿呢？"

陈西桃回："医务室。"

消息框上写着"对方正在输入中"。

陈西桃把屏幕摁掉，付完款从医务室回宿舍，半路上迎面碰见了宋明扬。

宋明扬也看见了陈西桃，便在路边站定等她朝自己走过来。

他身后有一棵桂花树，风吹过，淡黄色的小花簌簌坠下，有些落在他的发梢、肩头，他并不去拂。

陈西桃蓦然想起曾经在自习课上偷读的金庸，其笔下有"形相清癯，风姿隽爽，萧疏轩举，湛然若神"十六个字，她从见到宋明扬的第一眼，就觉得这应该是形容他的。

她走近后，宋明扬问："怎么回事？"

陈西桃回："耳朵发炎。"

宋明扬微微俯身看了一眼："一下子打了八个，不发炎就怪了。"

"十八岁生日没打成，我现在补回来，也算最后疯狂一把。"陈西桃边走边笑，又问，"吃饭了吗？"

宋明扬静了静说："本来想喊你一起吃晚饭的，你没回消息，就和刘臣他们一起吃了。"

刘臣是他的室友，他们都比陈西桃大一届。

陈西桃扭头与他对视了一眼，说："那就行。"

九月的晚风微凉，空气中雨气弥漫。陈西桃和宋明扬提起帮人辅导的事，两个人一路聊到女生宿舍门口。

第二天一早有课，刘淼和纪雨欣起得早，先去餐厅买早饭。她们出门的时候陈西桃和楚童还趴在床上，一个说“帮我捎两个包子”，一个说“照烧鸡腿饼，谢谢”。

两个姑娘挨到快迟到才不得不起床，简单地洗了把脸，拿上书，狂奔至教学楼。

到教室也没来得及吃东西，一上午饿得不行。

下课后陈西桃和楚童忙往餐厅赶，刚走到教学楼外面的花坛，就碰见刘臣在垃圾桶旁站着。

楚童的脚步一下子就顿住了。她拉住陈西桃的胳膊，双眼冒光：“你说他长得也不算帅吧，怎么那么有魅力呢？浑身散发着荷尔蒙！”

陈西桃无语，抽走胳膊继续往前走。离刘臣两米远的时候，他看见了陈西桃二人，淡淡地说了一句：“下课了？”

陈西桃点点头，问他：“等人呢？”

“等阿宋呢，迎新晚会快到了，一会儿要去彩排。”刘臣逆着光站着，陈西桃看不清他的表情。

楚童适时接话：“刚才听班长说，外联部也有活动？”

陈西桃的脸色变了变。

刘臣补充：“明月今天不在，她有别的事在忙。”

原本没人说什么，他这么一解释倒是让提起这话题的楚童尴尬了。

楚童打哈哈，笑：“那什么，你们篮球队的也太辛苦了。不过锻炼越多人越精神啊，刚刚桃子还夸你呢，说你有魅力。”

刘臣闻言看了陈西桃一眼。

陈西桃尴尬地咳了一声，说：“饿死了，你先等他吧，我们先走了。”

说完就拉着楚童闪退。

等两个人拐到另一条路上的时候，陈西桃抓住楚童的后脖子咬牙切齿地说：“你神经病啊！”

楚童嘻嘻一笑道：“就允许你故意发空语音给我，还不许我逗逗你啊？”

“刘臣和宋明扬好得像穿一条裤子似的，你这玩笑开得，不知道的还以为我对刘臣有什么非分之想呢！”陈西桃愤愤地道。

“哎？”楚童忽然正经，“有非分之想的不一定是你，那个许明月怎么老和宋明扬在一起啊？你不是说他们以前就是好朋友？万一……”

许明月和宋明扬是一届的，他们高中的时候关系就还行。

陈西桃顿了一下，走了几步又说：“我都没想歪，你歪个什么劲？”

这话在楚童听来是嘴硬，但她最会见好就收，也没继续说什么，揽着陈西桃的胳膊快乐地觅食去了。

下午的时候陈西桃去书店买了几本高三数学的资料，付款之后点了咖啡在窗边研读。

窗外有三个追风少年，骑着变速车疾驰而过。

有人喊了句：“小马哥，拐弯！”

三个男生拐到另一条街上停下来，到路边的奶茶店买喝的。孟亓要了杯去冰多糖的桃气泡泡，又转头问伙伴：“今天我请客，你们喝什么？”

马轩连忙说：“点杯双响炮，少糖，谢谢。”

路飞宇说：“肚子疼，就不喝了。”

孟亓无语：“还肚子疼，跟小女生似的。”

三个人互相调侃了一通，这边叫到号了，马轩取了一杯，先插上吸管喝了两口。

孟亓特神秘地对马轩说：“我妈又给我找了个人辅导。”

马轩“嗬”了一声，笑问：“看你这一脸贱样，是不是又打坏主意呢？”

孟亓讳莫如深：“等着吧。”

晚日低霞绮，微风徐徐，沁凉甘甜的桃气泡泡喝得见底，吸管发出咕噜噜的声音。

想到晚上的辅导课，孟亓浑身的细胞也都清爽了起来。

第一次辅导，陈西桃早早就来到孟亓家。

家里只有杨姨在，她到沙发坐下，杨姨给她端了杯水，笑说：“陈同学，孟敏临时有事，今天回不来了，孟亓……可能一会儿就到了。”

众所周知，“一会儿”，是最没有时间观念的词语之一。

陈西桃瞬间心领神会，但还是双手接过水杯，尽力让自己看起来很大度。她笑笑说：“没关系，我等他就好。”

结果一等就是一个小时。

孟亓挎着书包，吹着口哨进了门，一眼就看见沙发上坐着个人。

他暗笑了一下，提高嗓门，装模作样：“你怎么在这儿？”

陈西桃站起来，理了理不合身的衬衣。她心里憋着火，可她知道面前的男生最想看到她什么样，于是忍下来，温和地笑笑道：“你回来了。”

孟亓的目光闪烁：“哎呀，我差点忘了，你今天来辅导啊？”

陈西桃依旧在笑，特别贴心：“现在想起来也不晚，你收拾收拾，我们开始吧。”

二人一来一回，打着太极。

孟亓摸了摸下巴，说：“不急，我先冲个澡，你随意啊。”

他说完，并不理会陈西桃的反应，便自顾自上了楼。

他唱着歌，冲着澡，回想起陈西桃昨天像只落水的野猫，牙尖嘴利吼他“看什么看”，现在心里不爽却不能发作，他就心情好得不得了。

陈西桃目送孟亓上楼。

这时杨姨送来一个果盘，她没客气，直接端进孟亓的书房吃。

书房里的书不少，全在书柜里整齐地摆放着，书桌上却没有一本书。有一排哆啦A梦模型静静地躺在桌面上，依次向左摆着台灯、多肉，和一个放着孟亓和孟敏合照的相框，照片里的母子俩笑得看不见眼睛。

孟亓生了一双下垂眼，不笑的时候气质阴郁，笑起来倒有点呆萌。

陈西桃嚼着苹果，忍不住嗤笑了一声，想想他刚才进门之后欲盖弥彰的幼稚样子，觉得还是照片里的样子更贴合他。

孟亓推门而入就看见陈西桃的这一抹笑，愣了一下，眼眸沉了沉。

她到底是真不生气，还是装的？

“你挺放松。”孟亓说。

陈西桃放下水果叉，悠闲一笑：“来了，开始吧。”

孟亓当然懒得听。

陈西桃却不恼，放下课本，拿了份卷子给他："这份是基础卷，你做一下，我看看你的水平。"

孟亓看都没看："不会。"

陈西桃想都没想："不会也得做。"

孟亓大咧咧地坐下，见陈西桃硬气，静了两秒才说："行，我做。"

陈西桃没有感情地对着他扯了一下嘴角。

孟亓跷着二郎腿，托着腮，也没看试卷，就以一秒钟一道选择题的速度写下选项。

一张数学试卷的标准答题时间为一百二十分钟，孟亓大概只用了一分二十秒就把卷子做完了。

陈西桃知道孟亓想气她，她偏不中招，平静地拿起试卷批改，红笔在试卷上书写的速度比孟亓的做题速度还快。

孟亓叉了一块西瓜吃，看到面前的姑娘坐在灯光下认真专注的样子，觉得眼睛痒痒的。

他的头发还湿着，有滴水从发梢落进眼睛里。他狠狠地揉了揉，只听陈西桃问："你觉得你能考多少？"

"我又不是算命的，我上哪儿知道去？"

"猜猜。"陈西桃坚持问。

"嗯……十五分吧。"孟亓吊儿郎当。

陈西桃"呵"了一声："你要是把你猜分的能力放在蒙选择题上，也不至于就对了三个吧。"

孟亓无语："三个！不少了，姐姐！"

看来他还是低估了她的承受能力，早知道就对一个，看她怎么办。

陈西桃没什么情绪波动，又把试卷看了一遍，就掏出书本准备给孟亓说一下辅导计划。可再抬眼一看，他正拿着手机打字呢。

陈西桃放下书，静静地看着他，并不出声制止。

孟亓等了十来秒，才装作发觉了陈西桃的目光，道："看我干吗？"

陈西桃："……"

"我出去拿瓶喝的，你要吗？"孟亓没事人一样。

陈西桃压住火，低眸，又抬眼，笑说："不用了，谢谢。"

孟亓手插裤兜出门了。

陈西桃在他出门的瞬间，猛地深呼了一口气，轻拍胸口顺气："不生气、不生气！气死没人替！"

孟亓再进门的时候陈西桃如常坐在原地，小口地吃着水果，听见门响，居然对他一笑："来了。"

孟亓的目光闪了闪。

她眉宇之间有幼态，笑起来自带天真，可她眼下的那颗痣又显得有点心机。这两种相悖的气质碰撞时，让她的气质里多了一分"邪"，整个人都显得别有用心。

其实陈西桃就是单纯笑了一下，如果说有其他意思，也就是想给自己打个气而已。

她喊："孟亓。"

陈西桃第一次这么严肃地叫孟亓的全名，他更坚信她不怀好意，忙问："你想干什么？"

"根据你的考试情况，我给你说说接下来的计划。"

"恐怕不行。"孟亓一口回绝，"我等会儿有约，要不你今天先回？"

孟亓说完就去观察陈西桃的脸，她没什么情绪波动。他沉了沉眼眸，赶她："我就给我妈说你的辅导很好。"

陈西桃松开拳头，不想再给自己找气生，又想起了什么，打开微信说："好，周二、周六我会准时过来，先加一下微信吧。"

孟亓愣了一下才反应过来："我扫你吧。"

加完好友之后，陈西桃俯身开始收拾东西。

孟亓站在旁边打了个汽水嗝，漫不经心地问："你几月的？"

"嗯？"

"几月出生？"

"四月。"

"我十一月。"

陈西桃没明白孟亓什么意思，"哦"了一声，又将包提起来，不小心碰到放在书桌旁的矮几上的几本科幻小说。

"别动！"

书掉了之后，孟亓忽然奓毛，大跨步走到陈西桃旁边，攥住了她想要拾起书本的手。

两个人俯身弓腰对视着，最后陈西桃抽回手，先站直，说："我不是故意的。"

孟亓的姿势不变，抬脸看她，夸张地扯了个笑，说："没事，你慢走啊。"

他笑得她心里怪怪的，直发毛。

陈西桃不等他再有表示，头也不回地就出门了。

看着女生的背影消失，孟亓长长地舒了一口气。

地上散乱着三本《三体》和一个黑色封皮的本子，本子里面夹着的一张照片露出了一角。

孟亓将本子拿起来，上面没有落尘，但他还是小心轻拂了两下，又将它打开，把照片轻轻抽出来。

照片里有六个穿着校服，手握奖状的男女，中间的女生留着齐刘海、扎着马尾辫，不苟言笑，她旁边的男生则笑出一排牙齿。

孟亓喃喃吐槽："孟亓，你露牙笑蠢死了！"

他又摸了摸照片里女生眼下的小痣，心想：还是留刘海漂亮点。

第二章
冤家

以眼还眼，以牙还牙

地铁的风总是迅疾又汹涌，就像家乡的海风，能轻易卷走所有的思绪。

陈西桃的头发飘荡在身后，两只红肿未消的耳朵不美观地暴露在空气里。她身上宽大的衬衫被风吹得鼓鼓一团，风贴着腰腹赶往胸前。

楚童那边歌声绕梁：“就差你了，还能不能过来了？”

陈西桃回：“下地铁了，马上到。”

五分钟后，她站在绿岛的包间里。

屋里音乐震耳，汹涌的烟味涌入鼻腔，楚童穿着露肩短裙正和刘淼贴身热舞。

除了他们，还有班上其他人，这天是班长的生日，大家都玩“嗨”了。

楚童一支舞跳完，才看见坐在沙发上嗑瓜子的陈西桃。她摇了摇头：“你怎么把我好好的衣服穿成男款了？”

陈西桃顺手抓起一把瓜子就朝楚童扔过去：“还说嘞，你能不能减减肥？衣服那么大，一点型都没有！”

陈西桃爱美，不喜欢太死板的衣服，衣橱里多是风格迥异的衣裙。

这两回去孟亓家，为了体现辅导的认真程度，她都是借的楚童的衣服，这会儿她穿不合身的白衬衫，长及脚踝的黑色牛仔裤，在争奇斗艳的人堆里，显得有点土。

不过这也没什么，毕竟都是一个班的，自己人嘛。

可是如果出现别人那就不一样了。

生日会正式开始之后，不知道是谁起的头，开始互砸蛋糕。陈西桃未能躲过，头发上被抹了不少奶油，便独自去卫生间清理。出门刚拐了个弯，便碰见两男一女并排迎面走过来。

陈西桃的身体瞬间僵了一下，顿在原地。

对面三个人的反应与她如出一辙。

陈西桃静了一秒后走上前，仰脸弯眼，对宋明扬笑道："你也来玩呀？"

宋明扬的反应很快，笑着摸了摸她的头："给谁过生日呢？"

他总是喜欢反问她。

陈西桃挽上他的胳膊回答："我们班的班长。"

"阿宋，快点吧，我们该进去了。"说话的是刘臣。

陈西桃抬眼看过去，见刘臣一身运动装，神采奕奕。她对他一笑，目光又移到最边上的女生身上。

"明月，你也来了。"

"嗯，今天他们寝室团建……我过来凑个热闹。"

许明月说话的时候眼神飘忽不定，最后移到陈西桃的衣服上，没话找话："怎么来玩还穿这么严实啊？"

"……"

许明月的长相算不上美女，可身材极好，加上会穿衣服，有点小风情。

这会儿她穿吊带包臀裙，辣妹一个，一下子就把陈西桃比下去了。

陈西桃有点不是滋味，还好这时候她的手机响了。

宋明扬说："那你忙吧，我们先过去，你一会儿有空去我们那玩会儿。"

陈西桃笑说："好啊。"

刘臣先一步越过陈西桃走了，宋明扬和许明月并肩紧随其后。

他们离开后，陈西桃上扬的嘴角瞬间拉平。

她在原地接听电话，是继母打来的。她总是每隔一两天便会来一通电话，当然，每次都是开个场，电话就会被父亲或弟弟拦截。

陈西桃没什么兴致应付家人，她看向宋明扬三人消失的长廊，静了静，哑然失笑。

人总喜欢粉饰自己，先说服自己的良心，再原谅自己的行为，于是对别人再差劲都能心安理得。

就像宋明扬那句“一会儿有空过去玩”听起来多坦诚。既然如此，他为什么事先从未告知她这件事？刚才邀请她，却又不告知房间号。

这样想来，宋明扬的邀请，还没有孟亓一句“一会儿我有约”的逐客令坦诚。

这段感情，食之无味，弃之可惜。

可她早已经筋疲力尽了。

陈西桃的耳洞比想象中恢复得快。

早晨楚童帮她涂酒精的时候说：“桃子，你的自愈能力比我想象中强，前天我帮你上药的时候，你那耳朵像红烧猪耳一样，可今天就基本不肿了。”

陈西桃闻言，对镜端详了一会儿。果然，耳朵已经不肿了，唯有四个耳洞处有些突兀的红，就像白色平原上绽放的红花。

她对此很满意，说要庆祝一下，所以中午请寝室的姐妹们吃了黄焖猪蹄。

这天课很满，陈西桃下课之后就直奔孟亓家了。

她到的时候孟亓还没有放学，杨姨领她到负一层的下沉式庭院见孟敏。

这个庭院没有她想象中大，中等面积，很适合办个中小型派对。

孟敏正在看文件，陈西桃离近了她才停止翻阅。

“听说你昨天给孟亓考试了，他怎么样？”落座之后孟敏问。

陈西桃说：“考得很差。”她并不为孟亓的表现掩饰，顿了一下又笑，“不过如果考得很好，我也就没必要在这里了。”

孟敏笑：“这话倒是不假。”

接下来两个人聊了会儿天，直到天际有一颗星星擦亮。晚风轻拂，温柔的场景下，人总是容易放松，一旦放松便容易生出感叹。孟敏忽然提及：“好久没这样闲下来看会儿星星了。”

孟敏笑：“你才来白市上学不知道，白市就属秋天最好了，就是有点短，不过正是因为这样才更好了。”

陈西桃笑，不知道该说什么。

孟敏似乎也并不需要她的回应，又说："唉，想起来，我竟在白市单打独斗十五年了。"

陈西桃上网搜过孟敏，她没有配偶，独自经营一家外贸公司，前几年业绩惨淡，近五年气势如虹。

一个单身女人，在白市这样寸土寸金，摔一跤就能把人跌碎的地方，身家清白，勤苦自立，咬牙拼出了一亩三分地，足够令人敬佩。

孟敏没有聊太久，对陈西桃毕竟没有那么熟，她的温柔一闪而过，很快又恢复理性的模样。随后她给孟亓打了个电话，得知孟亓去广场玩滑板了，勒令他马上回家。

孟敏的话还是奏效的，没一会儿孟亓就回家了，陈西桃先到书房等他。

孟亓拿了个脆桃进门，边啃边说："跟你商量个事。"

陈西桃抬眸看他："说。"

孟亓笑："以后上课，我们各干各的成吗？我不给你添麻烦，你也别给我添堵。"

陈西桃没有马上回答孟亓，将他这话思考了一下才说："免谈。"

"钱又不少给你。"

"你听五分钟都好，但是不能不听。何况，你妈妈给我定了目标的，我还是要对这个事负责。"

"我说你怎么那么轴呢？"

陈西桃失笑："你这话说得，我们是辅导和被辅导的关系，不出成绩能行吗？"

孟亓咬桃的动作顿了顿，又说："随你便吧。"

陈西桃摊开课本："我们从高一开始捋知识点。"

半个小时后，孟亓对着课本第六页的集合题皱眉，说："没听懂。"

陈西桃放下课本，咬牙笑道："半个小时了，光集合就捋了两遍了，还不会？"

"不会。"孟亓耸肩，理不直气也壮。

陈西桃深吸了一口气，定定地与孟亓对视了一会儿，最后搞得孟亓先别扭地移开眼。

她起身，走到孟亓身边，俯身，善解人意地笑说：“没关系，你哪里不会，我给你一点点讲，等你会了，我们再讲下一个知识点，今天说什么也得把集合啃下来。”

她离他这样近。

孟亓屏息凝神，不敢正常喘气，更不敢动弹半分。

她的头发垂在他旁边。她每动一下她头发上的香气便往他鼻间涌一下，就像一股股无形的浪纹。

那是种有些沁甜的香气，他好一会儿才回过神，却不知道为什么想起姥爷家院子里种的桃花。白天摘一瓶放在床边的案头上，晚上将睡未睡时，隐隐约约，暗香袅袅。

“孟亓。”

陈西桃冷不丁叫了他一声，示意他认真听讲。

孟亓反应过来，不知道为什么，耳根子一下就红了。

他猛然站起来，胡乱抓了把头发，不耐烦地说：“烦死了，讲的什么破玩意儿，听不进去！”

刹那间，空气都凝固了。

静了一两秒，孟亓回过味来，觉得自己好突兀，不过他迅速给自己找了个合理的解释——他不是一直挺浑吗？发个脾气还不合理吗？

于是他比刚才还恶劣，把书一甩，散漫又嚣张地说了句“不学了”，就摔门而去。

门被摔出震天响，陈西桃气得手上的笔一扔，吐槽：“什么人啊！”

这天又是提前下课的。

陈西桃从楼上下来的时候，孟敏正在吃夜宵，她还没解释，孟敏就明白怎么回事了，便让她先回去。

陈西桃走出孟亓家大门时，手机上的时间刚变成八点。

别墅区总是更静谧一些，夜凉如水，三两只飞虫盘旋于路灯下，旁边的绿化做得很好，草木气随着晚风一点点地飘进心脾。

这让陈西桃的心情好了很多，她没回头，一步步往外走。

她身后的建筑物里，二楼有个窗子发出了明黄色的亮光。孟亓站在落地窗前，看着远处那个单薄的身影渐行渐远。

不辅导的日子，总是过得特别爽。

陈西桃把脚跷在桌子上，给脚指甲涂上暗红色的指甲油，旁边手机视频里的赵明英正在织围巾。她每年都会亲自给家里人织围巾，手艺比街上卖的那些还要好。

她们各干各的，互不讲话。当视频打到十五分二十一秒的时候，陈西桃把涂好的脚指头伸到镜头前，问："漂亮不？"

赵明英莞尔一笑，说："你脚白，涂红的好看。"

说完之后她又继续织围巾。

视频电话是赵明英打来的，可是接听之后，她又和往常一样不怎么讲话，或者是不知道该讲什么，就像是例行公事一样。

陈西桃觉得没意思，要是她亲妈王丽准会说："涂什么涂？！涂一脚甲醛！"

可赵明英是继母，是个让人挑不出错的、贤惠的继母。

又过了一会儿，赵明英终于放下毛线，说："你弟弟快放学了，我去接他。"

陈赵这年刚上小学一年级，正是需要人照顾的年纪。陈西桃说"你去吧"，就把电话挂了。

这时候正好楚童推门而入："桃子，迎新晚会快要开始了，我们过去吧？"

陈西桃说："等会儿，我涂个口红。"

涂好口红之后，陈西桃整个人的状态立刻就不一样了。千娇百媚、楚楚动人，一路上引来不少注目礼。

操场上都是人，台上的舞蹈社正在彩排女团舞，台下有人正试飞无人机。

楚童跳起来给陈西桃指："快看，雨欣现在是中心位！"

室友纪雨欣是舞蹈社成员，陈西桃抬眼一看，她跳的是主唱位。而跳主舞位的也是熟人，前凸后翘，身材极好，不是许明月又是谁。

台下候场的是篮球队，刘臣站在最前面，掏出手机对准许明月，离那么远也看得见他的嘴角上扬着。

一支舞很快跳完，篮球队上场表演花式篮球。刘臣的动作干净利落，比其他人做得都好，楚童为此连连尖叫。

另一头许明月下了场，直奔侧台的音箱那里。陈西桃刚才没注意，这才看到宋明扬也在。许明月拍了宋明扬一下，他转身笑开了，赶忙递水给她。

陈西桃觉得没意思，对楚童说："我回去睡觉了，一会儿班长到了帮我请假。"

陈西桃与歌舞喧嚣背道而驰，一步步踏出热闹之地。

她走出操场，一看，才六点多。

她这天化了全妆，又穿了新买的牛仔裙，就这么回宿舍睡觉好像有点浪费，于是她乘车在下一个十字路口转弯，在广场下车。

陈西桃先去买了杯奶茶，随后直奔四楼电玩区。

她兑了一些游戏币，先到娃娃箱抓娃娃，结果币都用光了也没抓上一个。可她的兴致没有减退半分，反正都是消遣，她又买了些币，到跳舞机那边排队。

和她对决的是一个短发女生，最近女团舞很火，短发女生选的舞正是刚刚许明月她们跳的那支。

陈西桃伸了个懒腰，散漫地理了理衣服，当音乐响起，她的眼神骤变，光芒四射，大杀四方。

优秀和优秀之间，是有区别的。

有些人一站在那里，就好像有一束光自动为她打下来，可还有一些人，是刺眼夺目的光源本身。

陈西桃是后者。

孟亓看着人群中起舞的她，努力了，可就是移不开眼。

这天是周五，他没补课，也没晚自习。

孟亓和马轩在五楼吃了饭，下电梯的时候他刷手机，看到陈西桃的朋友圈晒了一杯奶茶，刚合上手机，就看到跳舞机那边围满了人。

马轩拿胳膊肘撞他："那女的怎么那么眼熟？"

孟亓看着那女生，眼神晦暗不明："广场、喷泉、一千六百元。想起来了吗？"

马轩"哦"了一声，激动地捶了孟亓一拳："你还没还我钱呢！"

孟亓没理他，转头往电梯间走，问："还记得我那天跟你说，我数学换了个新人来辅导吗？”

“怎么？”马轩跟上。

孟亓舌头顶了顶腮，笑了：“就是她。”

“啊？”马轩一惊一乍，“不早说，这也太巧了吧！”

孟亓骂：“你爹的事你管得着吗？！”

两个人边吵吵，边下楼。

马轩问：“不玩了？”

“没劲。”孟亓说。

到一楼之后，孟亓和马轩各买了杯奶茶后打车离开。

陈西桃玩了会儿跳舞机，不过一支舞而已，可军训之后再没有这样大的运动量了，她累得再没力气玩其他的。

出汗之后她的心情变得很好，好像心里那股说不清道不明的郁闷感也和汗液一起排解掉了。

她又下楼到首饰店买了四副耳钉。

出门的时候恰好看到有个熟悉的人影，在她不远处上了出租车。

车子向北疾驰，扬起一地尘烟。

她转身往南走，路旁灯火林立，空中明月高悬，影子颀长。

我把石头还给石头

让胜利的胜利

今夜青稞只属于她自己

一切都在生长

今夜我只有美丽的戈壁 空空

姐姐，今夜我不关心人类，我只想你

孟亓在那个黑色的本子上誊写完这句诗的时候，杨姨恰好敲门：“亓亓，辅导开始了。”

孟亓合上本子，走到镜子前理了理头发，然后趿着人字拖不慌不忙地走到书房。

陈西桃背对着他站在桌前。

孟亓顿了顿，走上前，拉开椅子坐下来。

陈西桃对他一笑：“来啦，我们今天继续上次没讲完的内容。”

孟亓轻嗤了一声，说：“随便你。”反正他又不会听。

陈西桃翻开书本，开始给他捋知识点。

他装模作样看了五分钟课本，就拿起手机玩。

陈西桃放下书本，沉默地看了孟亓几秒，他没反应，她便说：“能别玩了吗？”

“不能。”孟亓秒答。

“你别太过分了。”陈西桃说。

孟亓一愣，眼睛并未从手机上移开：“哦。”

这个语气词简直太嘲弄，陈西桃忍到极致才能对他笑：“孟亓，我说真的，别玩了。”

人家直接装听不见。

陈西桃咬了咬唇，突然把他的手机夺了过来。

孟亓拍桌子站起来，吼道：“还我！”

陈西桃踮着脚尖，把手机举得高高的，说：“你想都别想！”

孟亓被她这动作逗笑了：“你把手举得这么高，是要亲自把它递给我吗？”

陈西桃还没反应过来，只知道孟亓讲完话的下一秒，手机就被抢了过去。

陈西桃暗骂自己傻，忽略了身高上的差异。她稳了稳，又摆出生气的姿态：“孟亓，别闹了，把手机给我。”

“想要自己拿呗，谁拦着你了？”孟亓无语地笑。

陈西桃的眼眸暗了暗，踮起脚尖就要去够。他站在地板上，学她刚才那样把手举高，眼神玩味，俯视她。

当然，陈西桃是没有多想的，她够了三次都没有拿到，于是就不再动了。

她与孟亓仅隔一步之遥对视。

一时间剑拔弩张。

终于，她先泄气了：“怎样你才肯学一点？”

孟亓仍然举着手，说：“你问我，我问谁去？”

“这年头容易吗？”陈西桃真是无奈了，“我求求你好不好？”

“求”这个字从陈西桃嘴里说出来，让孟亓愣了一下。

“算我求你，学五分钟都行，可以吗？我不想和你闹，我只想好好完成这个事，你这样我真的没法跟你妈交代……”

陈西桃的睫毛轻颤着，讲话的时候气息有些不稳，像是真的受了委屈。

孟亓的语气软了点：“你少来，跟谁欺负你似的。”

陈西桃的哭腔更浓：“不是你欺负我，是我自己找罪受，行了吧？”

孟亓一听，忙低头去寻她的眼睛，见她的眼眶好像真的有些红，便试探着拿手在她眼前晃了晃：“喂，你……”

“你干吗？！”孟亓惊叫出声。

他的话没说完，手机就被夺了。

陈西桃哪里还有半分委屈的痕迹。她满眼的促狭，仰头威胁：“我告诉你，孟亓，下课之前你别想抢走。”

孟亓的脸色阴郁，却一时找不到言语来堵她，憋了半天，转头就要走。

陈西桃先他一步挡在门前：“想走，门都没有！我没上完课，你哪儿都不许去！”

孟亓抓了把头发，烦躁得转了一圈，皱眉说：“你烦不烦？我妈都没那么管过我。”

陈西桃的笑意很深：“孟亓，你真以为我是吃素的？”

孟亓嗤笑：“之前那么有礼貌，敢情全是装的？狐狸尾巴终于露出来了？”

“你别那么幼稚，我是来帮你学习的。”她说得认真，看了一眼孟亓那吊儿郎当的样子，又轻声威胁，“当然，你配合我就笑脸相迎，你要是不配合……我还就跟你杠上了。”

孟亓扶额背过她，一副无语的样子。

陈西桃看不到他眼底有笑意。他静了几秒再转身，却又是一副不耐烦的样子：“那你快点讲！”

陈西桃嘴角勾起一抹笑：“这还差不多。”

两小时后，有两个人一前一后走出书房。

女生神清气爽，男生虚浮无力。

教室窗户不知道被谁打开了一条小缝，一缕风像灵蛇一样往人身上钻，左半边身子清清凉凉的，右半边身子温热。

前排女生的头发随着那缕风一直往桌子上荡。

孟亓烦躁地起身，揉了揉眼说：“齐卡拉，你能不能朝前一点？”

女生闻声转过脸：“我招你惹你了？”

孟亓起身把窗户关上，看了齐卡拉一眼，答非所问：“头发上什么味啊？”

齐卡拉一笑：“我新换的洗发水，好闻吧？”

孟亓别扭地“嘁”了一声，说：“难闻死了。”

“懂不懂欣赏啊？！”齐卡拉吐槽，“又清爽，又香甜，就像春寒料峭时的桃花香。”

孟亓顿了顿，嗤笑：“什么春寒料峭，不会写。”

“料峭可是老师强调好多遍……”

孟亓拿起桌洞里的手机玩，前排的女生还在说些什么，他没有听进去。

这天是周二，晚上有两个小时的数学补习，他点进一个微信名是“脆桃”的人的朋友圈，她设置的“仅三天可见”。

她已经三天没有发动态了。

孟亓关上手机，兴致缺缺，困意又上来了。他趴在桌子上，听见上课铃响，又听见一阵不标准的普通话，判断出这节课是物理。

物理老师是一个严谨又仔细的小老头，每次讲大题，总喜欢舍近求远，明明用一个公式就能完成的事，他非要用两个。

这让他想起陈西桃讲的数学。

她大概是觉得他基础差，所以一道题恨不得每个步骤都写全。

他看着就累，好心提醒：“你写那么多，几道大题加起来，就比别人多浪费至少八分钟的检查时间。”

陈西桃不疑有他，拿笔一下下地敲着演算纸：“你懂什么？现在是给你抠细节，等你进步了，做题多了，就知道哪步可以省下不写了。”

他无力反驳。

中午放学齐卡拉要请客，这事她说好几天了，本来她只是想请大家到学校附近的面馆吃，最后被马轩劝到万商场吃烤鱼。

因为是工作日，店里人不多，他们三个到靠窗的位子坐下来，没一会儿路飞宇领着陈欢也过来了。

马轩一看这么多人，“嗬”了一声，问：“卡拉，你钱带够没有？”

“说什么呢？卡拉永远 OK。”陈欢摇摇头，抢先回答。

她留着娃娃头，圆脸、圆眼，可爱玲珑，笑起来有两颗兔牙，一开口大家都笑了。

只有孟亓没有笑。

他端着水杯，眼睛无意间瞥到前台，然后又从前台飘向里面，透过咖啡色的玻璃可以看见里面吃饭的人。

陈西桃穿着水蓝色的宽松卫衣、白色短裤、蓝色帆布鞋，头发绑成麻花辫垂在左肩胸前。

而她对面的男生，则穿着蓝色条纹衬衫、黑色牛仔裤、运动鞋。

他们打扮得干净清爽的样子，在这招摇过市地上演天仙配。

可是反观孟亓——

他这天起晚了，于是随便找了身衣服套上，肥大的运动裤加白 T 恤，倒也不是不能看，只是他那头发，昨晚睡觉没正形，左边微微翘起来一部分，傻里傻气的。

孟亓心里有股说不清道不明的感觉，香辣鲜美的烤鱼很快上桌。他夹了几筷子，食不知味。

吃到一半，齐卡拉问他：“你怎么吃那么少，不合口味吗？”

孟亓瞥见不远处的女生站起来往里面去了，回：“没事，我上个卫生间。”

这家店的卫生间男女共用一个盥洗池。

孟亓拧开水龙头，用水把自己那缕可笑的头发压下去。他完成这件事后，才听见女厕所传来冲水的声音，随后一抹蓝色映入眼帘。

孟亓装作不经意抬眼，看到镜子里的人影，他一惊，在镜子里与她对视：“这么巧？”

陈西桃撸起袖子，弯身洗手，问：“你今天不上学吗？”

“上学就不能来吃烤鱼了？”孟亓关上水龙头，抽出两张擦手纸。

陈西桃一笑：“你知道我不是这个意思。”

“那你什么意思？”孟亓眼神玩味。

陈西桃洗好手，也抽出两张擦手纸，看着他说：“路远，别迟到。”

说完之后她侧身走出去。

孟亓对着镜子又摸了摸那片湿发，它比刚才翘得还厉害，他骂了句，转身去前台买了瓶冰镇汽水。

他回到座位的时候，恰好马轩起身去卫生间，没了遮挡，他看得更清楚。

要说长相，他不会形容。但是，好吧，那人算是个回头率很高的帅哥。不过他也不差啊。何况，他还有酒窝呢，就是要笑得深了才能看见而已。

这么想着，马轩回来了。

他问：“孟亓，你结完账了？”

孟亓回过神，一口气喝了半瓶汽水：“嗯。”

齐卡拉说：“不是吧？说好了这顿我请的。”

马轩说：“我刚才本来想去结呢，结果我亓哥结完了。”

孟亓解释：“买汽水顺手结的。”

一群人吃饭，总不可能真让个女生结账。

陈欢甜甜一笑，转头对齐卡拉说：“某人人缘很好，两位男士都抢着付款哦。”

此言一出，马轩红着脸去看齐卡拉，齐卡拉红着脸看向孟亓，孟亓则催促大家快点吃。

马轩忙收回目光问：“你小子还怕迟到？”

孟亓一愣，说：“我是想回去补觉，晚上打球好有力气虐你。”

说着话，他有意无意朝一个方向瞥去。

最近没怎么运动，晚上是要好好打会儿球了。

“桃子。”宋明扬又喊了一声。

陈西桃回神，偏过脸，解释：“一不小心走了个神。”又问，“你刚刚说什么？”

“就是问这鱼合不合你的口味。”宋明扬说。

陈西桃点点头，说：“很好吃，够辣。”

宋明扬笑得春风和煦，说：“那就好。”

桌上传来一阵振动的声响。

是宋明扬的电话响，陈西桃看到了来电显示，是刘臣。

他轻咳了一声说："我接个电话。"

陈西桃淡淡地笑了一下，托腮听他讲电话，接通的那瞬间却传出女声，她听出来了，是许明月。

陈西桃又转过头，看向刚才注视的地方。

隔着咖啡色的玻璃，能看到孟亓正笑嘻嘻地和伙伴们讲话。

他笑起来还挺好看的，事实上，这家伙只要不故意气人，并不惹人讨厌。

宋明扬很快打完电话。

陈西桃收回目光，可再看向宋明扬时，她的眼神骤变。

她忙抽出两张纸巾，借着动作很好地掩饰了一下，笑说："我去趟洗手间哈。"

到了隔间里，她插上门，颓然地坐到马桶上。

她的脸色苍白，死死地掐住自己的胳膊，妄想以此抑制住发抖的身躯。

这顿饭是宋明扬喊她来吃的，她下午有课，本来拒绝他了，可他难得诚心实意，说"我奖学金发下来啦"，又说"你考上'熙大'之后我们还没一起出去吃过"，于是她才答应。

可现在看来，这顿饭大概只是他单方面的"补偿"，为了抹平他心里的羞耻感，求一个心安理得。

因为她刚才转头的瞬间，分明看到——宋明扬的脖子右侧，有个鲜红欲滴的吻痕。

陈西桃觉得眼睛涩涩的，可她并没有哭意，甚至很想发笑。

她不知道自己这是心肠硬，还是太坚强，不然早该在两个月前亲眼撞见他出轨的时候，就冲过去撕破他的脸。

可她没有这样做，她不想把自己放在一个难堪的位置上。

当然，她也不会轻易分手让宋明扬好过，反正都是"熙大"的人，低头不见抬头见，她是正牌女友，难受的可不是她。

她想，她或许还是心肠硬吧，当然更可能的是，她本来就不喜欢他。

陈西桃拿手捂了捂脸，让自己不要再想。

她冲水出门，却在盥洗处遇见孟亓。

男生穿着一身运动装，左边头发上还保留着睡觉压出来的痕迹，翘翘的，像一顶飞檐。

她随便与他讲了几句话，才又回到座位上。

宋明扬神色如常地吃着饭。

陈西桃倒了杯水，小啜了两口，然后又掏出手机，对着烤鱼拍了一张照。

她随意调了个滤镜，举起给宋明扬看："好看吧？"

宋明扬抻着脖子看了一眼，说："看着就有食欲。"

陈西桃舔了舔唇，笑着说："阿扬，我们合照一张吧，我们好像从来没有合照过。"

宋明扬一顿，放下筷子，喝了口水："我不上相。"

陈西桃装作没察觉他的推辞，立刻反驳："怎么会？！你要是不上相，谁上相？"

陈西桃说着，便起身走到宋明扬旁边，半蹲在他身边举起手机，撒娇道："来吧，就照一张，好不好？"

宋明扬还是推辞："还是下次吧，吃饭吃得嘴巴都是油。"

陈西桃笑嘻嘻地打了他一下："哎呀，我都不在意，你在意什么？"

宋明扬还要说什么，陈西桃的脸瞬间垮了下来。她学着恋爱中的女生"作天作地"的语气，说："你什么意思嘛，宋明扬，恋爱这么久我没烦着你，也没秀过恩爱，这会儿就拍个照，你为什么推辞啊？"

陈西桃直起身子，以一种不解的、审视的目光看向宋明扬。

只见宋明扬的嘴唇动了动，一副欲语还休的样子。他的眼睛暗了暗，又亮起来，那是种"豁出去"的光芒，他接下来讲的话也很有"豁出去"的意味。

"好！拍！"

听他这么说，陈西桃的嘴角一点一点地扬起笑，就像一个被一块糖果轻易哄好的孩子。

她举起手机拍了四张，回到座位之后，打开了朋友圈，没配文案，直接发送。

宋明扬见她开心了，就说："照也拍了，满意了吧，不多想了吧？"

陈西桃的目的达到，乐意顺着他，就笑："当然啦，我对你一直是放心的！"

说完她故意忽略他眼底一闪而过的尴尬，端起水来喝，无意之间转头，看到孟亓那桌已空无一人。

陈西桃下午如期去往孟亓家。

到的时候又是只有杨姨一个人在家，陈西桃坐在沙发上玩了会儿手机，看朋友圈发的那几张合照已经有四十多个赞，那个人也在其中，她目的达到，就退出页面不再想这件事。

已经快六点半，孟亓还没回来。

她给孟亓打微信电话，刚开始没人接，她不死心，一直打，不知道打了七个还是八个，孟亓接听了，劈头盖脸就吼："你烦不烦？我今天不回了！"

他说话的过程中，有个人远远在喊："孟亓，快点，这场打完我就回教室了。"

陈西桃沉着脸关掉手机，直奔孟亓的学校。

她到实验高中的时候天已黑透，有颗星星孤零零地挂在天际。

进门没有想象中困难，陈西桃手里本身就握着课本，加上前面有两个女生在讨论某女星的专辑，她听过，就加进来一起讨论，边说边进校，最后分道扬镳时她甚至还说了句再见，这期间没有任何人起疑。

陈西桃朝篮球场昂首阔步，还没到目的地，就远远看见正运球跑的孟亓。

已经是上晚自习的时间了，校园里静谧无比，路上没有一个人影，唯有篮球场上热热闹闹，一群男生兴致高昂地打着球。

孟亓混在人堆里，奔走如风，气宇轩昂，闪闪发光。

陈西桃有一瞬间的失神。

不过也只是一瞬，随后她走上前，双手抱胸站定，默然地盯着他。

过了三五分钟，有人碰了碰孟亓。他转过身，看到了站在拦网处的她。

路灯昏暗，陈西桃的目光灼灼如火。

她不知道孟亓能不能看清楚她的表情，反正她是看不清他的，于是她沿着拦网往前走了几步，站在离球筐最近的地方，还是一动不动地看着他。

有几个男生不知道跟孟亓说了什么，孟亓踢了其中一个人一下，旋即响起一阵调侃声，他好像又骂了他们一句，才跑下场。

他到她面前站定，二人只隔一面围栏，路灯把拦网的影子投在他脸上，烘托出一种别样的甚至有点温柔的氛围。

可他的脸色臭极了，没好气地问："你怎么来了？"

他戴着束发带，头发上有汗滴到下巴处，又滑到喉结，最后坠入衣领。

陈西桃就看着他那滴汗，笑着反问："你说我为什么来？"

"你未免太负责了吧？"他笑。

"多谢夸奖。"她也笑。

他一愣："不过我不回去，你赶紧走吧，爱上哪儿去上哪儿去。"

陈西桃抿紧了唇。

他见她不回应，又说："这样吧，给你放个假，你去约会吧，去陪陪你的男朋友。"

孟亓的眼睛亮亮的，倒映着灯火。

陈西桃的眼睛幽深，比海底更深。

"孟亓，"她叫他的名字，声音轻轻的，像此时此刻的风，她说，"你接着去打吧。"

孟亓没明白她又要耍什么花样。

"我说你去打球吧，想打到什么时候就打到什么时候，我在这等着你。"陈西桃说。

孟亓听罢脸又皱起来："你又耍什么花招啊！"

陈西桃笑："怎么，叫你去你还不乐意了？"她说着又朝孟亓身后抬了抬下巴，一脸很真诚的样子，"他们都在看你呢，还不过去？"

身后的男生们确实都在朝孟亓这边投来目光，可他知道，他们哪里是在看他。

孟亓手撑在拦网上，静默了两秒，舔舔唇笑了："行啊，谢谢成全。"

她欲擒故纵，他也欲擒故纵。

孟亓又投入到"战斗"之中。

他的球技不算好，至少在陈西桃这个外行眼里是这样的，因为他前几次投球都没有投进。

所以当他终于投进一个球的时候，陈西桃蹦起来，夸张地喊道："进了！进了！孟亓好棒！"

一群人都往她这儿看过来。

她浑然不觉，笑得甜甜的，喊："孟亓加油！"

球场里顿时爆发一阵哄笑声，有人吹口哨，不知道对孟亓说了些什么，孟亓阴着脸下了场。

这次是真的不打了。

他从旁边拿了书包和水，二话不说就走出了球场。

经过陈西桃身边的时候，他没停顿。

陈西桃跟上去，夜色昏暗，可还是能看到他耳朵红红的，不知道是害羞，还是打球热的。

她问："怎么不打了呀？"

孟亓步伐不停，并不理睬她。

她笑嘻嘻的，也不生气："那现在回家吗？"

孟亓还是不言不语，走得飞快。

静谧的校园里，两道人影一前一后地朝操场走去。

男生拎着书包走在前面，步子迈得很大。女生怀抱书本小跑着，紧跟其后。

下台阶的时候女生踉跄了一下，下意识地抓住男生的衣服。男生顿了一下，不耐烦地说了句什么，再抬脚步子却慢了许多。

趁夜色无边，越过围城，于无声处，成功出逃。

陈西桃莫名地心旌摇曳。

刚刚跟着孟亓穿过操场一隅的小角门时，她想起以前她和宋明扬去听 live house（小型现场演出），那种欢欣，却又担心的双重感觉挤压着她、怂恿着她，让她的一颗心胀胀的。

她那时候每天都很努力，几乎把所有时间都拿来学习了。

她的目标一直是"熙大"，那所她心目中现实意义的乌托邦，也是最能让她有底气离开家的地方。

后来她如愿以偿考上"熙大"，宋明扬就和她在一起了。

但陈帅不喜欢宋明扬，气得要揍她，赵明英拦着不让他动手。

赵明英总是这样，无论陈西桃做什么她都不会生气，永远是温暾地说“没关系”。

陈西桃失笑。笑自己怎么想远了。她又回过神，看向旁边的孟亓。

孟亓也心旌摇曳。

刚刚兄弟们的调侃犹在耳畔，他们说：“你行啊，孟亓，姑娘都追到学校来了。”

他闻言就踹他们，又努力让自己黑着脸，因为他感知到自己的耳根正如火烧，不知道是不是红了。

他们刚才成功从后门溜走。

高中三年，他不知道从那里溜过多少次，可没有一次像这样紧张过。

是紧张吗？他不知道，他只是感觉心跳得有点快，不过这也可能是刚刚运动过的原因。

从学校出来，他插兜走在路上，旁边的女生一言不发。

孟亓想不通，为何这样一张清纯甜美的皮囊下面，会蕴藏如此多的小心机。

他不理解，于是偏头审视，没想到竟看到她扬起的嘴角。

那是一抹在回忆时才会扬起的笑，孟亓想起朋友圈里她发的合照，眼眸被风吹得发涩，转过头不再去看她，加快步子。

她却问：“我请你坐车吧？”

孟亓挑了挑眉：“谁稀罕？”

十分钟后。

301 路公交车上人满为患。

孟亓被一个肥胖的男人撞了一下，试图假装无意地重重地顶回去，无奈动弹不得。

陈西桃与他近在咫尺，仰头看到他耷拉着脸，莫名像只受气的大狗狗。她清了清嗓子，大言不惭道：“我可没逼你上车哦，是你跟着我上来的。”

孟亓差点就没忍住要往陈西桃的小脑袋上弹一下。他咬牙切齿：“我那是看你一个姑娘挤公交太危险！”

陈西桃愣了一下。她有点没反应过来，一个人挤公交怎么就危险了？

恰好这会儿是高峰期，车里人很多，大家沙丁鱼一样挤在一起。他明显气不顺，却撑着手，把她圈在狭小的一隅，没让其他人碰到她。

他也没有碰到她。

公交急刹车的时候，他被惯性带得左右摇晃。她仰着脸能明显看到他攥紧扶手的手指指尖发白，他紧绷的下巴也昭示了他在克制自己不往她身上碰。

然后陈西桃就明白孟亓所说的“危险”是什么意思了。

以前没在意过，可这会儿一想，她一个女生，被一些大男人挤来挤去，确实不太安全。

他之前脾气太暴，又没礼貌，她刚才原本想报复他，可这会儿气已经消了。

陈西桃对孟亓说：“喂，我们下一站下吧，我打车。”

孟亓白眼：“早干吗去了？”

陈西桃又想说什么，手机却不合时宜地响了起来。

是宋明扬打来的。她想了想，等铃声又响了两声，才捂着听筒点接听。她“喂”了一声，那头没人说话。

她皱起眉。

这时候公交车忽然来了个急刹车，她毫无防备地朝前撞了一下，差点磕在前面的胖男人身上。

这时候她才发现孟亓不在对面了。

她环顾四周，猛然与车窗外一双熟悉的黑亮的眼睛对视上。

陈西桃顿时气得发颤。她奋力挤开人群走到门边，拍了几下门，骂：“孟亓！你浑蛋！”

“阿嚏！”

看着车子缓缓开走，孟亓打了个喷嚏。

汽车尾气令人沉闷和眩晕，完全取代了她头发上的香气，惹得他鼻子痒痒的。

要不是看她前面上车的那人长得太猥琐，他才不跟她坐什么破公交。

不坐公交就不用看她当着他的面秀恩爱。

孟亓在原地凝神站了一会儿。

路旁边有家网吧，路对面有家书店，他没迟疑，穿过马路往对面走去。

孟亓走出书店已经快十点，到家更晚。

孟亓戴着耳机听歌，走到家门口，愣住了。

“回来啦。”陈西桃甜甜一笑，银色的耳钉晃了一下孟亓的眼。

孟亓顿了顿，耳机里正播放伍佰的《夏夜晚风》那句“总之梦很美，你也很美”。

他摘下耳机走上前，不敢看她的眼：“你在这等了三个小时？”

“不然呢？”陈西桃还是笑。

这笑让孟亓心里发慌。

树影投在她的脸庞上，随着风动而摇摇晃晃，她的神色在树影斑驳里显得晦暗不明。

孟亓盯了那片树影一秒，又移开目光：“已经很晚了，你回去吧。”

陈西桃说：“还没上课呢，上完课再回。”

孟亓皱眉：“你怎么那么倔啊？”

“还不都是你逼的？”陈西桃终于露出了一点愠色。

不过她很快又扬起笑：“别耽误时间了，进去吧。”

“你……”

“你最好闭嘴。”

“我……”

“别给脸不要脸！进去！”

孟亓只觉得额上有黑线冒出来，谁能想象到，陈西桃讲这几句话的时候竟还面带微笑……

大发雷霆倒也罢了，笑里藏刀算怎么回事？

孟亓知道倔不过她了，只好忍着困意，上完了两个小时课。

静夜沉沉，冷月溶溶。

孟亓伸了个懒腰，看着正收拾书包的陈西桃，说：“太晚了，我让司机送你回去吧。”

陈西桃停下手中的动作，看他：“谁说我要回去了？”

孟亓一愣：“什么意思？”

“你家这么多房间，分我一间不过分吧？”陈西桃拎起包，走到他面前，“宿舍早就关门了，你让我回哪儿啊？”

孟亓“呵”了一声：“早知现在，何必等我啊？”

陈西桃闻言笑得深了，双手抱胸歪头看他：“孟亓，我有段时间挺想去文身的。”

云里雾里的一句话。

可孟亓还是顺着她的话问了下去：“所以呢？”

“An eye for an eye, and a tooth for a tooth. 这就是我当时想文的话。”她发音极标准地念出一串英文。

以眼还眼，以牙还牙。

孟亓舔了舔唇，看到她挺着背，微抬下巴，目光灼灼，仿佛在说：孟亓，我告诉你，我陈西桃可不是好欺负的。

他面上闪过一阵异样的情绪。

“这个点了，我妈肯定又不回了，你去问杨姨住哪儿吧……要是饿就再要点夜宵，可别说我们老孟家亏待你。”

他说完这话径直走出房间。

孟亓的屋子发出昏暗的光。

卫生间里有淋浴声，不多时，孟亓神清气爽地从里面出来。

他只套了条裤衩，头发上还滴着水。他胡乱擦了几下，把毛巾搭在肩上，赤脚走到地毯的另一头，打开一盏小灯。

孟亓打开抽屉，里面有个铁盒子，装满了五颜六色的糖果。他把那些糖都倒在地上，打开一层黑色隔板，露出一本黑色封皮的本子。

上次他把它落在书房了，这几次他每回写完，都小心地放好。

其实孟亓不常在这本子上写字，写的时候也是寥寥数语居多，只偶尔几次长篇大论，于是这本子用了四年，也不过用了一半而已。

这一次他将它打开，拿起笔，迟迟落不下字。

最后他又将它原样放回去，出去抱了叮当进屋来，一起入睡。

第三章
甜桃

Peach Bubble

这一切大概是梦

陈西桃第二天接受了灵魂拷问。

楚童把陈西桃堵在寝室阳台，叉腰指着她问："说，怎么才大一就夜不归宿了？"

陈西桃打了个哈欠："我倒是想回呢，这不是遇到硬碴儿了吗？"

楚童噘嘴："现在的高中生这么虎？"

陈西桃嗤笑："你才没当高中生多久啊？"

楚童认真地思考了两分钟，又说："对了，宋明扬昨天晚上来找过你。"

陈西桃顿了顿，回："知道了。"

她拿手机给宋明扬打了个电话。

他很快接听。

两个人上午都没课，约了在餐厅见面。

陈西桃到得更早一些，点了份海鲜面，坐在一个显眼的位子上边吃边等。

刚吃了两分钟，宋明扬就到了。

他的面色不是很好，眼睛有些肿，眼神黯然，一开口居然嗓子还有些哑："桃子，我有事想跟你说。"

陈西桃咬了一大口面，闻言"嗯"了一声，两边腮鼓鼓的，说不出话，只能冲宋明扬抱歉一笑。

宋明扬看着她，扯出了一个很淡很淡的笑，说："慢点。"

陈西桃努力把面咽下去，说：“我刚刚是不是很没出息？像饿了八百年似的。”她又笑，“你要说什么啊？你说你的，别在意我。”

宋明扬的目光闪了一下，想了想说：“要不你先吃完吧。”

“你确定？”陈西桃瞪大眼睛，看了一眼面，垂涎欲滴，又懂事地看了一眼宋明扬，在等一个确切的允准。

“确定。”宋明扬失笑，“不然等会儿就坨了。”

陈西桃听罢，立刻泛起微笑，说：“真不是我馋，这面太好吃了。”

“好，你不馋，慢点吃。”宋明扬笑。

陈西桃的眼眸流转：“我说好吃，倒不是因为它真的比其他窗口的面香，而是这碗面真的很像我们家乡海边小铺子卖的面。”

宋明扬愣了愣。

陈西桃接着说：“我还记得有一次我们去听live house，回来之后十点了，你扫了两辆共享单车，说要带我去海边吃面。我一直劝你不要去，因为我觉得肯定收摊了呀，你说绝对没有，结果到了之后果然没收摊，而且吃饭的人还很多。”

宋明扬目光悠远，静了片刻才扯了个很不像笑的笑：“你还记得。”

“当然记得。”陈西桃提高音量，“那时候你不像其他人那样拼命学习，因为你是保送生，你和许明月都是那届保送的，你们真的好厉害啊。”

陈西桃说完顿了顿，有些埋怨：“可你们真是害人不浅！

“你们那时候怎么玩都行，还非要带上我，后来期末考，我从班里第一名下降到第五了你知道吗？我都哭死了。”

陈西桃说完，笑着看宋明扬。

宋明扬也在笑，像是回忆到了从前，神情比刚才温柔了很多。

陈西桃夹了一块鱿鱼须，递给他：“你要不要尝一口？”

宋明扬的笑凝在嘴角，立刻后仰：“我不饿。”

陈西桃没迟疑，立刻将鱿鱼须放到自己嘴里，笑着说：“就是逗逗你，你想吃我还不舍得呢。”

宋明扬不咸不淡地笑了笑。

陈西桃问：“你刚刚不是有话要告诉我？快说吧。”

宋明扬的嘴角动了动，仿佛不知道从何说起。

陈西桃歪了歪脑袋，托腮看着他："我想想啊，是好事还是坏事呢？猜不到，你说吧。"

宋明扬低头沉吟片刻，又扬起脸笑说："没事，我就是一个作业没完成好，心情有点沮丧。我自己的事，不该打扰你的。"

"你这说的什么话？有事当然要互相分忧了。"陈西桃笑，温柔地道，"没关系，你说吧，我听着。"

宋明扬摇摇头，又看到了什么，站起来说："先不跟你说了，我看见室友了，我过去找他！"

陈西桃目送宋明扬步履慌忙地朝门口走，三两步赶上一个身材高大的男生。

是刘臣，宋明扬和他一起出了门。

陈西桃转过身，无声地笑了笑，把剩下的面吃光，连面汤都一口口喝下肚。

十一假期很快就到了。

室友回家的回家，出去玩的出去玩，陈西桃四日和五日要去给孟亓辅导，便独自留在寝室里。

食堂不开门，她不是吃泡面就是点外卖，吃完就在寝室躺尸。

三日这天，孟敏给她打电话，让她中午去家里吃饭。

杨姨没做什么雕蚶镂蛤的食物，就是一桌子普通的家常小炒，但色香味俱全，每一道菜都香气四溢。

孟敏给陈西桃倒水："陈同学，喝温水可以吧？"

陈西桃忙说："您别客气，我喝什么都行。"又笑，"您叫我桃子或西桃都行。"

孟敏笑笑："好，西桃，你快坐吧。"

陈西桃落座之后，孟亓也从楼上下来了。他到沙发上逗了下那只叫"叮当"的猫，又去洗手间洗了个手。随后走过来淡淡地扫了她一眼，在她对面坐下。

刚开始吃，孟敏便说："孟亓，你敬西桃一杯。"

"我？凭什么啊？"孟亓夹菜的手一顿。

"我听杨姨说了，这几次辅导你没少找麻烦，但人家西桃还是坚持给你辅导。"

“这是她的职责。”

“我也没见其他人这么负责，要说还是得有个人治治你。”

孟敏哼了一声，见孟亓没表示，又语重心长：“师者，传道授业解惑也，人家对你上心，你要懂得感恩。”

“得了，别叨叨了，我就是不懂感恩，现在教育我，早干吗去了？”孟亓拿筷子敲着碗沿，看着特浑蛋。

孟敏的面色阴沉了几分。她抚了抚胸口，压下怒气，只是说：“你就气我吧，过两天我去M国，看你气谁去？”

孟亓转头，皱眉看着孟敏。

孟敏垂首解释：“公司业务上的问题，我要去M国待到明年。”

孟亓的眼神立刻变了。

从陈西桃的角度看过去，他的眼神是那么深那么浓，就像要垂下来的夜幕，又像没有生机的死海。

事实上，不只是眼神，他整张脸都泛起一层难以名状的复杂表情。

但这样的表情，也只维持了一两秒的样子。

陈西桃注视着他，见他先是将嘴角扬起来，噙着笑，随后眼睛也弯起来，眼底又染上那股常见的玩世不恭。

“随你呗。爱去哪儿去哪儿，不回来才好呢。”

他这么说，孟敏原本有些愧疚的神色，刹那间变成恼火。

可孟亓不给她发作的机会。他站起来，双手插兜，晃荡着上了楼。任凭孟敏在身后叫他，他也置若罔闻。

“您过年也不回来了？”陈西桃问。

孟敏喝了口水，平复了一下，说：“身不由己。”

陈西桃点点头，不方便再问太多。

吃完饭之后孟敏回公司加班，陈西桃上楼找孟亓。

孟亓正朝墙上用力地掷飞镖。

他屋里外放着音乐，不知道是音乐声太大还是他玩飞镖太专注，就连陈西桃站在门口他也没发觉。

陈西桃并不打扰他，就一直站在门口，等他主动发现她。

孟亓把手上的飞镖都扔完，又去将靶子上的那些飞镖拔下来，再转头才看见了陈西桃。

他愣了一下，头发挡着眼，她看不真切他的表情，只知道他站在原地看她，特冷漠地说了句："拜托，今天没课吧？"

陈西桃白他一眼："你以为我愿意给你加课呀？你又不多给钱。"

"不上课就别在这碍眼了。"孟亓转身又开始掷飞镖。

陈西桃舔了舔唇，不知道该说什么，这时正好瞥见他放在角落里的滑板。

她走过去把音箱关上，对孟亓一笑，说："喂，你的滑板学得怎么样了？"

"关你屁……"

"我教你吧。"

"啊？"

"不信啊，我至少比你那帮小兄弟滑得好。"

孟亓迟疑了一下，探究地看了她一眼，幽幽地吐出一句："黄鼠狼给鸡拜年。"

"扑哧——"陈西桃没绷住。她尴尬地捂住嘴，可还是想笑，边笑边问，"你想骂我黄鼠狼，也用不着骂自己是鸡啊。"

孟亓一怔，瞪着她，没一会儿耳朵就红了。他偏偏要装作无所谓的样子，说什么"不跟你一般见识"，拿了滑板从她身边走出去。

陈西桃看他那样，撇撇嘴，没再逗他，由着他闹小孩脾气。

这日天朗气清，惠风和畅。

广场上空飘荡着奇形怪状的风筝，旁边有一群孩子滑着旱冰飞驰而过，滑板砸在地上摔出清脆的响声。

陈西桃咬着一根雪糕，对孟亓说："我建议你上板的时候，前脚先站，因为你摔的这几次都是往后摔的，先上前脚，重心稍微往前一点，可能会比较稳。"

孟亓的裤子后面有层薄灰。他掸了掸，说："我上一个也是前脚先上的。"

"脚踩在滑板中间靠前位置，不能偏左或偏右。"陈西桃说完伸出舌头舔了两下雪糕。

孟亓眯着眼，也舔了一下唇，没好气地说："我不会。"

他总是没什么耐心，陈西桃想。

“那我再滑一遍给你看看。”她摇摇头，走过去，把手上的雪糕托付给孟亓，“拿好了。”

孟亓无奈地接下。

只见陈西桃前脚踏上滑板，后脚在地上轻轻地蹬了两下，便轻盈地踏上板子，像只蝴蝶一样飘远了，不一会儿又转了个弯，做着平花动作向他滑过来。

她刚才把牛仔外套脱了，只露出里面的粉色紧身长裙，在清凉的初秋里灿若桃花。

“怎么样，学会没有？”她在他面前停下，桀骜地扬起下巴。

孟亓走了一下神，不服输地说：“当然。”

陈西桃摆出严肃的脸：“那你滑给我看看。”

孟亓把雪糕塞到她手里，吹了一下额前的头发，二话不说上了板。

“啪！”

这次还没滑起来，就摔了。

陈西桃叹了口气，跑过去单手扶他。她的长发垂下来蹭到他的脸颊，痒痒的，他慌忙躲开。

“摔不死。”他站定，拍了拍衣服。

“刚刚是不是没好好听？”陈西桃问。

孟亓顿了一秒，敷衍地说：“没有。”

陈西桃不信：“我扶着你滑，你把手放我的肩膀上，这样就不会摔了。”

孟亓明显僵了一下，又嫌弃地说：“我不要。”

陈西桃真想问问他到底是哪来的勇气如此菜鸟又如此傲娇的？

可又忽然觉得不妥。

这边玩滑板的大多是男生在教女生，根本没有女生教男生的，这家伙“直男”一个，肯定觉得丢脸了。

于是她就不再坚持：“那你自己练吧，加油，等你练好了，姐带你刷街去。”

她说完就转身坐到不远处的石阶上，伸出舌头小口地舔着雪糕，像叮当舔猫糖一样。

孟亓收回目光，想象着她刚才意气风发凯旋的样子，又踏上滑板。

两人在广场一直待到华灯初上。

后来孟亓说什么也要请陈西桃吃饭。

他说“我不喜欢欠人”，于是她就没客气。

中午当着孟敏的面，陈西桃没怎么好意思动筷，这会儿真饿了。到餐厅之后就守着自己面前的小菜碟，认认真真往里添菜，又认认真真地吃下肚。

到最后孟亓刺激她：“你肚子里住乞丐了？”

陈西桃的眼波一转，微鼓着腮，瞥了他一下。

孟亓心一紧，就不再说她了。

饭快吃完的时候，马轩给孟亓打了一个电话。

孟亓没听完神色便严峻了起来，问：“你们在哪儿？”

对方说了什么，他骂了句，说：“别轻举妄动，等我过去！”

挂了电话，陈西桃问：“你这是去打架？”

“和你没关系。”

“我跟你一起。”

孟亓站起来，陈西桃也跟着他站起来，一时之间，好多目光都向他们望过来。

“你凑什么热闹？”

“少废话，要么我和你一起去，要么你也别想走。”

陈西桃双手抱胸歪着头，看着孟亓，眼里闪着势在必行的光。

孟亓知道拗不过她，只在路上交代：“你别多事啊。”

陈西桃嫌弃地瞥他一眼：“我有分寸。”

马轩报的地址离吃饭的地方不远。

孟亓到的时候，马轩一行人站在不远处的梧桐树下，被另一群人围着。

齐卡拉率先看到孟亓，大叫了一声：“孟亓，在这儿！”边说边流泪。

孟亓走近之前已经悄悄用手机拍下来这一幕，他佯装轻松，走过去问：“怎么回事？”

马轩恶狠狠地瞥了对面的胖子一眼：“高聪欺负卡拉！我们让他道歉！结果他们还围着我们不让我们走。”

孟亓的脸色变得难看。他拨开马轩，走到高聪面前，淡淡地瞟了他一眼，笑：“怎么回事啊？高聪，在学校嘚瑟不起来，跑外边耍流氓了？”

高聪和孟亓对视，笑说：“我不是故意的。”

孟亓心里冷冷一笑，这孙子仗着人多势众，根本不把他放在眼里。他随意拨了拨头发，笑了：“你们刚才围着他们要打人的样子，我可拍下来了。”他扬了扬手机，又说，“并且已经报警了。”

高聪那边的人一听报警，顿时作鸟兽散。

孟亓拽着高聪的领子，把他往外一带。他趔趄了好几步，最后“咣当”摔在齐卡拉面前。

孟亓说：“道歉。”

“对不起。”高聪显然不服，可倒挺识时务。

他落荒而逃。

孟亓转向马轩：“以后遇到事情，该报警就报警，别只想着打电话叫人，知道不？”

“咦？这不是你那辅导作业的同学吗？”

路灯下，树影里，微风撩起女生的长发，陈西桃孑然独立。

高聪走后，孟亓这帮人聚在一块儿讨论了几句。

马轩先注意到不远处的她，拿胳膊肘撞了下孟亓，调笑道：“你怎么把她带来了？”

孟亓闻言想起落单的她，便一步步朝她走过去。

他的影子一点一点地覆住她姣好的面庞，直至将她整个人都庇护在他的影子下，他才问：“热闹好看吗？”

陈西桃淡淡地说：“很机灵的嘛。”

“小场面。”孟亓嗤之以鼻，又想到什么，一笑，“怎么，关心我？”

陈西桃无语：“你用得着我关心？”

刚到这里的时候，一看这场面，陈西桃的心蓦然紧了紧。她原本琢磨去报警，可看了一会儿，发现好像不必多此一举。

“孟亓，这是你什么人啊？怎么我都不知道？”

那群人里唯一的女生朝这边走了过来。

陈西桃扫了她一眼。女生扎着马尾，微微肉感，大眼睛、圆脸，一副“人畜无害”的模样。

中学时，班上总会有那种人缘超好的女生，和男女都能打成一片。陈西桃抬眼一看，就判断出眼前这姑娘大概就是这类人。

不然这帮男生也不会都为她出头。

“这是辅导孟亓数学的同学。”有个头发自来卷、黑衣服的黑小子笑出白牙。

这人陈西桃见过，果然，他自我介绍：“你好，我叫马轩，大家都叫我‘小马哥’。”

孟亓骂了句“滚蛋”。

“马轩，你再嘚瑟小心孟亓上学收拾你！”女生笑道，又向陈西桃伸出手，“你好，我叫齐卡拉，卡拉 OK 的卡拉。”

陈西桃伸出手随意和她碰了一下，说：“名字不错。”

然后又转头问孟亓：“走不走啊？”

齐卡拉的目光闪了闪，放下手，转头对孟亓笑：“你们这是要去滑板啊？”

孟亓瞥了一眼陈西桃手上的板子，说：“不是，滑完回来的。”

他又转头对马轩说：“你送卡拉回去。”

安排好后，他拿过陈西桃手里的滑板，和陈西桃转身往后走。

风起了，树叶簌簌地落下，影子被光拉得很长。

齐卡拉顿了顿，和马轩一起上了出租车。

路边有洗化店在放《后来》，这是一首很多人都会唱的老歌。

陈西桃和孟亓有一首歌的时间没说话。

“怎么不说话啊？”孟亓忍不住了。

陈西桃回：“在想你。”

孟亓整个人僵了一下，挑了挑眉：“我没听清，你再说一遍？”

“那女生是你什么人啊？”

孟亓顿了下，说：“就是朋友。”

陈西桃好像并不在意他的回答，或许下一个问题才是她想问的：“孟亓，你不会是什么传说中的校霸吧？”

孟亓微愣：“怎么这么问？”

陈西桃耸肩："问问不行？"

小打小闹也就算了，怕就怕他是真的在混，校霸多少都要接触点社会上的人吧，那性质就变了，到时候是不可能全身而退的。

"想多了。"

陈西桃这才放心，说："别学坏。"

孟亓心头一荡。可能她真在想他。

他低下头看到她柔顺的黑发，风一撩，她白白的似弯月的耳朵露出来，月亮上坠着四颗星星，在秋风沉醉的黑夜里，一颗一颗地向他砸过来。

"嘀嘀——"

他回过神。是网约车在按喇叭。

陈西桃走过去，开门之前，转头对孟亓说："再见。"

孟亓看着红色的车灯消失于灯海，拿滑板到广场上又练了一个小时。

十一假期一过，天气明显凉了下来。

比脸还大的梧桐树叶，踩起来像咬薯片一样。

陈西桃和楚童互相挽着手臂，在操场上踩树叶绕圈圈，没一会儿楚童接了个电话就先走了，陈西桃恰好接到王丽的电话。

王丽是她的生母，在陈西桃八岁那年就去国外了。

这几年王丽在 M 国开了家食品公司，也算事业有成，可能因为太忙，十几年来，就回过一次国。

虽然相隔千山万水，但王丽对陈西桃还是很上心，总是隔三岔五就打电话来询问她的境况。

陈西桃同王丽说了最近给人做辅导的事。

王丽问："是不是你后妈在吃穿用度上不给你周全？"

陈西桃说："你想多了，我就是想攒钱去旅游。"

王丽问："到哪里去旅游？"

陈西桃咬咬唇，说："要不我去 M 国找你？"

王丽一顿，说："行啊，这不是一直觉得你学业重要，没让你往这边跑嘛，你现在大了，要是过来的话，妈妈给你报销。"

陈西桃嘻嘻一笑："我就是说着玩的。"她要给妈妈一个惊喜。

“你这孩子……”王丽嗔怪。

两个人说了会儿闲话，陈西桃挂了电话，往宿舍走。

路过花坛的时候，有一只白色的野猫从路边的桂花树上跳了下来，又蹿进花坛里跑没影了。

陈西桃被惊了一下，下意识地又往那树上看了一眼。谁知顺着目光便看到离树十来米远的体育器材室里，隐隐有两个身影纠缠在一起。

窗户开了小半，男生把女生抵在窗上，一只手扣着女生的头一只手抚着女生的背，旁若无人地亲吻女生，女生则双手环着男生的脖子仰头承受着。

女生背对着陈西桃，男生则正对着陈西桃。

许是察觉到有人在看，男生忽然扬起脸，与陈西桃对视上。

陈西桃的目光沉沉。

男生边目不转睛地盯着她，边拍了拍女生的肩，女生转头，张大了嘴。

“桃子……”

楚童难以置信地喊了一声，然后慌忙推开刘臣，隔着窗户对陈西桃喊：“桃子，你等我下，我给你解释啊。”

刘臣目光灼灼，隔空向陈西桃点了一下头。

楚童和刘臣在一起了。

那天晚上，陈西桃问：“什么时候开始的？”

楚童说：“就你夜不归宿那天，我不是告诉你宋明扬来找过你吗？其实那天刘臣也来找过我，然后第二天我们就在一起了。”

陈西桃又问：“童童，你有多喜欢他？”

楚童神色眷恋，对她说了四个字。

“一见钟情。

“就像开学的时候我们一见如故一样，见你第一眼我就觉得你会是我的朋友，而见刘臣第一眼，我就喜欢上了他。”

她是这么说的。

然后陈西桃就不知道该说什么了。

她去找宋明扬，问他知不知道刘臣和楚童的事。

当时是大清早，宋明扬困得睁不开眼，特别不耐烦：“谈就谈呗。”

陈西桃拧眉：“什么叫谈就谈呗？你和刘臣天天在一块儿，他是什么样的人你不知道？”

宋明扬瞥了陈西桃一眼，说道：“刘臣怎么了？没有什么桃色新闻吧？”

“你也好意思说‘没有桃色新闻’这句话吗？”陈西桃气急了，讲话也不再客气，逼视着他，“他不乱来，不是因为许明月吗？”

宋明扬一愣：“你这说的什么话？”

“我……”陈西桃一顿，终是压抑住了，“你自己清楚。”

她说完这话，目光灼灼地看着他。

宋明扬静了一会儿，揉揉眼，敷衍地说：“他们的事和我无关。”

陈西桃的心一颤：“你们吵架了？”

宋明扬没答话，转身摆摆手，进寝室了。

“大爷的！”陈西桃把手里的笔摔在桌子上。

孟亓懒懒地抬眼：“我都没骂人，你倒骂上了。”

那会儿陈西桃正让孟亓做试卷，规定他不能在半小时内写完。

孟亓手撑着下巴，头一点一点的，差点睡着。

就是这个时候听见陈西桃骂了句脏话。

陈西桃这两天都在为楚童的事烦心，明显有点心不在焉。

孟亓也学她那样把笔一撂，大爷似的靠上椅背，问：“我能上个厕所吗？”

陈西桃没理由拦着：“快去快回。”

孟亓出门不久，门口就响起叽叽喳喳的说话声。

陈西桃再抬眼，正巧有人推门进来。

“你好！”是那个和全国所有马姓男士拥有共同外号的自来卷。

“你好。”是那个和卡拉 OK 同名的微胖女生。

“别堵着门，赶紧滚进去！”是孟亓。

特欠，又特欠揍的孟亓。

还以为他改了，原来还是不安生。

陈西桃扬起微笑，瞬间进入战斗模式。

孟亓坐椅子上，跷起二郎腿，一晃一晃的，特嘚瑟：“你只说我不能跑，没说不能带人来吧？”

陈西桃点头微笑，表示赞同。

除了笑，她还能做什么？

对面孟亓坐没坐样，他一左一右的男女生站没站样。这仨人仿佛已经形成了掎角之势，准备对她展开围攻。

陈西桃正想着，齐卡拉忽然问：“你的粉底是什么牌子呀？”

陈西桃一愣：“我没涂粉底。”

齐卡拉怔住，不好意思地笑了笑：“我说呢，妆面怎么会这么服帖，原来是皮肤好。”

陈西桃笑：“你的皮肤也不差呀。”

齐卡拉低下了头。

能这样坦坦荡荡夸赞别人的人，本身就是资本在握的人。

就像她，昨天还夸班长皮肤好，可其实班长的黑眼圈可明显了。

齐卡拉心里说不出什么感觉。对刚刚那句话，也对刚刚说话的人。

她的骨相不算好，可皮相一向是很好的，至少从小到大她都没发现有比她皮肤还白嫩的同性。

可是现在，就在她对面，就有这样一个人。

肤白如雪，唇红发乌，皮相、骨相都将她比了下去。

她又想起之前第一次见到陈西桃的场景——陈西桃走在孟亓身侧，和孟亓以相同的频率，款款走来。

她至今回想都觉得不真切。

他们美好得就像纷繁复杂的世界上，不该出现的两个人。

齐卡拉知道自己不该多想，更没资格多想，可是面对陈西桃的时候，她就是有种心里扎了刺一样的感觉。

“你的口红是什么牌子的？”齐卡拉又问了一个问题。她也不知道怎么了，就是想找话和她陈西桃说。

陈西桃想了想才说：“可能是 K196 吧，胡萝卜色，我薄涂的。”

齐卡拉“哦”了一声：“真好看，我也‘种草’了。”

“你们聊得挺投机？”孟亓和马轩在打游戏，抽空插了句话。

马轩吐槽：“都是些小女生的话题。”

孟亓不轻不重地踢了马轩一脚：“那你该听听，以后找媳妇了要投其所好啊。”

马轩别扭地看了齐卡拉一眼，骂道：“那照理说，你也该听听。”

孟亓哂笑："我不用听，什么也不懂照样有人爱。"

马轩"呸"了一声："就那么自信？"

孟亓不紧不慢地扯了个笑："有没有吹牛你自己心里知道。"

陈西桃在一边听得只想吐。

臭屁少男。

周日，城南寂寞沙洲。

孟亓跟在周问渠后面出了店，外头太阳正大，但不灼人。

他们闲聊了一会儿，周问渠在路上碰见了个熟人，对方说了几句什么，周问渠转头问："你不是要偷摸去书店吗？快去吧，我还有个局。"

孟亓推了周问渠一把，说："谁偷着去了？我大门进大门出，光明正大。"

周问渠嘟囔几句："真不知道你脑子是怎么想的，小爷做梦都想考进红榜，你变着法吊车尾。"然后就骂骂咧咧地和朋友离开了。

周问渠走了之后，孟亓打了辆车去常光顾的那家书店。半路遇红灯，他百无聊赖地往车窗外看，正巧看到孟敏和一个穿银色西装的男人并肩往妇幼保健院走去。

孟亓收回目光，给孟敏打了个电话："在哪儿呢？"

孟敏顿了一下，说："公司经理生小孩，我去看一下。"又说，"你别在外面瞎逛荡，快考试了，回家学习去！"

孟亓直接把电话挂了。

新的一周有月考，定在周四和周五两天。

周一的时候孟敏动身去往 M 国。

孟亓没有去送。

周二晚上课，陈西桃给孟亓画了些重点，又押了些题，对他再三叮嘱："拜托，一定要考到六十分。"

孟亓笑："我上回考十七分，这次你让我考六十分？"

陈西桃揉了揉额头，忍住想骂他的冲动，继续诱敌："你要是考到六十分，我就给你个奖励，嗯……你不是喜欢哆啦 A 梦吗，我送你一套模型怎么样？"

“就这？”孟亓嗤之以鼻。

“你妈给我定目标了，你要是考到六十分就奖励我两千块，到时候分你一半行不？”陈西桃盯紧他的双眼，翘首期待。

孟亓看她那样就想逗她，于是摆谱说了句：“再说吧。”

好想骂人啊。

陈西桃有点沮丧。

孟亓就已经够不省心的，可还有其他事更让她烦心。

楚童这几天沉浸在恋爱的喜悦里，每天容光焕发的，浑身都冒着粉红泡泡。

周三这天是楚童的生日，刘臣请大家去酒吧聚会。陈西桃一点儿也不想去，可楚童千叮咛万嘱咐——刘臣说了，你和宋明扬都要来，人多热闹。

陈西桃当晚和宋明扬姗姗来迟。

他们拿着蛋糕过去的时候，卡座里坐满了人。

楚童的眼睛没有放在蛋糕上，而是朝陈西桃挤眉弄眼：“哎哟哟，可真是郎才女貌啊。”

陈西桃和宋明扬都是一身黑。

宋明扬穿黑色衬衣配休闲款的裤子，有些神秘风流的意味，刚才来的路上就有女生拿手机偷拍他。

陈西桃爱美，已经十月了还穿连衣短裙配皮靴，露出两条白皙纤长的腿。

楚童拉着刘臣的胳膊，狡黠地问：“哥哥，你说是桃子漂亮还是许明月漂亮？”

楚童问话的时候给陈西桃递了个眼神，陈西桃立刻明白过来这丫头是故意的。

以前楚童就看不惯许明月老和宋明扬、刘臣待一起，现在估计更介意了。

陈西桃只想叹气。

刘臣的目光在陈西桃身上流转了一下，没说话，把问题抛给宋明扬：“你觉得呢？”

宋明扬没想到刘臣会忽然叫他，怔了几秒才拉住陈西桃的胳膊，把她往怀里一带，宠溺地说："当然是桃子了。"

楚童和其他人立刻欢呼起来："哎呀，甜死啦！"

刘臣的脸被酒吧里五彩斑斓的灯光照得看不出表情。他看了会儿宋明扬，又摸了摸楚童的脑袋，说："这有什么甜的？在我心里你比陈西桃漂亮，比谁都漂亮。"

楚童立刻红着脸躲进了刘臣的怀里。

吹完蜡烛，切完蛋糕。刘臣起身去厕所，没一会儿宋明扬接了个电话，也起身出去了。

楚童想拉陈西桃到舞池跳舞，陈西桃说："我去个卫生间，你等我回来。"

楚童吐槽："你们一个个都往厕所跑，坑都让你们占完了。"

这家店的卫生间在最里面，陈西桃绕过舞池，走进一个长廊，刚拐过弯就看到一对男女在忘情地接吻。她步履轻悄，不想打扰他们。

往里走了几步，她听到有人在争吵。

陈西桃顿住了，她不确定自己是否还要继续往里走。

很快她就决定转身往回走。

刚走到舞池，陈西桃迎面碰上楚童。楚童满脸都是蛋糕，大喊："我去洗洗！"

陈西桃拦了她一下，有什么念头在心里绕，却又放她过去，笑着喊："快去吧！"

陈西桃回卡座给自己倒了杯酒，不喝，就端着发呆。

没一会儿刘臣回来了，接着宋明扬也回来了，最后楚童神色如常地走回来。

然后大家又继续喝。

楚童嚷嚷着喝烈酒，呛得她泪花四溅，她放下了酒杯喊陈西桃去跳舞。

酒气一直往胸腔涌，陈西桃有些晕也有些醉，难受得不行，心想跳跳舞或许会舒服些，就答应了。

两个女生在舞池里快扭断了腰。

后来不知道几点才离开酒吧，陈西桃醉得连东南西北都分不清。

刘臣和宋明扬架着她和楚童，走了一段很长的路，一路上他们俩好像一直在吵架，越吵越急，后来干脆把她和楚童丢路口长椅上，专心致志在一边吵。

陈西桃很努力去听，可酒精的作用实在是太强大了，她一个字儿都没听清。人喝了酒之后容易渴，她那会儿就想喝水，看路边有自动贩卖机，踉踉跄跄就走过去了。

有个男生正买水。

她揉眼睛一看，这不是孟亓嘛。

她乐了，上去就拍了他一巴掌："给我喝一口。"

孟亓转过脸，先是发愣，随后一脸嫌弃："你到酒缸泡澡去了？"

她叽里咕噜说了什么，自己都没听懂，孟亓当然也没听懂，然后他好像是骂她了，至于骂了什么，她也忘了。

接下来的记忆很混乱。

总之宋明扬终于和刘臣吵完架了，跑过来把她揪走。

她被宋明扬扛在肩上，肩膀顶着胃，特别难受，她忍住想吐的感觉，朝孟亓挥手拜拜。

孟亓站在那，面无表情。

视线中，他的脸一分分模糊，最后连周围的亮光都完全消失，世界陷入黑暗。

陈西桃猛然醒来。

顿了几秒醒神，拍拍脑袋，昏沉欲裂。

她意识到这一切大概是梦。

她去拿手机，发现好多未接来电，都是赵明英打的。

她拨回去，一接听，耳朵差点被陈赵喊聋了："姐姐！你终于接电话啦！"

"干什么一惊一乍的，你妈呢？"陈西桃打了个哈欠。

"我帽子掉啦，妈妈在帮我捡帽子，今天秋游风太大，我……"陈赵奶声奶气地道。

"哦，那我挂了。"陈西桃不想听废话。

"不要啊，姐姐！"小男孩儿忽然沮丧，"我好想你啊。"

陈西桃忍不住叹气，语气却不由得软了下来：“嗯……我回去给你买奥特曼啊。”

“真的吗？！”小男孩兴奋起来。

有人忽然插话：“谁打的？”

小男孩儿说：“是姐姐。”然后又很小声地说，“妈妈，我告诉你，姐姐要给我买奥特曼啦。”

嘁，这个幼稚小鬼。

赵明英接过电话，亲切地说：“桃桃，上午没课啊？”

陈西桃回说：“下午有课，这会儿要去吃饭了。”

赵明英“哎哟”了一声：“陈赵打搅你了吧？回头我骂他，你赶快去忙你的。”

陈西桃连忙说：“行，挂了啊。”

那头小男孩儿还在喊：“别挂、别挂，我还要和姐姐说话。”

“……”

从酒吧回来之后陈西桃就开始不顺。

上课带错书被老师骂；在食堂吃饭吃出头发；想买个冰激凌换换心情，还没舔一口就被人撞掉了，偏偏撞她的还是许明月！

本以为这已经够惨了，但事实证明，这一切和孟亓那个小霸王比起来都不算什么。

周六下了大雨，陈西桃好不容易才赶在上课前到了孟亓家，结果等了好一会儿，才发现这人压根儿不在家，连杨姨都不知道他什么时候出去了。

她给孟亓打电话也打不通，发微信又不回。她软磨硬泡一直发，结果他居然把她拉黑了！

陈西桃憋着气，周二这天她提前下课跑到孟亓学校堵人。

学校里的人都快走光了，孟亓才和一帮人说说笑笑地走出门。

陈西桃就站在大门正中央等他。

马轩喊了句：“孟亓，有人找哦！”

孟亓淡淡地扫了她一眼，懒懒地走向她，又越过她。

陈西桃刚想让他站住。

只见他偏了偏头，说：“要回家就快点跟上。”

陈西桃转身跟上去，疾步走到他身边，昂着下巴：“是你快跟上我，别慢吞吞的。”

孟亓的脚步顿了一下，随后不紧不慢地跟上去。

几个人在原地面面相觑。

“回家？我是听错了吗？”

…………

有人问：“小马哥？那女的谁啊？”

马轩咽了口唾沫，一个眼神杀过去，却没解释，而是摸了摸下巴，说：“这两人这么看着还挺配。”

那话怎么说来着？前两天齐卡拉看剧说的那句话是什么来着？哦，想起来了——

太好“嗑”了。

第四章 败露

放开你就跑了，跑了就找不回来了

暮色四合。

一男一女穿梭于街道上。

刚开始的时候女生走在男生前面，后来男生又走在女生前面，最后两个人并肩而行。

“孟亓。”女生叫住男生。

男生置若罔闻。

于是女生张开双臂挡在男生面前，阻止他前行。

男生没收住脚撞到了女生的身上，于是下意识地揽过她的背，弯腰托住她。

这一连贯动作，掀起了一阵风。

他们都怔住了，只知道傻傻地对视着。

还是陈西桃先推开孟亓。她理了下头发，侧过身不看他，说：“你走那么快干吗？”

孟亓笑了：“你拦我干吗？”

这会儿他觉得浑身温热，就好像周围吹拂的秋风也变成春风一样。

孟亓面上却不显露，懒懒地理了理衣服，问：“你想干吗啊？”

陈西桃的脸颊有些热，吹了会儿风才好了些。她又恢复神采奕奕的样子，仰头看他：“这话该我问你，你想干吗？”

“我想干吗？你说我想干吗？我就想和你回家呗。”孟亓双手插兜吊儿郎当。

陈西桃微怒，气极反笑：“行，孟亓，先不说周六下大雨你放我鸽子的事，你就说这次数学你考了多少吧。”

孟亓闻言，嘴角微扬，沉下眸子，不动声色地撩了撩头发：“说起这考试啊，我还要感谢你，多亏你的悉心教导，这回进步了。”

陈西桃眼睛一亮：“考多少？”

孟亓却忽然垮下脸，叹气说：“可惜啊。”

“什么意思？”

“我考了五十九分。”

“五十九？！”

陈西桃听见这两个数字轻飘飘地从孟亓口中说出来时，觉得世界都要崩塌了。

“你身上有药吗？”

“什么药？”

“速效救心丸。”

陈西桃苦着脸捂住胸口，一副透不过气的样子。

孟亓把校服外套随意地搭在肩上，睨着陈西桃，说：“你不觉得我进步大？”

“我谢谢你，你还不如考十九分！”陈西桃推开孟亓，气哼哼地独自走开。

孟亓不禁失笑。

怎么心情这么容易就会好呢，又怎么那么容易就变坏？

远处华灯初上，有飞鸟掠过高楼，飞往另一只鸟儿的身侧。

孟亓慢慢地追上她。

陈西桃回到寝室，推门就看到楚童座位底下扔了一堆卫生纸。

听到门响，楚童回过头，陈西桃看到她双眼肿成了核桃。

“你这是怎么了？”陈西桃的心一沉。

楚童指着电脑，边说边哭：“我看了部电影，太好哭了。”

陈西桃走过去一看——《他其实没那么喜欢你》。

是挺好哭的。

陈西桃把包重重地摔在床上，拉了椅子坐过去，说：“我也来哭一哭吧。”

楚童擤鼻涕的手顿了一下，审视地问：“你哭什么啊？”

“哭一哭我倒霉的运气。”陈西桃抽了张纸，装模作样地呜咽起来。

纪雨欣从阳台收完衣服进来，看两个人那样，劈头盖脸将她们骂了一顿，又嘲讽：“哭什么哭？你们有人疼有人爱的。”

楚童哭得更凶了。

纪雨欣走过来捏了一把楚童的脸：“别在这伤春悲秋的，要么和刘淼一起去图书馆学习，要么和我一块儿出去耍。”

楚童用方言骂了句：“这年头看电影哭都要被嫌弃。”

纪雨欣摇摇头出门了。

陈西桃戳了戳楚童：“你真是因为电影哭的啊？”

楚童提高音量：“当然了！”又忽然泄气，她小心翼翼地问，“桃子，我说假如，是假如啊，如果宋明扬出轨了，你会怎么办啊？”

陈西桃盯着楚童的眼睛，定了会儿神，淡淡地笑道：“先保护好自己的心。”

“嗯？”

“我会决定不爱他。”

“可是爱哪有这么容易说消失就消失的？”

“但爱终究是会消失的不是吗？让爱消失需要过程，就像伤口结痂需要时间，我们要做的是先舍离，后疗愈。因为爱别人之前，我们需要先爱自己，我们永远要最爱自己。”

楚童似懂非懂地点了点头，沉默了一会儿，又问：“可是……如果那个人有什么苦衷呢？”

陈西桃轻“呵”了一声，笑：“爱情的底线是善良，就算有伤害也是伤害自己，而不是别人。所以，如果伤害存在，苦衷就是借口，借口就是伪善。”

楚童听完之后愣了好久。然后她抱住头，趴在桌子上，说：“哎呀，不想了，爱情太高深了！”

陈西桃顿了顿，走过去轻轻地抚摸楚童的肩膀：“童童，你有什么心事吗？可以和我讲的。”

楚童没抬头：“没事，没事，只不过是看电影入戏太深了。桃子，你先让我自己静一会儿。”

陈西桃说好，想了想又说：“无论什么时候都别怕面对伤害。不破不立，放在什么事情上都是一样的。”

楚童的肩膀抽搐了一下。

陈西桃沉默地撤退。

窗外月如钩，夜正浓。

宋明扬这天在学术报告厅做演讲。他上场之前有发信息问陈西桃要不要过去，陈西桃当时正在取快递，就说“不了吧”。

陈西桃刚收回手机，身旁便走过两个女生，行色匆匆，边走边说：“快走、快走，不知道还能不能赶上宋明扬演讲。”

陈西桃甩甩头，不禁失笑。

说巧也是巧，陈西桃刚拿完快递出门，迎面便碰上许明月和刘臣。

许明月看到陈西桃有一些吃惊，试探地问：“你……没去报告厅看阿扬演讲？”

陈西桃被她质问的语气搞得一头雾水，无语地笑问：“我有自己的事情要做，不行吗？”

陈西桃又上下看了她一眼，问：“你不是也没去？”

许明月听出陈西桃语气里的暗讽，一下子沉默了。

刘臣忽然沉声问：“我记得他的女朋友是你吧？”

陈西桃也挑挑眉：“原来您还记得啊。”

“你……”刘臣想说什么，被许明月不动声色地拽了一下，又急刹车顿住。

陈西桃笑，看向他们：“怎么不说了？”

许明月的脸色沉了沉，目光移到一边，说：“搞不懂你呛我们干吗，我们又没别的意思。”

陈西桃只一味地笑：“我也没别的意思。”

许明月撇撇嘴，硬拉着刘臣进门拿快递去了。刘臣瞥了陈西桃一眼，目光沉寂。

陈西桃看着这两个人忍不住发笑。

他们一定好讨厌她吧。

巧了，她也一样。

在年纪尚小的时候，陈西桃很在意自己在别人眼里的形象。如果知道有人讨厌她，她就会难受好久，想方设法地改变自己，甚至还会刻意地取悦那个讨厌她的人。

可等到再大一些，她明白了，这世上没有完美的人，她也会忍不住偏爱谁，也会不可避免地讨厌着谁。

可这又有什么错呢？

只要不伤害，情绪是难免的。

遇到自己讨厌的人，便敬而远之，遇到讨厌自己的人，便不卑不亢。

被人讨厌才最不必放在心上，因为大可以讨厌回去，这是很公平的事。

她这天心情很好。

许明月根本无法影响她。

从菜鸟驿站出来之后她甚至去超市买了两包糖，再回寝室时，她一路走走停停，拿手机拍花拍树，又停了两次拍云。

这天的天气简直好到让人想骂脏话。可见自然治愈人类，是一种永恒的真理。

陈西桃回寝室后迫不及待拆开了快递，掏出一只大蝴蝶风筝，撒娇让楚童陪她一起去放。

纪雨欣笑道：“她现在天天窝在寝室看电影，连刘臣都不约，何况你？”

楚童拿抱枕砸纪雨欣，骂道：“滚啦，我要补作业！”

前两天她沉浸在伤感电影里不能自拔，攒了好多作业没写。

陈西桃见楚童这天有点精神了，是真的打算学习的样子，就对纪雨欣说：“我们别管她了，要不你陪我一起吧。”

纪雨欣说：“行啊，反正我也没事。”

二人出门后，路过一个十字路口，陈西桃要往右拐，纪雨欣拉住她：“干吗去？还真去操场放风筝啊？这么漂亮一个大蝴蝶，我替它不值！”

于是二人坐地铁往广场去。

广场上放风筝的人不少，大都是一些还没到上学年纪的小孩子。

陈西桃的风筝比他们的都大都漂亮，为此她笑得合不拢嘴，惹得纪雨欣骂她幼稚。

有一对双胞胎也拿了蝴蝶风筝，要和陈西桃比谁放得高，她爽快地应战，和两个小豆丁在广场上乱窜。

最后是陈西桃输了。

两个小孩儿各给她一根棒棒糖作为鼓励奖。

陈西桃分给纪雨欣一根，纪雨欣说："你可真会哄人，"又说，"我陪你一下午了，你陪我去书店逛逛呗？"

纪雨欣想买的是专售的定制书签，只有文华书店有卖。

于是她们舍近求远，打车去兴安街附近。

这家书店生意很好，店面就像陈西桃之前去过的N市先锋书店那么大。纪雨欣去挑书签，陈西桃去里面逛。

陈西桃走到外国文学区的时候看到一个身影，蓦然愣住。

他倚靠在开了一角的窗边，白色的窗帘被风吹得缓缓荡漾，窗外是大片大片的红橙相交的晚霞。

他的头发被风吹得在眉间轻扫，看得人心里痒痒的，可他好像没有任何察觉，只一味地低头看书。

怎么会是他呢？

眼前这一个着白衫，无纷扰，仙鹤一样的翩翩少年，怎么会是孟亓呢？

陈西桃失魂一样地转过身。

许多的念头在心里堆积，她一点点地捋着。

刚刚孟亓手里捧着的书籍已被他看了小半，可见他是在书店待了一阵子的。

陈西桃又忽然想起来，他看的那本书封面好熟悉，好像是《唐璜》英文原版。

英文原版……

陈西桃立刻顿住了。

后面的人差点撞到她，对方尖酸地说了句"搞什么，走路不会走啊"，她置若罔闻。

连对她来说读起来都有难度的英文版《唐璜》，他一个高三的学生，却能读得津津有味，这不是学霸是什么？

这种学霸，数学居然考不到六十分？

难道他偏科真那么严重？

不对啊，这家伙哪科考得过六十分了？

分明是在装！

"孟亓……"

陈西桃咬牙切齿，恨不得立刻转过身，走到孟亓身边痛快地拍掉他的书，就如狠狠撕掉他的面具一样。

可是她忍了忍，还是决定捉贼捉赃！

周六下午。

陈西桃早早就坐在书房里等孟亓。

孟亓抱着叮当，无聊地问她："今天讲什么？"

陈西桃说："今天讲数列，我们讲完之后做几道题。"

秒针嘀嗒嘀嗒地转。

陈西桃讲完知识点，又给孟亓演示例题，数列题列公式，她故意把 n-1 写成 n+1。

最后求出的答案和标准答案不一样。

她有些尴尬的样子，对孟亓说"抱歉，稍等一下"，又算了一遍，却还是与答案不同。

于是她笃定地说："这题不用看了，答案给错了。"

孟亓挑挑眉。

陈西桃又找出另一道例题，这题的题型和刚才的一致，她又故意在相同的地方出错。

这次不能说答案又给错了吧。

陈西桃皱着眉，气呼呼地又做了一遍，还是错。她不死心，又做一遍，明明一眼就能看见的错误，她却愁眉苦脸的，装作没察觉，结果还是和答案不一样。

孟亓坐不住了。

他说："你行不行啊？"

陈西桃："你才不行！你哪儿都不行！"

孟亓撇嘴举手投降，又说："要不你再检查一下？翻翻书看看公式有没有错？这种类推型的题是很容易主观带入的。"

"喵。"

叮当叫了一声，从孟亓身上下去。

这叫声在陈西桃心里就像演员杀青时的一句"咔"。

事已至此，戏不用继续演了。

陈西桃验证了自己想验证的事实，就不再和孟亓继续装。

她没什么表情，定定地直视了孟亓一会儿。然后开始收拾笔和书，装进包里。

孟亓一时没搞懂陈西桃的意思，只是心里隐隐约约发慌，问她：“你干什么呢？课还没上完呢。”

陈西桃头也没抬：“不上了。”

孟亓皱着眉迟疑地站起来：“不上是什么意思？”

陈西桃背好包，转头，冷硬地说：“不上就是不上了，你另请高明，我叫不醒装睡的人，所以不伺候了！”

孟亓捕捉到她话音里的重点，只觉得有一道雷轰过来，直直地劈在他头顶上，将他整个人都震碎了。

陈西桃说完话就走，孟亓反应了几秒，才意识到要去追。

他三两步赶上她，拉住她的胳膊：“你先别激动。”

陈西桃冷冷地扫了他一眼，说：“激动的是你。”

孟亓从没有见过这样子的她，这会儿心里堵堵的，大脑又一片空白，只知道皱着眉头，深深地望着她。

陈西桃说：“放开我。”

孟亓想都没想：“我不放。”

陈西桃无语地看了他一眼。

只听他又说一句:“我不放，放开你就跑了。”跑了就找不回来了。

陈西桃用力地推他，推不动，便问：“行，那我问你，你的成绩是不是假的？”

“不是。”他居然这么说。

“我没作过弊，都是我自己做的，所以我的成绩真金白银。”

“那你要是这样诡辩，就没什么好说的了。”

“你别生气啊，以后数学我考好点不行吗？你说考几分我就能考几分。”

孟亓说得认真，陈西桃却顿住了。

“你还能控分？”

孟亓被噎了一下，想说的话被堵在嘴里。

“我说怎么这么巧，我说考六十分，你考了个五十九分，原来你还是个控分大神？”陈西桃嗤笑了一声，既是对孟亓，也是对她自己。

控分这件事，她在一分钟之前还真没敢想过。

想起来第一次过来辅导，他做题对了三道，她让他猜猜能考多少分，他随口一说便猜对了。

现在想想，是她轻信小人。

“没什么好说的了，再见。”

陈西桃又推了孟亓一下，这次他没有阻挠，她头也不回地离开。

广场上风很大。

滑板拍地声此起彼伏，听着都疼。

孟亓摔第十次的时候，马轩终于爆发了，再次冲上去把他的板子夺过来，转身劈头盖脸就是一顿骂：“孟亓你是不是疯了？”

孟亓憋着火，伸手推了马轩：“把板子给我！”

“你疯了我可没疯！”马轩吼着，气得胸口一起一伏，“你今天不把你胳膊腿摔断了，你不罢休是吧？”

孟亓这会儿只想发泄，他又说一句：“把滑板给我！”

满是不耐烦。

马轩指着孟亓，恨不得揪住他的领子揍他几拳。

这时候齐卡拉来了，打断了他的想法。

“马轩，孟亓，你俩怎么了？老远就听你们在吵。”

齐卡拉下午去上辅导班了，下课之后给孟亓发消息没人回。她又打电话给马轩，得知二人在广场，背着书包就过来了。

马轩还在气头上：“他不知道抽什么风……”

齐卡拉走到孟亓面前，眉头紧皱，问：“孟亓，你干吗啊？”

孟亓也正烦着，不想说话，走过去把马轩身后的滑板夺了过来，二话不说又开始滑。

滑板扣地声，像抽在地上的巴掌，一下接着一下，听得人揪心。

齐卡拉看着孟亓一下下把自己往地上摔，急得大脑空白。

这下轮到她接替马轩的活，走过去把滑板抢走。

她力气小，恐怕孟亓再把滑板抢回去，干脆直接坐到上边，仰脸问孟亓：“你受什么刺激了？”

在齐卡拉心里，孟亓这家伙的情绪从来不极端，他不狂喜也不丧气，他不是明媚如朝阳的男生，可也从来不会低迷如死水。

他就像三月末的春风，带一点料峭之意，一点不经心，再加一点温凉的暖。

这样的人，多自由无畏，多无牵无挂啊。

可他怎么就成这样了？

齐卡拉不解，一个劲儿问孟亓：“你怎么了？”

她急切地想得到答案。

孟亓也折腾累了，没有和齐卡拉再抢滑板。

干脆就地坐下，拿出手机看，微信有两条新消息，他带着一丝急切，连摁了好几下把微信打开。

是周问渠的消息，他没回，把手机“啪”一声摔到一边，顿了几秒，又把手机捞过来，点开陈西桃的头像，发语音：“我这么做，当然是因为你。”

骗人很容易吗？他如果只想捉弄她，何必这么费劲。

孟亓这会儿脑子很乱，他丝毫不知道对面两个人皆是一愣。

齐卡拉刚才一直在数落孟亓，但孟亓压根不搭理她，她渐渐就恼了，抬眼一看马轩正玩手机，顿时气不打一处来，于是又转过脸去数落马轩，根本没注意到孟亓发语音的动作。

孟亓冷不丁一句话，让齐卡拉心底忽然升起一股酥酥麻麻的异样感，她的心一紧，好像不会跳了一般。

马轩也是心跳一滞。

他刚才一直在回消息，听到这句话把回复到一半的聊天中断，看了眼齐卡拉，女生脸上红红的一团。

他咽了口唾沫，说：“你们聊吧，我先去个厕所。”

齐卡拉右手摸了下滚烫的脸颊，抿抿唇，又轻推了一下孟亓：“你说什么浑话呢？”

孟亓压根不知道他惹了个大误会，他心里纠结得难受，又把那条语音撤回来，随后又发了条新语音过去：“陈西桃！你至于这么绝情吗？老子错了还不行吗？！”

好像是用了最大的力气，才把这话说完整。

说完话他抓了把头发，很颓废地把自己缩成一团，又是一阵纠结，想了又想，他又点开手机，把消息撤回。

他再抬脸，只见对面的齐卡拉泪流满面。

孟亓不知道。

在他发第一条语音的时候，齐卡拉脸红了，可当他发第二条语音的时候，她的脸更红了。

脸红和脸红是不一样的。

正如害羞和羞耻一字之差。

泪流得最凶的时候，马轩回来了，他看齐卡拉哭了，想都没想就问："你怎么了？"

齐卡拉拿了包，落荒而逃。

她逃走的时候撞到了他的左肩，那一大片皮肉震颤得疼。他看了一眼一脸懵的孟亓，又朝齐卡拉逃走的方向看了一眼。

最后他朝齐卡拉追了过去。

孟亓在原地坐了好一会儿。

到晚上八点多，天空中有细细密密的雨落下来。他沿街一直走，像个流浪汉，也不知道走了多久，他停下来，仰头让雨落在脸上，像蒙了一层有重量的烟。

淋了会儿雨，他渐渐恢复理智，他觉得他完全没必要把自己搞成这样，既然事情因他而起，那就解决一下。

他又掏出手机，打了个电话给陈西桃。

电话居然很快被接通了。

那边声音嘈杂，有人在唱歌，他听到了一句——晚星就像你的眼睛，杀人又放火，你什么都没有说，野风惊扰我。

秋风阵阵，他觉得这词儿写得真好啊，于是顿了一会儿，忽略了听筒那头女生说的话。

"桃子，这人好像是找你的。"然后孟亓听到这样一句。

"喂？"她很快接听。

"喂。"他迟疑地开口。

"是我。"他说。

"孟亓，你烦不烦啊？！别给我打电话了，我听live house呢。"她说。

"都一天了，你还生气啊？"

"你把自己想得太重要了吧？反正就是一个帮忙，你就占据我一周生命的六小时，我干吗生气？我不干了，我不干了我还生气吗？”

然后她就挂断了。

于是他忽然就生气了，因为她居然这么快就不生气了。

楚童邀请陈西桃去听民谣专场。

那会儿陈西桃已经在床上睡了一天，没兴趣吃饭、没兴趣玩手机，就是躺着，也睡不着，因为一闭眼就想到孟亓。

一想到孟亓她就生气。

然后楚童敲了敲她的床，问：“桃子，我们去听民谣吧？”

楚童的眼睛还肿肿的，人却精神了很多。陈西桃爬起来，揉了把乱糟糟的头发说：“等我一会儿。”

她们出门的时候已经快七点了，那会儿刘淼刚好从图书馆回来，她一向勤奋。

她们到酒吧的时候已经检票结束了，还好没有错过第一首歌。

两个人的身体跟着音乐轻轻地晃，整个人放松了不少。

听到一半，有人打来电话。

陈西桃出门没带包，手机放在楚童的包里。楚童听见响声没多想便点了接听，那头一直沉默，楚童拿起手机一看，说：“小孩。”

楚童将手机递给陈西桃：“桃子，这人好像是找你的。”

陈西桃一看又是孟亓，没和他说几句就把电话挂断了。

那会儿台上的歌手正唱道：“如果有时间，你会来看一看我吧，看大雪如何衰老的，我的眼睛如何融化。”

她们听完一场演出，出门之后才发现下雨了，是那种很细很密的毛毛雨。

成年之后，很少再看到毛毛细雨出现，秋天的细雨更是少。

陈西桃扬起脸，让雨丝浸在脸上。

然后楚童轻声唤她：“桃子，我有事情想跟你谈。”

她的语气认真，陈西桃睁开眼，别过脸，淡淡地笑了笑：“我们边走边说，淋淋雨也挺好的。”

楚童与她相视一笑：“好，听你的。”

两个姑娘在满是梧桐树的街道上缓缓地走，有些话慢慢地说，情绪慢慢地变化着。

然后陈西桃的电话又响起来。

还是孟亓。

她挂断，他再打；她挂断，他再打。

她终于接听：“你有病吧？孟亓……”

说了六个字，她急急顿住，眉头拧起，问：“谁？什么？”

挂了电话之后，陈西桃拍了拍额头，对楚童说：“你先回去，我学生出了点事，我得过去一趟。”

楚童说：“要我陪你吗？”

“不用啦。”陈西桃伸手在路边拦出租车。

“那你快去快回。”

“好。”

一辆车子停在眼前，没一会儿又很快开走。

陈西桃挂断电话之后，孟亓不知道该往哪里走。

他忽然想起来那时候是高一，他要转学走的那天孟敏从白市赶到烟城给他办手续。他心里像背课文一样一直在念一个名字，烦乱之下，他到校园各处百无聊赖地转悠着。

谁知道居然真的见到了心里的那个名字的主人。

花坛边，树身的遮挡下，陈西桃正和一个男生说着什么。

孟亓当时听到了只言片语，陈西桃态度并不强硬，却那么冷漠绝情，讲出的话让人没有一个字可以反驳。

她说完想说的话，就转身离开了。

而那个男生一直站在原地。

直到孟亓办好手续，跟着孟敏踏着夕阳离开的时候，他还看到男生的背影在那片小花坛旁棕榈树下。

孟亓不知道为什么，觉得自己好像可以体会到那个男生的情绪了。

因为这一刻，他和他的感受大体是一样的。

孟亓忽然不想回家。

这一片酒吧很多，孟亓往小路拐，穿过去正好是酒吧一条街。

谁知道在一家酒吧门口的长廊里，看见一个熟悉的男生，在和另一个比他略高一些的男生说话。

也不知道是好奇心还是别的什么驱使着他，他不自觉就走过去了。

在离他们两步远的地方，他停下，假装系鞋带，悄悄地听内容——

“你什么时候和陈西桃分手？”

“我们不是说好了这件事先不谈吗？”

“你浑不浑蛋，明月和你在一起这么久了，你对得起她吗？”

“我也很乱……”

“你霸着明月，让明月对你死心塌地，又不肯和陈西桃断！我告诉你，宋明扬，没有那么好的事。你自己说过，你爱的是明月，你会和她光明正大在一起，如果你的承诺是假的，我绝不会对你客气！”

“我去你大爷！”

孟亓不知道什么时候走了过去，一把拽过个子稍矮的男生的衣领，把他摔在地上，然后骑到他身上，二话不说，赤红着眼一拳一拳地朝他面门打上去。

后面的高个男生见状，从后背扳过孟亓的肩，将他推在地上，直接两脚踹在他的左胸上。

孟亓费了点力气，发着狠劲反扑过去。

一场混乱。

陈西桃慌忙赶到警察局的时候，就看到这样一幕——三个脸上都挂了彩的人，并排蹲在警察局里。

她愣在原地，双腿发麻，不知道该如何走过去。

有位年轻的警察走过来同她解释：“孟亓不肯联系家长，他手机的通讯录又都没有备注，我们就打了他最近联系的手机号。”

等警察说完话，她才开始慢吞吞地朝那三人挪步。

对面三个人的目光都投射在她身上，那些目光一个比一个难懂，一个比一个深，短短三五米的距离，她停了一次，捋了捋思绪，才走到他们面前。

那个年轻警察过来同她说了事件的经过。

陈西桃冷冷地问孟亓：“你干吗打人？”

孟亓深深地盯着她，静了好几秒，随口扯了个谎：“我喝多了。”

陈西桃说：“胡扯！你一个小屁孩喝什么酒！你给他们道歉。”

孟亓说："你想都别想。"

陈西桃顿了一下，立刻转头面向宋明扬："那你不追究了，和解，可以吗？"

宋明扬嘴唇动了动，没说话，低头沉思了片刻，再抬头，眼神闪了闪，回："可以。"

陈西桃没有说谢。

随后又做了些记录，半个小时后他们一行人走出警局的大门。

陈西桃对宋明扬说："你们回校吧，我送他回家。"

宋明扬刚想说"好"，刘臣却越过他，眯眼看向陈西桃："等等，宋明扬说算了，我可没说。"

"滚蛋！你最好别给我胡言乱语！"孟亓用手指着刘臣。

陈西桃按下孟亓的手，挡在他前面，笑："那你想怎么办？"

"我……"

"我们分手吧！"

刘臣的话被宋明扬打断。

那一刻风都静了。

宋明扬握着拳，像是下了很大决心："我们分手吧，桃子，我不爱你了。"

风又静止了几秒。

然后是一声暴怒："去你的！"

孟亓闻言红了眼，又要挥拳上去。

刘臣见状，试图去挡。

陈西桃拼尽全力吼了句："都给我住手！"

她挡在孟亓和刘臣面前，气得脸都红了。

她粗喘了好几口气，才转头去看宋明扬："宋明扬，这种戏码，警察可管不着。"

本来她还没想透到底是怎样一回事，但是刚刚宋明扬说分手之后孟亓的反应，一下子刺激了她，令她立刻明白过来事情的原委。

刘臣笑："原来你早就知道？"

"是，不仅是我，那天在酒吧，你们吵架，童童也撞见了。"陈西桃直视他。

那天陈西桃去上卫生间，无意间撞见刘臣与宋明扬争吵。

宋明扬说："你不该把楚童也牵扯进来。"

刘臣冷笑："反正楚童喜欢我，我遂了她的意又有什么不好？"

宋明扬有点恼火："可你不喜欢楚童。"

"对，我喜欢明月，但明月喜欢的是你啊，宋明扬，你到底什么时候才能和陈西桃分手？你不能这么对明月。"

陈西桃不打算听下去，转身走了，却在路上碰到楚童，她没有拦住她往真相走去的脚步。

与其不知如何戳破，不如趁机让楚童亲自面对。

在知道真相之后，若楚童还是爱，那她无话可说，若楚童决定不爱，那她会陪楚童走过戒爱的过程。

而在楚童假借爱情电影之名，痛苦了一些日子之后，就在这晚，演出散后，楚童向她说出了事情的经过——

那晚楚童亲耳听到刘臣对宋明扬说："如果明月爱的是我就好了，我一定好好对她，绝对不会像你一样让她伤心。"

楚童告诉她："那个人，我不要了，宋明扬也配不上你。"

此刻，陈西桃冷笑："你说你们的事情，恶心我就够了，凭什么还扯上别人呢？"

宋明扬很乱，脸色很差："桃子，有什么以后再说行吗？"

"有什么不能现在说？"陈西桃带着笑音，"我只可惜许明月不在场，也不知道她看到这一幕会是什么感想。说起来，她忍辱负重一年多都没混个名分，还真有点可怜。"

"陈西桃你……"刘臣一听到"许明月"三个字，顿时没有了理智。

宋明扬怕刘臣会把场面搞得更混乱，急急打断他："都别说了！"

他看着陈西桃，语气里带有一丝祈求："桃子，别再说了，求求你给我一点自尊吧，我现在真的很难堪。"

陈西桃看着宋明扬的脸。他饶是这样，也还是有一副飘逸俊朗之感，这副样子，要是落在许明月眼里，一定很让她心疼吧。

可陈西桃只觉得令人作呕。

因为知道了他的龌龊事，于是他身上的美好也成了糟粕。

造物主在外表上对他的偏爱，本就是极大的讽刺。

"道歉。"

有个声音插进来，像一块冷硬的石子，忽然在炎热的夏日触到肌肤，刺穿了什么，割伤了什么。

陈西桃那一刻不知为何忽然抖了一下。

孟亓说的每个字都像石子一般坚硬。他看起来比任何时候都郑重，指了一下宋明扬，又指了一下刘臣："你和你，你们都应该给她磕头认罪。"

孟亓站在路灯下，光束投在他身上，而宋明扬、刘臣则站在他对面没有光束的空地上。

那一刻，少年孟亓浑身凛冽，对面的两个人一言不发。

陈西桃的心里发生了一场小地震。

过了片刻，她才清了清嗓子，找到自己的声音："你们还不快走，真的还想再打一架吗？你们还有资格再打一架吗？"

听完这话，宋明扬拉了拉刘臣的袖子，一起转头就走。

陈西桃转过身慢慢地走到孟亓身边，扯了扯他的袖子："喂。"

孟亓把手甩了一下，别开脸，说："别看我。"

陈西桃偏要去看他的脸："还疼不疼？"

孟亓干脆背过她："还不都是你，眼光真差。"

陈西桃敛了敛眸，然后又伸手扯了扯孟亓的袖子："喂，抱歉啦，然后……谢谢你。"

孟亓僵了一下。

他在她看不到的地方，低下头，撇了撇嘴，说："你也有脾气好的时候？"

陈西桃的眼皮一跳，顿时明白过来这人故意激她呢。于是走到他面前，哄人一样，向上看他的脸："哎哟，大老爷们，别那么小气。"

"我哪里小气了？"孟亓猛地扬起脸，睁大了眼问。

陈西桃一笑："我不生气了，好了吧？扯平了，我继续给你辅导，行了吧？"

孟亓想反驳，满肚子话憋在嘴里不知道怎么说出口，噎了一阵，才说："谁让你辅导了？没你更好！"

陈西桃白眼："得了，孟亓，你再说我真改主意了。"

孟亓张张嘴，想呛她，可想了想，又把话咽进肚子里。

他好怕她反悔。

陈西桃说："走，送你回家。"又问，"你家有药箱吗？"

孟亓点点头。

回家只用了十几分钟。

孟亓回家之后先去洗了澡，出来之后，陈西桃已经找好药箱在等他了。

陈西桃问："你自己来行吗？"

孟亓点点头："废话，我能允许你吃我豆腐？"

陈西桃恨不得冲过去捶他一拳，但见他嘴角的瘀青，又心软了。

这晚她对他改观了，她发现他其实真的不像表面上这么浑蛋。

宋明扬的丑事被他撞见，原本他可以一笑置之，但他还是上去把他们教训了一顿，哪怕他根本没讨到什么便宜，也还是说"你们应该给她磕头认罪"。

陈西桃又想起第一次见孟亓时，只认为他不尊重女性，而第一次见到宋明扬，却觉得他风姿过人。可后来宋明扬背叛了她，而孟亓为她出头教训背叛者。

有些人乍见惊艳，以为满分，却因品行低劣而不断减分。

可有些人，乍见不及格，却能于细微处被窥见闪光点，从而不断加分。

念及此，陈西桃没和孟亓斗嘴，把药箱递给他，又问："杨姨呢？"

"她孙女生病了，昨天晚上就回家了。"

陈西桃点了点头，又疑惑地扬起脸，问："那你怎么吃饭？"

"不饿。"孟亓说，"我减肥。"

其实他也不算撒谎。他不饿，根本没有饿的感觉。

这些陈西桃自然不会理解。她张大了嘴："你还减肥？"

孟亓瞥她一眼，淡漠地问："我为什么不能减肥？"

"咕咕"一声。

陈西桃与孟亓对视了一眼，没忍住"扑哧"一声笑出来："孟亓，你幼不幼稚啊，干吗总装酷？"

孟亓尴尬地清了清嗓子，还是那副傲娇样子，说："肚子叫就代表饿？"

陈西桃无奈地摇摇头："我去给你做点吃的。"

孟亓愣了一下，扯了扯嘴角，又冲女生的背影喊道："你别下毒！"

厨房里的灯是橙子色的。

灯光下，陈西桃围着围裙，一边择蔬菜一边看手机上的食谱，有一缕头发从侧脸落下来，又被她轻轻地捋到耳后。

孟亓涂完药下楼就看到这样的场景。

他没出声，鬼使神差地掏出手机把她拍了下来，然后静静地坐在餐椅上等。

没一会儿，她端着一碗蔬菜面走过来。

"喏，吃吧。"她有点期待的样子。

孟亓闻见味就受不了了，只是端过碗的时候，他还是慢吞吞的，就像被逼无奈一样，然后随意地夹了一筷子。

"咳咳咳。"孟亓差点没被呛死。

"怎么了？"

"怎么那么辣啊？咳咳……"

陈西桃瞪大了眼睛："喂！你太夸张了吧！我人生第一次下厨，你就算装也拜托装一下吧！"

她这样说，孟亓咳到一半拼命顿住了，脸憋得通红，艰难地解释道："不是我不想装，是你这碗面没给我反应的机会。"

陈西桃更来气了："你还不如不解释！"

孟亓闷闷咳了两声，又喝了口水，然后叹气站起来，居高临下地睨着她，说："得，小爷发回善心，让你尝尝我的手艺。"

陈西桃惊讶："你会做饭？"

孟亓乐了："我什么不会？"

陈西桃站起来，把围裙往他身上一扔："那你不早说！"

"你也没问我啊！"孟亓心情不错的样子，接过围裙。

陈西桃扶额："我第一次下厨欸，我爸妈都没吃过我做的东西。"

孟亓穿围裙的手倏地顿了下来，然后他深深看了陈西桃一眼。

陈西桃与他对视了一眼，缓了几秒才反应过来自己说话的语气，带着一点想让人哄的意味，忽然不自在了，忙说："要做就快去！"

孟亓笑了笑，转头，回身。

陈西桃察觉自己有点慌，可又不想被孟亓看出自己的异样，于是拿起手机打开前置摄像头，装作在整理头发。

她又拿起包里的粉饼，装作补妆，往脸上盖了层粉。

孟亓没有注意到她的动作，正在旁边专心致志地洗青菜。

陈西桃收好粉饼，走过去，站在料理台外面看孟亓洗菜、切菜、烧水。

他的神情专注，因为目光向下，他的睫毛仿佛是一朵温顺的扇形的花，花影投射在眼下，看着便觉岁月静好。

她有注意到他正切菜的手，修长好看。她甚至有一瞬间想冲过去让他把菜刀放下。

这样的手应该去弹莫扎特，去抚摸世上最高贵漂亮的猫。

怎么可以拿刀呢？

怎么可以动粗打人呢？

何况是替她才挥拳。

陈西桃有点愧疚，心里酸酸胀胀的，有什么情绪在堵着她，憋得她喘不过气。

她有些不好意思地说："对不起。"

孟亓切菜的手顿了一下，抬眼随意地看了她一眼，说："干吗又说一次？"

她说："之前我有点好面子，不太正式，这会儿是正儿八经对你说的，对不起，还有谢谢。"

孟亓沉眸看着她，顿了一下又笑了，问："你真的不难过啊？"

陈西桃问："什么？"

孟亓说："他。"

陈西桃的表情未变："我为什么要难过？"

孟亓笑，那笑极为欣慰，他说："那就好。"又说，"奖励你一个荷包蛋吧。"

陈西桃反应了一下，说："我才不吃，我减肥。"

孟亓不说话了，看向她。

三秒后陈西桃投降："我吃，我吃，好了吧？"

孟亓转过脸，在她看不见的地方，满意地笑了。

这晚，头顶上的橙子灯，亮到半夜。

第五章
偏爱

怎么又是他屈服了呢

陈西桃第二天决定去面对宋明扬。

她回寝室化了个妆。

昨晚她在电话里和楚童把事情讲过了，这姑娘又哭了大半宿，对她说："桃子，我要不要和你一起啊？但是我真的没做好准备。"

陈西桃安慰地拍了拍她的肩，说："没关系，我自己去。"

"我连你那份一起讨回来。"

见面的地点定在校外的茶馆包间。

宋明扬大概是认为这样的地方，便不会遇到熟人，而在包间里，陈西桃就算是想闹，也不会引来别人侧目。

陈西桃对这样的地方也感到满意，因此她好心情地点了一杯——绿茶。

许明月和刘臣也来了。

陈西桃不意外，要他们在包间外面等，原话是这样说的："你我的从前，他们不曾知悉，因此你我的烂账，他们不配旁听。"又说，"你总不能连单独面对我的勇气都没有。"

宋明扬脊背微驼，神色有些颓丧，他说"都听你的"，颇有些疲累而无从应对的落魄感。

陈西桃进门之后先泡茶，涤器取茶的工夫，宋明扬先开口了："桃子，我知道我现在说什么都显得很虚伪，但我是真心的，你想要什么补偿？"

陈西桃又润茶，闻言，手势未停：“你能给我什么补偿？”

她这日身穿白色针织衫，头发低低地绾着，莲花样式的耳钉格外禅意，乍看诗意浓重，一副悠远淡然的模样。

可宋明扬不敢卸下防备，只看一眼她眼下的小痣他便放弃幻想，他知道眼前的姑娘远不是表面上这样温和顺从。

宋明扬说：“谈钱俗气，再多的钱也买不回你过去一年半对我的真心。可除了钱，我想不到其他了。”

润茶之后注水，随后斟茶，父亲曾告诉过她，中国人讲究“酒满茶浅”，一般斟茶只斟七分满，留的三分是人情。

可陈西桃将茶水斟了十分满，而后对他面前的钟式杯比了个“请”的手势。

茶馆里茶香缭绕。

有那么一阵子，陈西桃不接话，只品茗。

喝了一盏茶之后，她缓缓开口：“我不要钱。”

宋明扬已被她闲适的态度搞得如坐针毡，听她开口，他迫不及待地问：“那你要什么？”

陈西桃靠在椅子上，随意地拨了拨耳垂，答非所问：“我记得第一次见你，是在开学典礼上，你作为代表发言。之前你从没有发过言，为人也很低调，所以你第一次出现在大家面前的时候，帅得全场尖叫，我们班女生都疯了。”

说到这里，陈西桃停下来。

宋明扬低着头，有层荫翳笼罩在他身边，陈西桃看不到他的表情，也读不出他的情绪。

她顿了顿，接着说：“我自然也记住了你，后来没过几天，我到超市买烤肠，没有带钱，正巧你在我身后，帮我付了款。有了这个契机，我们认识了，随后又熟悉了。”

“后来你上了‘熙大’，我高考结束的那个暑假，去‘熙大’找你，你带我去学校餐厅吃饭，路上遇见你同学，哦，也就是许明月。后来我高考查成绩那天，查到我考得不错，稳进‘熙大’。再后来，你跟我表白。你当时原话是怎么说的来着？你说，‘我会好好对你，永远不欺骗你，伤害你。’但有一天我跑去你家找你，我从后门进小区，穿地下停车场的近道过去，就看到你和许明月拥吻在一起。”

陈西桃笑了笑："我那时候是什么感觉呢？晴天霹雳？大概是这样吧。我恨不得冲上去打你一巴掌，但我没有。"

宋明扬这才抬起头："我宁愿你当初冲上来，打下去。"

陈西桃冷笑一声，静静地观察他痛苦的神色，不说话。

陈西桃早知道他会这么说。因此，再给她一次机会，她也不会冲出去。

她明白她越是闹，他心里便越好受。他会觉得一巴掌伤了他的面子，因此欠她的也就还了，而她如果不依不饶，他只会觉得她无理取闹，最后把愧疚都变成厌烦。

她才不要给他这样的机会。

"刘臣也喜欢许明月，是吧？"陈西桃问。

宋明扬眼神复杂地看了她一眼，然后艰难地发出一个音节："嗯。"

陈西桃失笑。她没有很震惊，只不过觉得答案被制造问题的人亲口说出有些奇妙："只不过我很好奇，刘臣到底是多喜欢许明月，才会愿意把自己心爱的女生拱手让人。"

"他们从小就认识，许明月以前和刘臣是邻居，中考之后她父母离婚，她跟她妈妈改嫁到烟城。"

"哦。"陈西桃沉吟了一声，"原来是青梅竹马。"

陈西桃忽然想到什么，笑了："你不吃醋？"

宋明扬抬头对上陈西桃的视线，说："她不喜欢他，一点都不。"

陈西桃微愣，朝门外看了一眼，又低头失笑："刘臣倒是惨，被许明月利用得明明白白。我秀个恩爱，许明月闹了吧？你都没有反应，他却按捺不住了。"

宋明扬叹了口气。

"更傻的是，作为你的兄弟，你竟从来没有看得起他。"

宋明扬嗫嚅了一会儿，回："我们算不上兄弟，他只不过是帮许明月看着我罢了。"

陈西桃冷笑，继续说："不过你又看得起谁呢？无论是许明月那点可怜的爱，还是刘臣那些愚昧的真情，你都不放在眼里，包括该给我的忠诚，也不入你的眼。"

宋明扬闻言，脸埋得更低，显然有些无地自容。

陈西桃说："本来我想着，和你谈完话再去见一见许明月。现在我改主意了，我不见她了，以后也不见你了。我不会原谅你，你也无法弥补我。哪怕以后你过得再好，只要还有一丝廉耻心在，午夜梦回的时候想一想我，你都要看不起自己。这就是我今天来，想告诉你的全部。”

宋明扬沉默了，随后又自嘲地笑了。

他说：“应该的。”

陈西桃拿起包准备走，站起来的那一刻她想到什么，又摸了一下耳朵，问他：“我的耳洞好看吗？”

宋明扬抬眼，不明白她的意思。

陈西桃干脆解释给他听：“这耳洞不是什么十八岁的遗憾，而是我告别过去的证明。你是出现在我生命中的小伤口，伤口的存在我无法磨灭，但我可以选择它在什么位置。”

宋明扬又沉默了。他不知道为什么自己一直在沉默。

陈西桃推开门，看到站在门口的许明月，而刘臣则站在她身后一臂之隔的地方，仿佛程门立雪。

许明月的嘴唇动了动，想说什么，陈西桃摇摇头打住了她。

陈西桃的目光只在她身上停留一秒，旋即无视她，越过她，挺直脊背离开。

陈西桃给陈赵买了一套奥特曼。

这日她刚下课，小男孩儿便卡点给她打来视频电话。深秋的校园略显寂寥，路上没什么人，路边的树叶青黄参半，月季花尚未凋零，在一片由盛转败的景色里，展露出招摇的娇媚。

小男孩儿在那边喋喋不休，叽叽喳喳介绍每个奥特曼的名字。或许是景致的缘故，陈西桃只觉得整个人都慢了下来。

“赵赵，别打了，别烦你姐姐，你姐姐还要学习呢。”又过了一会儿，便听见赵明英开始嚷。

小男孩儿撇着嘴，奶声奶气道：“可是姐姐下课了。”

“听话，姐姐在名牌大学，平时学习可忙啦……”

“我忙去了。”陈西桃打断赵明英，挂断电话。

这时候已经十月下旬，天还是湛蓝湛蓝的，有飞机飞过，留下缓慢而明显的云痕。

不知道它是飞往哪里去。

前天的时候，孟敏把第一个月的辅导辛苦费结给她了，她把这些钱小心地转到一张不常用的银行卡里，盘算着等到新年的时候，飞往M国。

上次见王丽的时候还是初一，那会儿王丽刚去M国闯，事业初成，回国的时候一身名牌。陈西桃现在想起来还是只能用“风光”二字形容，后来王丽事业渐渐昌盛，便几乎没有回过国。

这一别，算算已经五载有余。

她长大了，不知道母亲有没有变老。

这会儿陈西桃正不紧不慢地往宿舍走，迎面遇到班里一个女生，正边低头看一张纸边走过来，眼看就要撞到人，陈西桃到她面前开玩笑地大声叫了一声：“嘿！”

女生被吓得一激灵，手里的纸没拿稳，就这么掉了下来。

女生看清是陈西桃，笑着推了她一下：“你干吗呀？吓死人！”又不知道想到什么，顿了一下，立刻俯身去捡纸。

陈西桃笑：“你看什么呢？”

女生支支吾吾。

陈西桃咬了咬唇，隐隐觉得有事，趁女生要抬脚，一把抢过那纸。

女生要夺，她转圈躲过去，凝神一看，傻眼了。

A4纸被撕掉一角，皱皱巴巴的，看着很可怜，就像纸上的字与图，看着令人生悲——

那是宋明扬和许明月的照片和事情经过。

陈西桃恍惚了一下子，才问：“是谁给你的？”

女生咽了口唾沫，小心地看着陈西桃脸色说道：“门口有人在发这个。”

陈西桃立刻往校外小跑。

她还没有出门，就看到几个染着乱七八糟颜色头发的少年，靠在摩托上，敷衍地向进校园的人递着单页。

陈西桃走到一个男生面前，把手上的单页扬给他看，又扬起下巴，神情淡漠，问：“是谁让你来的？”

男生慌了下神，流里流气地反问：“你谁啊？管得着吗？”

陈西桃气定神闲，干脆直接问：“是孟亓找你来的？”

男生本来靠着摩托，听到这话又忙站直，犹疑地看了陈西桃一眼：“你是？”

陈西桃不再跟他废话，转身打电话给孟亓。

孟亓很快接听。

陈西桃没给他张口的机会，开门见山地道：“孟亓，我知道在门口发传单的是你的人，你是不是脑子抽风啊？快点让他们都走！”

孟亓一怔：“发什么传单？”

“你再给我装！”

陈西桃拍着额头，来回踱步，不欲与他多费口舌：“我给你一分钟的时间，让你的人滚。”

说完便挂了电话。

挂完电话没多久，陈西桃便见刚刚那个和她讲话的男生接了通电话。不知道孟亓交代了什么，他的脸色变了变，又看了一眼她。

挂了电话，陈西桃以为他们要走，谁知道这帮人继续若无其事地发起单页来。

陈西桃气得冒烟，走过去叉腰问：“你们怎么还不走？”

男生将单页有一搭没一搭地拍在手上，眯眼说：“大哥交代了，没发完，不许回。”

这下陈西桃算是听明白了。她压着火，又打电话给孟亓。

人家直接关机。

这时，学校门口的保安出来把这群男生轰走了。

陈西桃压着火继续给孟亓发消息：“我要见你。”

编辑完这四个字，在点击发送的时候她迟疑了一下，因为怕他拒收，于是又编辑上另一句话：“要是不见，我天天去你学校堵你，你信不信？”

许是被她这无赖性格唬住了。三分钟后，手机振动了一下，是孟亓。

他说：“在寂寞沙洲。我半小时后走。”

陈西桃立刻叫了辆快车，直奔城南。

一路上万般风景皆过。

陈西桃在寂寞沙洲下车，这家店开在一条窄路的最里面。刚刚过来的时候，陈西桃看到路两旁开满各种发廊、酒吧、台球厅，每家店都装修得很有特点。

寂寞沙洲应该是开了有些年头了，一块早已褪去原有颜色的门头招牌显眼，店门口还摆了一块写满了五颜六色的字的会发光的小黑板。

陈西桃顿了顿走进去，进门便见一个鱼缸，鱼缸后面挂着一幅飘逸易识、行云流水的四字行书——天道酬勤。

她觉得这有些讽刺。

往里走，有个染白发的寸头青年，听见声音看了她一眼，扯出公式化的笑："您好，请问是要剪发还是染烫？有预约吗？"

陈西桃说："我找孟亓。"

她不知道自己的语气如何，只见白发青年快速地将她浑身上下打量了一遍，然后说："等会儿哈。"

青年说罢上了楼，三两分钟后，楼梯间传来一阵脚步声，从上往下来。

青年很快下楼，再一看，后边还跟着孟亓。

孟亓双手插兜，走路散漫没正形。

陈西桃皱了一下眉，说："你想干什么？"

孟亓笑道："干吗，我不过是发个单页你就心疼了？"

陈西桃眉头皱得更紧："什么叫心疼了？"

"不心疼你眼巴巴跑过来？"孟亓冷淡地扫了陈西桃一眼。

陈西桃简直要气笑了："你疯还是我疯？"

她忍不住拿手去点他的胸口："你是怎么拍到那些照片的？孟亓，你不是告诉过我你不混社会的吗？那你现在做的都是什么？"

孟亓轻嗤一笑："那怎么了，他敢做，不敢让人知道？"

"那是人家的隐私，就算不光彩，也和你没关系。再说了，你把这事在学校门口大肆宣传，难道光彩？你们违法了知道吗？好好学习一下法律可以吗？"陈西桃有点急，"我知道你是为我打抱不平，可我和他的事，我们自己会解决。"

孟亓静静地听她说完这一长段，还是不甚在意地笑道："你说这么多，不就是想说我给你添乱了吗？不就是想说，你们的事和我没关系吗？”

陈西桃一顿，忽然失去了组织语言的能力。

孟亓拿舌头顶了顶脸颊，笑说：“没别的，他恶心你，我就要恶心他。”

陈西桃一哽。

她垂眼，有什么情绪在心底浮上来。

这家伙，还挺讲义气的。

陈西桃着实感动了一下，面上却不愿表露。她抬眼，有些埋怨：“你怎么好赖话听不出来啊？”

她哪里是担心人渣呢。

她叹气：“私德约束的是个人良心，有些人没有那份良心，有良心的人便要固守本心，不要迷失边界。”

孟亓“呵”了一声，目光沉沉地看着她：“别教育我了。你怎么知道我没有固守本心？”

陈西桃叹气，不知道该怎么和孟亓理论了。

这时候，楼上又一阵脚步声，随后四五个黑衣男生从楼上下来。

为首的高个子看了陈西桃两眼，眼神凌厉，然后走到孟亓身边，笑问：“就她啊。”

孟亓瞥他一眼：“说话注意点。”

那男生笑了笑，走到陈西桃面前，说：“刚才你们说话我听见了几句，我给你道个歉，这事孟亓不知情，是我们兄弟几个自作主张了。”

“你不用给她解释。”孟亓说，“她爱怎么想怎么想。”

陈西桃的胸口一闷：“你以为我爱管你？”

孟亓被她误会，这么骂一通本就气不顺，这会儿更烦，不由得气她：“你以为我需要你管？”

这一来一回的，像吃了枪药一样。

周问渠忙说：“好了，弟妹，真是我们自作主张。”

陈西桃猛然一惊：“你乱说什么？！”

孟亓也惊讶，却没说什么，只是似笑非笑。

“还有我给你保证，出了事算我的，找不到他身上。”周问渠说道。

陈西桃别扭地低下头，用只有自己能听见的声音嘟囔了一句：

“谁担心他了。”

陈西桃说着话，又打量了一眼屋子里的男生们。

她心想和孟亓也说不出个所以然来了，便打算转头就走。

孟亓在后边喊了她两声：“陈西桃，你怎么那么倔啊，臭脾气。”

陈西桃走到鱼缸旁边，闻声收住脚，转头不耐烦地回：“孟亓，你少自己骂自己了！”

“孟亓，你少骂自己了啦！”

不知道是谁捏着嗓子学了一句。

此话一出，空气凝固了两秒，旋即响起爆笑。

陈西桃一愣，差点呼吸不稳，她去看孟亓，只见男生尴尬地咳了一声，也在憋着笑，顿时气得脸颊绯红。

陈西桃最不肯吃亏，这时恰好瞥见鱼缸，气冲冲说了一句：“一群小混混还天道酬勤？我看你们是勤奋地混成大混混，然后等着天网恢恢吧！”

说完这话，报复的快感冲刷了刚才的那丝羞耻感。

陈西桃满意地离开。

“不是……我就烫个头，怎么就小混混了？”

“就是啊孟亓，哥长得丑染个毛就不像好人了？”

“谁规定好人不能烫头？”

“……”

陈西桃是拍拍屁股走了，留下一堆埋怨等着孟亓收。

孟亓只能抱歉：“对不住啊哥哥们，她这人就是嘴巴毒，心不坏。”

“行了，大家别逗孟亓了。”周问渠在旁边站半天了，这会儿出来打圆场，“那字儿是孟亓写的，人家小姑娘骂也是骂孟亓。”

孟亓咳了一声，朝周问渠递了个眼色，然后说：“谢了兄弟。”

周问渠骂：“德行！”

几个人又说了会儿什么，看天色渐晚了，才各自散了。

陈西桃回校的途中，手机响了。

宋明扬几近失控，刘臣夺过手机咬牙切齿，癫狂地吼道：“陈西桃！我知道这事不是你，就是那小子干的！要是明月出事了，我杀了你和那小子你信不信？”

地铁门开了，凉风灌进来，吹得陈西桃灵魂失重。

她稳稳神，问：“你们在哪儿？”

“……”

二十分钟后，陈西桃于“熙大”附近的一家快捷酒店下车。

她在一楼登电梯，掏出手机按了录音，刚将手机重新放进包里，电梯门打开。

刘臣赤红着眼，一把将她拉出电梯，又一路生拉硬拽地把她扯到一间房里。

“陈西桃！真没想到你来阴的！”进门后，刘臣把陈西桃摔到地上，指着她破口大骂。

陈西桃的左胯磕到了地板，疼得她闷哼了一声。她想过刘臣会发疯，没想到他竟然会动手。

可是疼痛反倒提醒她要镇定。

她不敢忘，此行的目的是解决问题，而非激化矛盾。

陈西桃忍着痛站起来，转身看到坐在床沿上，垂首静默的宋明扬和许明月。

她知道，宋明扬开始时对她有过感情，后来又对她心生愧疚，他这人懦弱摇摆，心肠不硬，会是个突破口。

于是她慢慢走到宋明扬面前，声音轻轻的，问：“阿扬，你也同意刘臣说的，要弄死我？”

宋明扬只是低头，连动都不动一下，更不说话。

刘臣见此，三两步上来拽住陈西桃的衣领，把她拽得离宋明扬远远的，说：“你别使苦肉计！”

陈西桃痛得不行，皱着脸问：“能不能先放开我？”

刘臣哪里肯。他威胁道：“陈西桃，你落在我手里了还想谈条件？那小子敢这样对明月，你信不信我现在就以其人之道还治其人之身？”

陈西桃闻言忍不住抖了一下。她心里一阵阵发慌，身子也发软。她拼命地握紧拳，又咬紧了牙齿，整个人僵硬得如一块石头，除此，她没有别的办法去暂缓失态。

“你不要吓她。”好在许明月在这时候开了口。

“她肯定是不知情的，她就算报复我，也不该这样对阿宋啊。”许明月看了宋明扬一眼，目光盈盈，又与陈西桃的视线交会。

陈西桃冷笑了一下。

刘臣骂了句，显然为许明月的话感到痛苦不解：“知人知面不知心，你懂不懂啊？”

陈西桃的思绪已经渐渐回到了身体里。

她试探地说：“我冤枉啊。”又说，“我一个女生，单刀赴会，任你又拽又扯的，不敢哭不敢叫，还不够有诚意吗？”

刘臣“哼”了一声：“你自己心里知道。”

陈西桃叹息：“其实我来之前已经想好了这件事的解决办法，没想到你根本不想听。”

刘臣烦躁得抓了把头发：“要说快点，少废话！”

陈西桃顿了一下，稳了稳自己。

等宋明扬也扬起脸，她才直视他，缓缓说道：“很简单，这是个契机，你们趁此公开，然后我做第一个公开祝福你们的人。”

话落，许明月的眼睛亮起来，刘臣的眼睛却暗了下去。

许明月说：“似乎也只有这个办法了。”

刘臣嗫嚅了一阵，想说话，又忍住了。

陈西桃将他们的神色看在眼里，笑了笑：“也有第二条路。”

宋明扬急切地问：“什么？”

“你可以声明一切都是假的，我帮你做证。至于照片嘛，可以说是修过的，一切的一切都是造谣的。为确保真实，可以加一句报警声明。”

讲到这里，陈西桃顿了顿：“不过，我希望你不要真的报警。”她心里明白，孟亓的朋友他们发传单是违法行为，宋明扬若主张追究法律责任，他们得不了好。

宋明扬沉默了一阵。

刘臣和许明月的目光都落在他的脸上，他们都在等他的决定。

终于，他说：“好。”

陈西桃隐隐松了口气。她镇定了一下，眸中散发光彩，笑着说：“好，君子一言，驷马难追！有些话要讲在前头，你要保证，绝不报警，事情一结，我们彻底分道扬镳。”

“你闭嘴！”

刘臣早就忍不住了，这会儿直接推搡了陈西桃一下，又眼巴巴走到宋明扬面前，半威胁半隐忍："你别信她的鬼话，你答应过明月要光明正大和她在一起的……"

"我不愿意。"宋明扬打断刘臣。他的神情倦怠，吐字是那么轻，可伤害是那么重，"你有没有想过这时候公开，无异于承认我出轨？这样对明月也没好处，明月也不会愿意的吧？"

许明月早就泪流满面，身子狠狠发颤："阿扬，你这话未免太伤人了。你这是在逼我，你明明知道我是不会在乎这些的……"

陈西桃忍不住在心里冷笑，又忽然生出一秒钟的悲悯。

有句话讲得好，爱一个人，就是亲手给他伤害自己的机会。

她轻咳了一声，说："你们之间有什么慢慢说吧，这件事具体怎么做，回头再联系。"

"等等。"宋明扬喊了她一声，阴郁地说，"你叫那男生不要再轻举妄动。"

陈西桃没表情地看了他一眼，而后扬起笑，说："好。"

她的余光看到许明月还在哭。

她在心里叹了口气，移开目光，恰好对上刘臣的眼睛，他盯着她一动不动。

陈西桃气定神闲地走出房间。她踏上电梯，迅速拿出手机将录音关闭，出电梯后她才开始疾步。

直到打上车，她终于如释重负地喘了口气，这才发现额上、后背早已沁出薄汗。

刚才真是生怕刘臣头脑一热又要将她捉回去，就是怕他冲动做什么人身伤害的事，她才开了录音，万一有事也好保留证据。

孟亓到家那会儿正是饭点。

白马庄园这一片是别墅区，不像以前住在老单元楼，刚进小区就能闻见各式各样的饭香味。下午的时候工人应该有整理过绿植，路两旁的灌木矮小整齐，这会儿周围都是浓郁的草木气，很像夏日残存的气息。

孟亓就是闻着这股青草味一路沉默到家的。杨姨不在，冰箱里也没有多少吃的，他下了碗面条吃。

刚吃完，孟敏打电话过来，问他有没有吃饭。

孟亓把空碗给孟敏看。

孟敏那边应该是清晨。她没有拉窗帘，就开了一盏台灯，屋内昏暗。她倚在卧室的沙发上，端了杯牛奶，把脸挡了一点。

孟亓有点不耐烦："怎么着，和我视个频还犹抱琵琶半遮面？"

孟敏顿了一下，把牛奶放下，问："最近学习还好吧？"

孟亓乐了："好不好你不知道？"

孟敏拧了拧眉，眼见要不耐烦了，卧室门忽然被人推开，有个男人喊："敏敏，我的领……"

后半句话被硬生生吞了下去。

因孟敏反应极快，迅速转头做了个噤声的动作。

空气一下子凝固了，安静得落针可闻。过了几秒，孟敏缓慢地转过头。

镜头另一边的孟亓不知道什么时候开了罐可乐，好像并没把刚才的一切放在心上，咕咚灌了几口，打了个汽水嗝，漫不经心地问："谁啊？"

孟敏又端起牛奶来喝，遮遮掩掩地说："请了个生活助理。"

孟亓"哦"了一声，说："怪不得见您又发福了，原来是有人照顾得好。"

孟敏把牛奶杯放下，往上拉了拉睡衣，嘱咐说："行了，我要去忙了，你睡觉前学习会儿。"

孟亓舔了舔牙笑了："呵，天高皇帝远，您管得着吗？"

孟敏轻轻地叹了口气："我不管你行吗？也不知道给我省点心！再气我，回头真不管你了！"

孟亓静了一秒，随即还是那样漫不经心地笑，说："得，下回教育我麻烦开个灯吧，亲爱的妈妈，脸都看不清，张牙舞爪的。"

孟敏忙解释："我早起脸肿了……"

"嘟……"一阵忙音。

孟亓按了挂断。

他的眼睛里浮动着暗夜的灯火，一点点燃烧，又忽然之间灭尽。

手里的易拉罐被捏得皱在一起，里面的液体流出浸了另一只手，他烦躁地将罐子往一边狠狠扔出去。

无意之间惹到了昏睡的猫咪。

“喵！”

孟亓被这声叫唤激得柔软了一点，长舒了一口气，走到叮当面前，用没有沾到可乐的手抱起小家伙，然后在脖子上蹭了蹭。

屋子里静悄悄的。

“叮咚——”忽然有人按响门铃。

孟亓的心一动，忙小跑到门口，小心地摁开显示器。

果然是她。

还穿着白天的衣裳，还摆着白天的臭脸的她。

孟亓挑挑眉想笑，又很快忍住了，他吊儿郎当地说：“门没锁。”

陈西桃把脸往镜头凑了凑，桀骜不驯的样子：“谁说我要进去了？你滚出来。”

孟亓闻言简直想要翻个白眼。他无语：“呵，你爱进不进！”

陈西桃刚才在宋明扬和刘臣那边周旋，累得不行，这会儿压根儿不想给孟亓好脸色。秋天的风凉凉的，吹在她刚刚冒过冷汗的皮肤上，惹得她忍不住打了个寒噤。

这人一发抖啊，就显得可怜，陈西桃顿时自怜起来，心里难受得不行。

她本来就倔，这会儿有小性子，更倔。门开好了，推一下就能进去，可她就是不进。

她直愣愣地站在门口，脸色不大好，有点气也有点委屈。

孟亓则抱着猫，站在与她一墙之隔的门后。

看着她使性子，他心里也不乐意。凭什么要他屈服于她啊，凭什么每次都是他投降，都是他哄着她让着她啊？

再说了，这会儿他心里还不好受呢，他还需要人哄呢，可谁来哄过他啊？

这么想着，孟亓打定主意了，她爱进不进，他决不惯着她。

于是他抱着叮当上了二楼，然后放了首音乐，开始洗澡。

洗完澡之后他又把自己的内裤洗了，吹了吹头发，又抱着叮当下楼了。

到一楼，他把叮当放下，转悠着到冰箱又拿了罐可乐，没开，放在台子上，然后拿手机登微信，消息一大堆，他挑着回，心里莫名有点烦。

默默回了一分钟微信，他忽然把手机扔在沙发上，然后起身大步走到门口。

到门口倏然顿住。

孟亓急刹车地立在离门仅有一拳之隔的地方。

然后他贼一样，弯下身子，颤着手摁开显示器——

只见女生的身影颀长，孤零零地站在原地，微低着头，风卷着她单薄的衣衫，有一缕头发被吹得一晃一晃的，就像一面军旗。

孟亓叹了一口气，有点无奈，把门打开。他调整了一下语气，说："哟，还没走呢？"

陈西桃闻声抬起脸。

她面上浮起一种奇妙的神色，像笼了一层迷雾，雾色里有倦怠，有倔强，有委屈，拨开之后是不可忽视的神气。

她赢了。

孟亓早知道她赢了，可这有什么好神气的。

他不在意地笑："有话快说。"

陈西桃却盯着他，也不说话，两秒之后张张嘴，眼眶里忽然有液体落下来。

她满脸的泪，就像蜿蜒的银河，在夜光之中，那么波光粼粼，又正逢汛期，水势凶猛，奔涌而来。

把孟亓浇蒙了。

孟亓简直呆了，半天没反应过来，直到陈西桃拿手去擦泪，他才反应过来，结结巴巴地说："你……你别哭啊，谁惹你了？我可没……"

他的话没说完，陈西桃一拳砸在他的胸口上。

孟亓闷哼了一声，没叫出声。

她一点也没客气，挺疼的。孟亓无所谓，他觉得自己挺贱的，如果他疼她就开心，他也觉得挺好的。

可他这态度，落在陈西桃眼里，就是一副没脸没皮、不痛不痒的样子了。

她气得难受，却不想再打他第二下了，又觉得在他面前哭，未免太丢脸，可又忍不住，只好背过身使劲擦眼泪。

陈西桃的肩膀颤动着，就像蝴蝶扇动的翅膀，落在孟亓眼里却有些沉重。

孟亓伸出手，想碰碰她的肩膀。

可是手伸出来，却灌了铅一样，怎么都落不到她肩上。他纠结着，像被定住一样，傻傻地举着手。

现在看来，纸上得来终觉浅，绝知此事要躬行。

陈西桃很快就不哭了。

她转头面对孟亓，眼睛红红的，声音也软，语气却硬得很："孟亓，我告诉你，别再让你朋友搞事了。你们这是违法行为，如果不是我和宋明扬谈判，要他不追究，恐怕这事会断送你们的前程。"

孟亓有点想笑："你站在这和我犟半天，就为说这个？"

陈西桃扬扬脸："你以为我和你还有什么好说的？你们真的应该好好反省一下，不要头脑一热就越了法律的界限。"

孟亓胡乱地揉了把头发，有点烦躁，问："你怕了？"

陈西桃一时无言。

孟亓笑："你放心，以后小爷不会让那孙子伤害你，自己更不会给你惹麻烦。"

陈西桃听他这么说，心里更是吃了一颗梅子一样，酸涩得难受。

她现在还能想起刘臣的目光，火海一样，简直要把她挫骨扬灰。在爱里迷失的人，总是偏执而疯狂的。

对此她不是不怕，却也不只是怕。

她一个人的事怎么都好办，可是孟亓不一样。他既非她的血缘至亲，又非她的莫逆之交，关键他更不是陌生人，反倒是理应被她保护的学生。

他不该蹚浑水。

原本刚刚孟亓问"你怕了"的时候，陈西桃差点就脱口而出"你别管闲事了"，可这会儿，她要是还这么说就有点不知好歹了。

可她还是埋怨他的，便骂："你神经病啊？谁说嫌你惹麻烦了？"

孟亓撇撇嘴："那怎么？"

陈西桃一肚子话，这会儿堵在心里，别扭了一阵，只讲出一句："我能解决，你信我。"

孟亓看她的神色认真，像拿他没办法了的样子，原本想说什么，这下也没话了。

陈西桃又说："孟亓，你好好学习，就是帮我最大的忙了。"

孟亓连连点头，只差举手投降。

"好的，我认错。我和他们几个一块反省，以后再也不做这样的事了。"

陈西桃往他面前走了两步，离他只有一人之隔的时候停下来，认真地看向他的眼睛："孟亓，你现在什么事都别管。如果他真的欺负到我了，我第一个找你帮忙，到时候你得帮我，好不好？"

她离得这么近，身上的香味都扑在他脸上，令他有种窒息感。

沙巴茉莉，还是晚香玉，又或是蜜李的果味，总之她香得很，香得不讲道理。

孟亓不动声色地后退半步，淡淡地睨了陈西桃一眼，有些将就地说："行吧。"

讲完之后，他就觉得还挺憋屈的。

怎么又是他屈服了呢？

这太不公平了，怪只怪她哭起来真的太漂亮了，下次一定不能再这样了。

陈西桃听见孟亓的回答，松了口气。

不过她心里还是有点委屈的。

怎么又要她哄他啊？明明她才刚刚哭过，她从来没在男生面前哭过呢，难道她哭起来不漂亮吗？

这个孟亓，宇宙大"直男"。

不对，不对，陈西桃甩甩脑袋，他"直"不"直男"和她又有什么关系？

陈西桃干咳了声，说："那说定了。"又指了指后面，"我先走了。"

孟亓反应过来："我送你。"

陈西桃摇头，同他说了几句什么，他不再坚持。

见陈西桃转身离开，孟亓想了想，轻声跟在她身后。

除了她肩上随着走路频率而跳动的头发，这一刻，她的一切都是沉静的。

女生的身子很纤细，远远看去，她整个人都融进浓郁的秋夜景色里，宛若精巧细腻的工笔画。

他总是不吝用许多奇怪的句子形容她。

孟亓想到这里，眯起眼睛笑了。

而就在这时，女生忽然停住了。

孟亓的呼吸一窒，只觉得脑子一下子便空白了。还好他的动作比反应快，迅速躲到路旁的矮树后，借着夜色与树影遮蔽自己。然后屏住呼吸看向陈西桃——

月光下，女生仰着脸，静静地看向一个方向，看了两三秒，然后转过身，继续往外走。

孟亓好一会儿才从矮树后出来。他一颗心悬着，不知被什么牵引着走到她刚刚站的地方，扬起脸，望向她刚刚看过的方向，心里一片潮湿。

那个亮着灯的再熟悉不过的窗子。

孟亓舔舔唇笑了，却不忘疾步去追陈西桃，目送她上了车，才安心地原路返回。

第六章
救赎

她身上的光随便倾泻一点儿，就足以福泽万民

Peach Bubble

宋明扬和许明月分手了。

陈西桃知道这事的时候，正把腿踡在墙上，以一种怪异的姿势和王丽打电话。

王丽骂她不淑女，她嘿嘿地笑，然后楚童便推门进来了。

楚童问："桃子，你猜我听见什么了？宋明扬和许明月掰了！"

陈西桃飞快地捂住电话，赶紧把腿从墙上拿下来，转身给楚童比了个"嘘"的手势。然后她把电话挂了，从床上下来，靠在床杆上，听楚童把事情讲完。

原来楚童是去拿快递的时候，无意之间见到刘臣和许明月在角落拥抱，然后她隐蔽在墙角偷听，得知宋明扬把许明月甩了，而刘臣正焦急地安慰许明月。

楚童摇头失笑，但不是很意外，陈西桃也没觉得有什么。

就是她冷不丁还是会回想起那晚刘臣的眼神，如此狠厉偏执，始终如刺一般，扎在她心上。

这天是周末，天气有些冷。

楚童说："庆祝渣男死得其所，我们出去吃顿好的？"

陈西桃笑："白日放歌须纵酒。"

两个姑娘收拾了一番，去校外炒了几个菜，整了点白酒来喝，乐此不疲地说着话。

还记得那日去听民谣，散场之后下雨了，两个姑娘就慢吞吞地走在街上，然后说了一些深埋心底许久的话。

楚童说："桃子，最近我挺难受的，看悲情电影只是我的借口。"

陈西桃顿了顿，舒了口气，说："怪我使性子和宋明扬秀恩爱，当时本来是为了气许明月，谁知道她醋是吃了，却把刘臣牵扯进来。"

楚童想想就生气："不过我该谢谢你，谢谢你那晚没有拦我，我亲眼所见才能彻底死心。"

陈西桃笑笑，端酒和她碰杯："听完民谣那天我们就说好了，不言谢的，再说也是我连累你。我们家乡有句话，别的不说了，都在酒里了。"

楚童笑："好，都在酒里了。"

什么是姐妹呢？

能够彼此理解，包括理解彼此性格里不能理解的部分，就是姐妹。

甘愿把自己身上的星星摘一颗送给对方，而接受者又能心安理得地去发光，就是姐妹。

当然，最重要的是，酒能喝到一起，话能说到一起，心能挨在一起，才是姐妹。

因为喝了点白酒，晚上回校又灌了风，陈西桃犯了胃病，第二天早晨直接进医务室打点滴了。

不过小病来得快去得也快，到周二去给孟亓辅导的时候，她已经好得差不多了。

偌大的房子还是只有孟亓一人在。

陈西桃问："杨姨什么时候回来？"

孟亓转着笔说不知道。

陈西桃见他那副没精神的样子就来气，问他："眼看期末了，你有什么打算吗？"

孟亓一副糊里糊涂的样子，说："我应该有什么打算吗？"

陈西桃双手抱胸靠在椅子上："这么说吧，以前不知道就算了，现在知道你是学霸，你可就不能装了。"

孟亓笑："有什么好处吗？"

陈西桃眯眼："孟亓，这样可没劲了啊。"

孟亓耸耸肩，想了想，说："这样吧，我们比赛做题，你要是得分比我高，我就听你的，你让我考多少分，我给你考得精确到小数点。”

说完话，孟亓也靠在椅子上，唯我独尊的样子，笑得那叫一个志在必得。

陈西桃原本就是个好胜的性子，吃软不吃硬，闻言乐了：“好啊。”

她一个高考大省的市理科状元会怕他？

还精确到小数点？

她倒要看看是怎么精确到小数点的。

一个小时后。

陈西桃看着两张试卷若有所思。

刚刚她和孟亓随便挑了一套模拟卷，做完题，换着改了卷子。

分数很快出来：一百五十分和一百五十分。

“我以为你多厉害呢，也就和我一样而已啊。”孟亓皱着脸，“啧啧”了两声。

陈西桃：“……”

孟亓摸了摸鼻子，目光闪烁：“这样吧，加试两道喽，我们各出一道难点的。”

陈西桃仰头：“好啊，谁怕你啊？”

两道奥数题，一共六十分，一看题目就知道是刁钻的难题。

半个小时后。

陈西桃拿着试卷，挑挑眉笑了：“孟亓，我不太识数，你试卷上是多少分啊？”

孟亓看陈西桃狡黠的笑意就眼皮狂跳：“没劲。”

“谁说的？”陈西桃提高嗓门，“多有趣啊，你看你小数点精确得多好，五十五点五分，你说这个数念出来像不像有人在哭哦？”

孟亓一把扯过试卷，将卷子撕碎，烦躁地说：“得了，以后数学听你的。”

陈西桃“扑哧”一声笑出来，她忙捂住嘴，摆出无辜的样子，瞪着眼睛问：“什么？你说什么？刚刚没听清呢。”

孟亓点点头无语地笑了。他站起来，把桌上的本子卷成喇叭状，冲着陈西桃的耳朵喊：“我说，以后数学你让我考一百分，我不考九十九点五分！”

陈西桃直接捂嘴笑弯了腰。

她得意了一会儿，又直起身子，叉腰昂着下巴看他，勾勾唇，若有似无地笑：“孟亓，我可没欺负你，这可是你愿赌服输的。”

孟亓一下子就走了神。

只见她笑得灿若桃花，浑身上下都散发着光彩。有一瞬间他甚至想，她身上的光随便倾泻一点，就足以福泽万民。

刚刚他在五十六分和五十五点五分之间纠结，这会儿觉得自己的选择是对的，一切都值了。

可不是愿赌服输嘛，赌了输，不赌也输。

他和她之间，他从不是失败者，可她永远是胜利者。

孟亓掩饰着自己的情绪，笑了：“我从不赖账。”

陈西桃点点头，随意地抬起手轻拍了两下孟亓的肩膀，满意地说：“乖哈。”

说完之后，她便满意地回到座位上了。

孟亓整个人都傻了。

他下意识地捂了一下胃，将嘴巴紧闭。

陈西桃刚坐下，忽然想起什么，惊喜道：“对哦！你这么厉害，我以后是不是不用给你辅导了？”

孟亓这才回过神，声音有些别扭：“你想得美，我老孟家钱多但人不傻，你该上班就得上。”

陈西桃“嘁”了一声：“我就这么一说。”

“……”

两个人你一言我一语，有斗嘴有吐槽。

分针往右转了一段，月亮从东方的天际往西移了一点，时间是怎么流逝的，谁也不知道。

这晚陈西桃回寝室后睡得很好，孟亓半夜在夜灯下沉默，久违地打开黑色笔记本。

进入十一月之后，天气猛然冷下来，寝室这时候还没有通暖气。陈西桃在被窝里躺到中午才懒洋洋地起床，睡衣也没换，套了个袄子直接出门拿赵明英邮寄的厚被子。

到菜鸟驿站她才发现赵明英还邮了一箱子苹果过来，这可把她难住了，一路上扛着被子，抱着箱子，走两步路就要停下来歇歇。

走到一半的时候，有人将她肩上的棉被扛了过去。

陈西桃一转头，脸色霎时变了。

她忙说："我自己可以。"

对方没事人一样和煦地笑："你累得满脸通红。"

陈西桃下意识地低下头。

她抱着箱子，没办法捂脸。她再抬眼，不小心瞥到右侧花坛处的一个身影，心一下凉了半截，再开口时，声音冷硬了几分："宋明扬，我之前就说过了，这事情了结了我们就井水不犯河水。"

的确有这个约定，而在前不久，宋明扬解释完自己和许明月的事之后，陈西桃也按照约定为宋明扬说了许多好话。

宋明扬有些挫败。他好看的面庞上仿佛笼罩了一层阴影，他顿了顿，没说什么，又把被子原模原样放到陈西桃的肩膀上。

陈西桃被压了一下，差点没站稳，好在重量落下来，她感到踏实了。她朝右抬抬下巴，对宋明扬说："刘臣等你呢。"

宋明扬的身子僵了一下，看向右侧橡皮树旁的男人。

陈西桃不愿意见到刘臣，每次一见他的眼神，她便如芒在背，于是她赶忙转身回宿舍。

下午还要去孟亓家。

陈西桃进门的时候孟亓还没吃完饭。

他那帮同学也在他家，陈西桃一看，都见过——是之前和他一起吃烤鱼的那群人。

齐卡拉率先看到陈西桃，脸色变了变，一颗鱼丸没夹好，掉到了桌子上，马轩帮她把那颗丸子丢到垃圾桶。

齐卡拉很快就扬起笑："来啦！"

孟亓背对着门，闻声转过头，上下看了陈西桃一眼："来了？"

陈西桃笑："你们聚会呢？"

孟亓点点头："一起吗？"又指了指桌上的火锅，"这锅底是杨姨自己弄的，不是外面买的，味道很绝。"

陈西桃看这架势，知道这帮人还得等一阵才结束，加上她中午光整理床铺没怎么吃东西，于是没客气，笑着说："那好。"

孟亓这日穿了件灰色V领薄衫，露出一片锁骨，烟火气笼着他，这会儿他正斜靠在椅子上，懒散随意地指了指旁边的空座：“坐这儿吧，上首，符合您的身份。”

陈西桃撇撇嘴，不客气地坐下来。

孟亓身后坐着一男一女，落座之后齐卡拉热情地将二人介绍了一番，女生叫陈欢，男生叫路飞宇。

陈欢长得很可爱，笑容天然“无公害”，她叫陈西桃“美女姐姐”。

“美女姐姐，你的衣服好好看，在哪里买的？我想获得同款。”陈欢咬着一片毛肚问。

陈西桃笑了：“回头加个微信，我把链接分享给你。”

陈欢闻言，乐得笑出声，说：“好啊，好啊。”

孟亓看看右又看看左，撇嘴，放下筷子：“没看出来哪里好看。”

他又瞥了一眼齐卡拉，说：“还没卡拉这件黑卫衣好看呢。”

齐卡拉顿时有点脸红，低头看了看自己的卫衣，佯装随意：“嗐，这都是我春天买的了。”

陈西桃嚼着牛肉，看了一眼齐卡拉，不甚关心地礼貌笑笑：“挺好的，蛮适合你。”

孟亓扒拉着盘中餐，说：“现在冬天了，不适合再穿粉色了。”

陈西桃这日穿的是她前不久才买的粉色菱格马甲，配白衬衫，青春洋溢又不失风格，正是觉得好看才穿出来的，谁知道被人这么吐槽。她心里不爽，丢了个白眼给孟亓。

孟亓倒是不会看眼色，直接问：“我说的不对吗？”

陈西桃不好发作，夹了一筷子鸭血放进孟亓的碗里，皮笑肉不笑：“吃饭。”

孟亓一愣。

齐卡拉“哎呀”了一声，拿筷子把孟亓碗里的鸭血捞出来，放自己的碗里，皱眉解释：“孟亓不吃鸭血的。”

陈西桃闻言，尴尬地怔在原地，拼命把口中的食物咽下去，有点无措地看了孟亓一眼。

孟亓和陈西桃对视了一秒，忙移开眼，端起水杯佯装喝水。

陈欢调笑：“哎哟哟，某人怎么对某人这么了解啊。”

齐卡拉愣了一下，快速看了陈西桃和孟亓一眼，摆摆手：“嗐，都是哥们儿嘛，我还知道小马哥不吃香菜呢。”

孟亓放下杯子，咳了一声，说：“得了，少起哄，吃饭！”

马轩附和：“对，这么多菜呢，不吃白不吃！”

陈欢又调侃了几句，几个人才继续老老实实地吃饭。

吃完饭之后，杨姨来收拾桌子，其他人知道孟亓要补课，便纷纷告辞。

陈欢和路飞宇先离开了，马轩去上卫生间，齐卡拉在外面等他。

孟亓从冰箱里拿了一袋饼干递给齐卡拉：“对了，你之前说喜欢吃，正好杨姨昨天晚上烤了点。”

齐卡拉笑嘻嘻地接过来，打开袋子先捏了一块放进嘴里：“真香。”

孟亓说：“有那么好吃吗？放好回家吃呗。”

齐卡拉笑着推了孟亓一下，又转头向陈西桃告状：“他还好意思说我，周三我带了牛轧糖，某人上课偷吃还被老师抓现行来着！”

孟亓语塞，摸摸鼻子，不经意般看了一眼陈西桃，没再说什么。

陈西桃尴尬地笑笑。

好在这时马轩从卫生间出来，和齐卡拉一起向孟亓道别。

眼看人走了，陈西桃靠着墙，看着自己的指甲，漫不经心地说：“你们同学关系真好呀！”

孟亓一怔，旋即特别坦荡地回：“反正一起玩呗。”

陈西桃还在看指甲：“我看人家女生对你挺关心的。”

孟亓眯眼看陈西桃，看不出她什么表情，便笑着说：“对小爷关心的多了去了。”

陈西桃不看指甲了，看孟亓，笑笑：“也是，你人缘那么好……”

陈西桃摆出那副令人熟悉的天真的坏笑，直勾勾地盯着孟亓，明明目光不犀利，却好像要把他看穿、看透。

孟亓睁大了眼：“人缘好怎么了？知不知道我的外号是什么？”

陈西桃不是很在意，耸肩问：“亓哥？”

“哎！”孟亓幼稚地笑了，“叫得真好听。”

陈西桃像被踩到尾巴一样：“想死是吗？”

孟亓摆摆手：“就开个玩笑嘛。”又说，“外号当然没那么简单了，其实叫——”

他卖了个关子，一字一顿地说道：“桃花公子。”

“噗——”陈西桃连反应都没反应便直接笑喷。

“救命啊！”陈西桃笑到喘不过气，“孟亓，你是怎么做到一本正经，甚至无比光荣地说出这四个字的呀？你好厉害啊，居然都不羞耻的。”

陈西桃给孟亓竖了个大拇指。

孟亓的脸色阴沉，嘴角抽搐了一下，问：“至于吗？”

陈西桃扶着墙，努力直起腰，朝孟亓摆摆手，笑得讲不出话。

孟亓气得要掐她的后脖颈，可是走到她跟前，拿手比画了一下还是顿住了，只好愤愤地说：“都是周问渠那个文盲起的，说是招桃花的公子的意思。”

陈西桃乐了：“还说别人文盲，你刚刚不是还挺得意？”

“我没有！”孟亓想起什么，蔫儿坏地笑，“你的名字不就是桃花的桃吗？正好你是桃花，我是公子，还挺……”

“您别害我！”陈西桃如临大敌，听他这么说，简直不敢笑了。

“你是嫌弃这名字，还是嫌弃我啊？”孟亓皱眉。

陈西桃噘了噘嘴，像在思考，可是静了一会儿，却转身就走，边走边小声说：“这还不够明显吗？”

她又喊：“快上楼学习了！”

孟亓在原地抓住了自己的头发。

他觉得好丢脸。他羞耻的点主要在于，他真的觉得，桃花公子还……挺好听的。

和孟亓摊牌之后，课就好上很多了。

孟亓的数学水平陈西桃见识过，已经没什么好补的了，因此他们来了个君子协议：上课时间互不干扰，各做各的。

这日陈西桃拿了自己的作业来写，孟亓则在一旁津津有味地看科幻小说。

一下午两个人都没有讲话，快下班的时候陈西桃的作业写完了，抬起脸，恰好看到孟亓正拿着笔，专注地画着什么。

她起身想去看，站起来的时候碰到了椅子，孟亓也浑然不知。

直到她站在他旁边，他才发现她的存在，然后倏地站起来，将本子捂在胸口。

陈西桃被他突如其来的莽撞惊了一下，后退了半步，抬眼责怪地道："干吗一惊一乍的？"

孟亓有点生气："谁让你随便看别人东西的？"

陈西桃听到这话，比他还来气，一下子提高了音量："拜托！我站过去刚想说话你就跳起来了！"

孟亓头都要大了，憋了些话想讲又讲不出的模样，最后只是问："你看见什么了？"

陈西桃没好气地说："什么也没看见。"

孟亓舔了舔唇，眯眼，居高临下地睨着陈西桃，问："真的假的？"

陈西桃微仰着脸打量孟亓，目光却不落在他的眼睛上，有些别扭地问："怎么，干什么见不得人的事呢？"

孟亓见陈西桃这表情，松了口气，无语道："不跟你说了。"

他转身要出门，陈西桃哼了一声："我算是发现了，我们相克，一开口就吵吵。"

谁知道这话一出，孟亓忽然顿住脚。陈西桃眼见他开门开到一半，背对她停了一瞬，又微微侧过脸，沉着声说："以后别乱说话，不吉利。"

唯物主义者的迷信，倒是真的小心眼了。

可他自己知道，这不是真迷信，而是明知是假也不行。

陈西桃被他凶到了，愣在原地好半天，心里涩涩的，又堵堵的。

最后蔫蔫地回到学校。

寝室里只有纪雨欣在，她正在敷面膜，看到陈西桃没精打采地回来了，问："怎么了？"

陈西桃靠在床杆上不说话，一副心事重重的样子。等过了好一会儿，纪雨欣面膜都卸了，她才皱着眉悠悠地问："你说，一个男生要是偷偷把你画下来，还不想让你知道，是什么意思？"

纪雨欣原本要去洗脸，闻言就顿住了，审视地看向陈西桃。

陈西桃抱着床杆，软乎乎地缩成一团，喃喃："还不许说一些不吉利的话，又是什么意思？"

纪雨欣听着简直要笑出声，走过去，朝陈西桃脑袋上弹了一下："妈呀，给我这条'单身狗'点活路吧，这是冬天，还没到春天！"

陈西桃捂住脑袋："怎么了？"

“你平时不是挺聪明的吗，这还不明显？”

“怎么说？”

纪雨欣意味深长地笑：“有人动情了。”

“你是说他动……”陈西桃话说到一半，急急地捂住嘴。

某些词语想一想都觉得面红耳赤，不可思议，何况讲出口？

陈西桃不信：“你可能误会了。”

纪雨欣撇撇嘴，说：“你开心就好。”然后便去洗脸了。

陈西桃想到刚才自己走到孟亓旁边看到了他纸上的画样，而后倏然心跳如擂鼓——画上的人不是她又是谁呢？

眼角的痣，耳朵上的四枚耳钉，衣服上的菱格花纹，全部一模一样。

可那明显不是比着她画的。那会儿她明明在严肃认真地低头做作业，而画中人却活力四射地踩着滑板。

光靠想象也可以画这么好看吗？

陈西桃有一瞬间的迷惘。她还没来得及有其他的心绪，便被孟亓凶了。

刚刚回校的路上她气得不轻，可气消了，再想这件事，就觉得有那么一点不对味了。

当纪雨欣露骨地点出某个答案的时候，她的心跳得比之前看到孟亓在画她还快。

多离谱啊。

她被吓到了。

主要是，这要是真的，她还怎么辅导啊？

不过，他那种不可一世的小男生，要是看上谁，会选择藏着掖着地喜欢吗？

陈西桃左思右想都觉得不可能，回忆起他们的点点滴滴，才发现……都没什么好回忆的。

她这才打消了顾虑。

周二下了大雨，水幕哗啦啦地从天而降，持续的泼溅声，让人想起张爱玲《小团圆》里的句子——雨声潺潺，像住在溪边，宁愿天天下雨，以为你是因为下雨不来。

这几年装不好好读书之后，孟亓发现自己有了些怪癖似的习惯，比如：变得比以前文绉绉了。

可能是憋得慌的缘故，他自己都不知道什么时候，就会出其不意地文艺一把。

也许是外面的雨声扰人心烦，这会儿他心不在焉地看着书，心里一直在不断地画着问号。

这样心烦意乱地过了半个小时，他起身将外面的窗子关上，声音刹那间微不可闻，屋里的空气也一下子暖和起来。

孟亓慢吞吞地回到座位上，又拿起书。

这期间他有意无意地偷瞥对面的女生，心里的疑惑更大了。

陈西桃下午五点四十七分推门而进，在玄关处放下大衣换了鞋子。五点五十分上楼进书房，五点五十二分坐在椅子上掏出手机。

现在是七点五十二分，还有八分钟结束，这期间她没有说一句话。

孟亓的另一怪癖，大抵是，总能精确记住与她有关的时间。

可她不言不语，他便度秒如年。

“你怎么了？”七点五十五分，孟亓忍不住问出声。

陈西桃置若罔闻。

孟亓把书合上扔在桌子上，靠着椅子跷起二郎腿，审视地问：“宋明扬他们又给你不痛快了？”

陈西桃看了他一眼，然后低下头，继续看剧。

孟亓见她不理人，干脆起身凑到她跟前，在桌子上坐下，把她的手机抢了过来。

陈西桃反应了一秒，才起身要去夺，可空间太小，孟亓又坐在前面，她根本就站不起身，只好气呼呼又坐回椅子上。

孟亓见她这样心里舒坦了，问：“谁惹你了？”

陈西桃不看孟亓，愤愤地侧过脸：“谁问的就是谁惹的。”

孟亓想了一下她的话，皱起眉：“我？”

陈西桃转头瞪他：“你快把手机给我！”

孟亓脱口便说：“我不给，给了你就不乖了。”

陈西桃一听，心里莫名闪过一丝异样的感觉，不过这点情绪很快便抓不住了。

她没敢细想，只听孟亓接着说：“这么急着要手机，不会有什么约会吧？”

陈西桃想也没想就说：“关你什么事？”

孟亓嫌弃地说：“就你那破眼光，看上的都是什么男人？”

说完，他又俯身靠近陈西桃，目光从她的眉毛看到她的嘴唇，最后落在她的眼睛上：“要不要我给你把把关？”

陈西桃莫名心惊。

她潜意识里不想与他对视，可又不想被他看轻，只好仰着脸，目光向下看，落在他的喉结上:“孟亓，你有什么资格过问我的事？”

这话倒是一针见血。

每个字都像荆棘一般，野生的刺，这般自然而然地长出来，又这般轻而易举地刺过来。

孟亓却只能笑，点点头说：“也是，不过也别生气嘛，我就是开个玩笑。”

他笑得散漫又不正经，说着便要把手机递给陈西桃。

陈西桃咬咬唇，犹疑了一秒，这时候屏幕忽然亮起来。

有电话进来，是一个陌生号码。

陈西桃一愣，看向孟亓。孟亓瞥了一眼手机，不甚关心地问:“这谁啊？不经念叨。”

陈西桃一把夺过手机，按了接听，然后她的脸色一分一分地暗了下去。

“我和你没什么好说的，以前就没有，现在更不用说了。”

她挂断电话。

孟亓凝视她，问：“谁？”

陈西桃想了想，说：“没谁。”

她站起来，说：“我下班了，该回去了。”

孟亓依旧坐在桌子上，沉默地看着陈西桃将包拿起来，待她转身要出去，他恶作剧地抬脚，拦路。

陈西桃被他这无赖劲惹烦了，直接在他大腿上用力地拧了一下。

“疼！”

孟亓逃命似的收回腿，疼得从桌上滚了下来，缩在地上嗷嗷叫。

陈西桃骂他活该。

可她走了两步，回头见孟亓还蹲在那儿，又有些心虚了：“喂，有那么疼吗？你可别装啊。”

孟亓疼得声音发沉：“你试试？”

陈西桃在原地踌躇了一番，还是折回去，走到他身边，刚想蹲下来。

“对不……”

孟亓忽然抬起脸。

陈西桃顿时如被施了定身之术。

孟亓也忘记动弹。

只因他们离得太近了，她温甜的呼吸喷薄在他的鼻翼上。

他甚至看得清她的睫毛，浓密纤长，像搔痒的羽毛，更像夏初清晨的含羞草，数不清有几根。

孟亓率先脸红了。

陈西桃的项链从衣领里滑出来，小小的坠子掉在孟亓的下巴上，凉凉的，不知道晚上的星星摸起来是不是也这么凉。

还是陈西桃反应更快。她很快起身，理了理头发，表情有些紧绷，却没有失态：“有那么疼吗？”

孟亓咳了一声，说：“不疼了。”

陈西桃居高临下地瞥了他一眼，拧他的耳朵让他起来，哼道：“就知道你在装。”

孟亓故作夸张地嗷嗷叫。等陈西桃放开，他又吊儿郎当地笑了。

陈西桃“呸”了一声便走。

她出门后，拍了拍胸口，深呼吸了一下。

“嗡……”

手机振动打断了她的思绪，她掏出一看，还是刚才那个号码，眉头顿时皱紧。

她下电梯，给楚童发信息：“童童，半个小时后校门口接我一下，不要一个人来，和雨欣或者刘淼一起。”

看着楚童回：“好。”

她才安心地出门。

回校的路上雨还在下，似乎没有要停的意思。

有雨珠不断甩在车窗上，像河流般蜿蜒而下。陈西桃靠在窗前思绪乱飞，越靠近学校心就越慌。

即将到学校的时候，陈西桃又接到那个电话。

刚接通就听见对面阴森森地笑起来。

可他接下来讲出口的话，比他的笑声还瘆人："陈西桃，楚童现在在我这儿。"

几乎是一瞬间，陈西桃的后背便麻了，有冷汗冒出来。她攥紧了手机，指尖泛白："刘臣，你别做傻事。"

刘臣一味地发笑："下午我约了她，你说巧不巧，你给她发信息的时候，她正巧在我旁边。"

陈西桃的心跳加快："那消息是你回的？"

这几乎不必问了。

他笑得更深了，说："我下午看了部电影，叫《踏血寻梅》，不知道你看过没有。"

陈西桃浑身发颤："你什么意思？"

"你现在来半月酒店的天台，不要报警，不要搞花样。"

然后便是一阵忙音。

挂断电话陈西桃还在发抖，使劲掐自己也忍不住哆嗦。

司机大哥从后视镜看她，问："姑娘，没事吧？"

陈西桃勉强用还算正常的语气说："没事。师傅，我改个地址，您送我去半月酒店吧。"

陈西桃在手机上改了订单，太阳穴突突地跳，她不得不拿手按压缓解，努力镇静，让大脑飞速运转。想了想她还是拨打了110，通话时间很短，不足一分钟，但是该说的都简明扼要讲清楚了。

下车前她打开微信找到宋明扬，拨打语音电话。

通话时长二分二十三秒。

电话接通的那一刻她推门下了车，淋雨走进酒店，进了电梯。在快到顶层的时候，她挂断，对着灰色的冰冷的电梯门沉重地呼了口气。

"叮"的一声，门开了。

陈西桃捂了把脸，手放下的时候眼神由惶然变为犀利，走出门时嘴角紧绷。

天台上冷风汹涌，远处楼台高耸，灯火如星，夜空黑成一团，雨哗啦啦地浇下来。

陈西桃推开天台的门，刺骨的凉风灌过来，将头发和衣领吹成乱七八糟的模样。她定在原地，很快就看到最里面的两个身影。

楚童被人用塑料胶带封住嘴巴和手脚，蜷缩在水渍中，瑟瑟发抖。刘臣戴了一个黑色的渔夫帽，背对着门正抽烟。

或许是雨声太大的缘故，陈西桃走过去，他也没有任何反应。

楚童先看见了陈西桃，急切又害怕地哼了两声，这才使刘臣发现陈西桃的存在。

他转过身，看了一下手机，说："来得不快。"

短短一会儿，陈西桃就已浑身湿透，雨水胡乱地拍在脸上，她眯起眼才看得清面前的人。

她的声音很稳："但是来了。"

刘臣笑，把烟头扔在地上："好好请你，你不来，非要这么大费周章的。"

陈西桃身子冷得发僵："你说吧，到底想和我说什么？"

刘臣一言不发地盯着陈西桃，静默几秒后冷笑了一声，然后慢慢地朝她走来。

离得近了，能闻见刘臣身上的烟味，还掺杂一股酒气。这气味霎时令陈西桃头皮发麻，本能地朝后退缩。

刘臣也不恼，反而猫捉老鼠一样，她往后退，他便按照她退步的频率往前靠。

陈西桃怕得小腿肚都有些抽筋，心里有个声音一直在喊"不能退"。她咬牙顿住，扬起下巴，努力做出勇敢的表情，与刘臣对视上。

刘臣也停了。

二人近在咫尺。

刘臣伸出手想摸一摸陈西桃的头发，陈西桃瑟缩了一下，而后又恢复姿势，倔强地盯着他。

刘臣笑了，将手放在她头顶，捋了捋她的湿发，又将手放到她的耳垂上，摸她的耳钉。

陈西桃只觉得恶心，他每动一下，她便觉得有一只腥臭的蚯蚓在她皮肤上蠕动。

她几乎想立刻转身逃走，余光却看到不远处拼命想要哭喊的楚童。她煎熬极了，掐了下自己的大腿，让意志力别消退。

刘臣抚着她的耳垂，声音格外温柔："疼吗？"

陈西桃只觉得更可怖，冷声说："不疼。"

刘臣拖长尾音"哦"了一声，轻声说"这样啊"，然后忽然揪住陈西桃的耳朵，将一枚耳钉硬生生地扯了下来。

针扎一样的疼立刻刺激到陈西桃，她失声痛呼，避开刘臣，后退摔倒在地上。

不用看都知道耳洞一定流血了。

她忍着疼，不去碰自己那可怜的耳朵，自知坐在地上，比刚才还要处于劣势，便一心想努力站起来。

刘臣看出她的意图，哪里肯让她站，一只脚踩在她的小腿上，狠狠地碾了一下。

他原本就是体育生，力量本身就强，这一脚又一点没客气，疼得陈西桃连声音都发不出来。

就在这时，刘臣忽然逼过来。

他俯身攥住陈西桃的脚踝，将她拖过来。雨水打在面庞上，她看不清刘臣的表情。

"陈西桃，你就是个祸害！

"要不是因为你，明月不会变成现在这样，她已经暴瘦十斤了，你知道吗？！

"明明知道他们的事为什么还要装不知道？呵，想报复明月？你够有心机的！"

她的鞋子也在挣扎中蹬掉了。

"现在他不理明月了，却还帮你扛被子，对你这么照顾，凭什么啊？你知道吗？明月从来没有要求过宋明扬什么，她有苦也只敢对我倾诉，她那么善良，根本不想伤害你，你们却排着队往她身上扎刀子。"

陈西桃拼命地挣扎、呼喊，刘臣扯她的头发，在她疼得闭起眼的时候，他又不知道从哪儿掏出耳机线将她绑了起来。

她再睁开眼，便见刘臣掏出手机，笑得癫狂。

"你在干什么？！"

这句话像平地一声雷，骤然刺破寂静，震碎心脏。

他来了。居然是他来了？！

陈西桃艰难地回过头，只见孟亓站在门边。他握着拳，面色惨白，周身却恍若散发着黑雾。他眼里有火，生生不息，漫天大雨也不能将其灼烧殆尽。

他如同神至，又如魔降。

孟亓疾步走来，扯着刘臣的衣领一把将他拽离。

刘臣被孟亓拽晃了一下，手机立刻掉在地上。他攥住孟亓的手试图反抗，没站稳朝后仰摔在地上，因为二人互相牵制，孟亓也紧跟着摔了一跤。

倒地后孟亓反应很快，立刻锁住刘臣，将他按倒，又冲他的面门狠狠砸了两拳。

刘臣也不遑多让，使阴招给了孟亓下面一脚，接着便钳制住他。不知道刘臣从哪儿掏出一副手铐，就这么把他反手铐上，整个人压在他身上打。

这期间陈西桃一直在声嘶力竭地叫他们住手。她的喉咙嘶哑，手腕也挣脱出血痕，某一刻她觉得自己濒死，全身的力气都在爆发，又急速消失。

陈西桃逼自己去看落在孟亓身上的拳头，她脸上的雨水开始变得又烫又咸。

然后刘臣忽然不动了。

他累极了，用力喘息，片刻后又转过身，阴鸷地看了陈西桃一眼，狰狞地笑了一声，从口袋里掏出一把刀。

"不要！"陈西桃完全找不到自己的声音了。她用力吼，却只能发出一点点沙哑的声音。

她勉力地咽了口唾沫，喊道："你别做傻事，他已经反抗不了了！"

刘臣转头笑了，只因陈西桃的痛苦取悦了他："别急，等一下就轮到你。"

陈西桃艰难地吼道："我换他！"

刘臣置若罔闻。

忽然，"砰"的一声，门被踢开！

陈西桃转身，只见一群穿着警察制服的人赶到。她再也承受不住，最后看了孟亓一眼，便直接晕倒在地上。

第七章 成年

十八岁，风华正茂

陈西桃被一阵呜咽声吵醒。

她睁开眼，看到素白的天花板，转开目光，便见到在床边哭泣的楚童。

陈西桃的喉咙像被火燎了一般疼，艰难地咽了口唾沫，问："孟亓呢？"

楚童听见声，猛然抬起头，两只眼睛肿得跟核桃似的，见陈西桃醒了，哭得更凶了："你可算醒了！"

陈西桃不想多说话，又问一句："孟亓呢？"

楚童擦擦泪，说："他没事，就是脸肿得不行，刚才听说你没事，就去隔壁上药了。"

陈西桃悬着的一颗心放了下来。

她沉默了一下，点点头，掀开被子下地。除了耳朵有点痛，身上有些无力，她察觉到自己没什么大碍。

"我去看看他吧。"

"你才醒，不多躺躺？"

"他毕竟是因为我才这样的。"

楚童听罢，不再拦她。

陈西桃走到另一间病房，迎面碰到一位警察在门口站着。见到陈西桃，他笑了："姑娘醒了。"

陈西桃笑："是啊，还要多谢你们来得及时。"

警察笑："多亏你们俩警惕性强，先后报警。"

陈西桃一愣，看了一眼屋里。

警察又笑："你放心吧，这事我们都了解了，嫌疑人的手机拍摄到了现场的一切。"

陈西桃暗自长舒了一口气，这样的话，就少了很多解释和取证的麻烦。

她走进屋里去看孟亓。

孟亓就在蓝色的帷幕后面，陈西桃走到离他一米之隔的地方顿住脚。看到他投在帷幕上的影子，她忽然没有勇气再往前一步。

停顿了这么三四秒的样子，孟亓忽然说："怎么不过来？"

陈西桃小小地心惊了一下，问："你怎么知道？"

讲出口，她忽然捂住嘴。有些羞，也有些愧。

她抬脚走到帷幕里面。

孟亓从她刚才到门口就知道，警察和她的对话，他也认真地听完了，只待她讲完话走过来看他。

陈西桃掀开帷幕，见孟亓赤裸着上身背对着她，她像被踩了尾巴的猫，吓了一跳，忙把帘子放下去。

孟亓笑了一声，窸窸窣窣了一阵，他又说："进来吧。"

护士帮他上好了上身的药，拿了棉签正往他脸颊上消毒。

陈西桃一对上他的脸，眼泪跟断了线的珠子似的，一大颗一大颗地掉下来。

孟亓原本没看陈西桃。可不知道怎么了，忽然觉得不对劲，转头就看见旁边的姑娘正可怜巴巴地掉眼泪。

他心一软，想冲她笑笑，谁知扯到嘴角的伤口，本能地"嗞"了一声。

这声音惹得陈西桃哭到一半停住了，忙说："怎么上药也不老实，知道你现在多丑吗？笑什么笑？"

孟亓避开护士的手，问："真那么丑？"

陈西桃看看他，眼角、鼻梁和嘴角都有瘀青，眼角和嘴角更是肿得不成样子，整张脸都肿得像拍电影化了特效妆一样，她连说谎都不忍心。

她想了想，回："丑，可是丑得好看。"

这话惹得孟亓一愣，回过味来他又笑了，然后又扯到了伤口。

于是陈西桃不敢再和他说话了。

等护士上好药，她才问："疼得难忍吗？"

孟亓用他那被打得充血的眼睛看向她。他没撒谎，说："难。"

陈西桃的肩膀塌了下来，满是泄气的模样，说："我可没法向你妈交代了。"

担心的只有这个吗？

孟亓试图从她的表情里找出其他内容。

他做不出什么表情，只是一直看着她，说："难是难，但是我自找的。"

陈西桃觉得一颗心胀胀的。

孟亓又问："你疼吗？"

陈西桃说："我不疼。"

孟亓不信："耳朵没事吗？我看你的耳朵被扯破了。"

陈西桃敛眸，说："我真没事，警察还在外面，我听室友说这件事惊动学校了，我们老师现在在警局，我等一下要过去。"

"也好，这事就该摆在明面上解决。"孟亓说。

陈西桃想起什么，问："你怎么会出现在天台？"

孟亓顿了顿："不瞒你说，这几次你下课之后回校，我都是跟着你的。"

陈西桃顿时明白他的用意，闷闷地"嗯"了一声。

孟亓不乐意见她难受，笑了笑，扯痛了脸说："好了，这不是没事吗？"

陈西桃忍不住叹息了一声："对不起，这次是我连累你了，你妈妈那边，我会解释的。"

孟亓说："别。"

他站起来走到她旁边，迟疑地抬起手，轻拍了两下她的肩膀。等把手放下来，他才说："我妈那边我自己说，你放心去解决你的事吧。"

陈西桃说好。

他很少这么正经，她也很少这么沉静。

静了片刻，气氛有些微妙，难以言明。

孟亓又说："之前是我莽撞了。"

陈西桃一怔，听他继续说："是我把他想简单了，才逼这人渣走到这步，我对不起你，你怪我吧。"

陈西桃没想到他会道歉，一时竟不知道该说什么，最后只好说："谢谢你。"

孟亓笑，扯动伤口，以至于这个笑并不好看："嗐……"

"够了啊，孟亓，少说点话吧，我心里觉得感谢那就是感谢，别人说什么都多余。"

她说完话，便要出去："我先去看楚童。"

走出门之后，陈西桃捂住了胸口。

疼的何止他一个。

她觉得胸口针刺一般，只因她发现，那个平时风风火火的男生，原来并没有所向披靡的能力。

他不是神，也不是魔，而是肉体凡胎的凡人一个。他也是会受伤的。

可明知会受伤，又为什么还要欣然前往？

有些疑问永远没有答案，因为这些疑问早就有了答案。

某些人没发现而已。

刘臣事件，终归是惊动了学校和家长。

刘臣除了被勒令退学，还面临牢狱之灾。

事情发生之后，陈西桃见了一次刘臣，他不和任何人说话，看得出他的精神状态不太好，只从他的眼神里便能看出，海水暗涌和死水沉沉，只是风起与风落的差别，实则却是生与死的界限。

刘臣的父亲从外地赶来白市，要当面向陈西桃和楚童道歉。

见到刘臣父亲的那一刻，陈西桃原本强硬的态度有点动摇。

刘臣的父亲已经六十多岁。他头发花白，皱纹横生，模样黑瘦，穿着一件掉皮的黑色皮衣，军绿色的、崭新的球鞋，佝偻着背，用旁人听不懂的方言说了一大堆。他讲话的时候有些拘谨，边说边抹眼泪，抹完眼泪又会腼腆地笑笑，露出一口黄牙。

最后陈西桃只听懂三个字——对不起。

楚童看着刘臣父亲那样，心里的愤懑和委屈顿时便消失得无影无踪了。她一直安慰老人，说："您别难受了。"

陈西桃躲到门口冷静。

她是无论如何都说不出原谅的话的。

每当生出恻隐之心，她耳朵上的伤口便会不由自主地痛起来。

如果伤害无代价，那么对错无差别，正义无意义。

她将这点难以名状的感受告诉给孟亓。

孟亓受伤之后，每天都去医院打点滴和打消炎针，陈西桃也每天都去看他。

同他讲这件事，其实是情绪作祟，看见他脸上未消的肿痛，再想到刘臣父亲生满老茧的双手，她心里便发涩。

她对孟亓说了自己的心理活动，孟亓说他忽然想到很久之前看到的一句话："劫道的都会说自己有八十岁的老母要养。"

陈西桃一下子就释怀了。

陪孟亓输完液之后，齐卡拉叫上马轩一同来医院看孟亓。齐卡拉见到陈西桃，不再和往日一样礼貌地打招呼了。陈西桃看得出来，经过这事之后齐卡拉烦她烦得不行。

马轩问："那有没有我的份啊？"

齐卡拉回："里面的土豆可以捞给你吃。"

孟亓闻言龇牙咧嘴地笑起来，痛并快乐的表情实在滑稽。

陈西桃笑笑，不愿打扰他们同学小聚，出医院之后和他们告别，独自坐地铁去城西。

城西无名山上有座庙。

香火不算旺，草木格外深，冬日已至，仍有大片暗绿。

陈西桃拾级而上。山不算高，她很快便至庙前。古朴的庙门上挂着一个牌匾，上书"青檀寺"。

有一位穿暗黄色袍子的小沙弥接待了她。

她进门去见佛祖，佛身不大，但看上去威严慈目。她双手合十，默言一番。

临走前向沙弥捐了点香油钱。

小沙弥念"阿弥陀佛"，又说："冬天到了，这里不是大寺庙，小山头上少有人过来。”

陈西桃笑：“那我以后常来。”

陈西桃从青檀寺回去之后，去见宋明扬。

两个人约在学校的餐厅见面。

上次在餐厅与宋明扬见面时，陈西桃故意点了碗海鲜面。

这次陈西桃又点了一碗来吃。她一天没吃饭，饿得发慌，面做好之后便大口地吃了两口。

惹得宋明扬说：“慢点吃。”

沉默了许久，第一句话竟然是他温温柔柔，甚至有些宠溺地说“慢点吃”。

陈西桃又咬了一大口，没有要停的意思。

又吃了一会儿，她含混不清地问：“要不要来一碗？”

宋明扬低头看了一下衣服，说“不了”。

陈西桃立刻懂了，他穿白色的棉袄，怕溅到汤汁。

她将面一点点捞完，并不注意形象，每一口都吃出吸溜声。

等吃完一碗面之后，她把筷子放下。再抬眼，看到宋明扬白色的棉袄上有几处突兀的油渍。

还是溅到了。

陈西桃指指宋明扬的衣服。

宋明扬低头才看到衣服上的污渍。

陈西桃说：“你脏了。”

宋明扬顿了一下，掏出纸巾擦了擦，说：“没关系。”

陈西桃笑了：“谁跟你说对不起了？”

宋明扬将手上的卫生纸团揉了揉，捏在手心里，不停地搓。

“你找我有什么事？”他问。

陈西桃闻言眼神变了变。她将手肘撑在桌子上，手抵着下巴逼视他，问：“那天为什么没来？”

气氛一下子变了。

宋明扬不去直视她，而是盯着手上的纸团，默不作声。

“那天上楼之前，我给你打了电话，你说过的，会过来安抚刘臣的情绪，可是你没来。”陈西桃问。

宋明扬似乎有些羞耻，脸颊竟悄悄地红了。

陈西桃并没有被他无辜的表情蒙蔽。她又问："没来就算了，为什么连警都不报？"

宋明扬将手上的纸团揉出碎屑。他的指尖泛白，如同他惨白的嘴唇，那样虚弱无力，仿佛不能再承受任何话语。

宋明扬不讲话，陈西桃便耐心地等他说。

她是一定要跟他耗的。

有些话，她讲出来，不过是识破一个人卑劣的假面，可由他自己讲出来，才是摘下面具，让他直视镜子里那张丑恶的嘴脸。

等了片刻，宋明扬从椅子上站起来，垂首说："是我懦弱。"

陈西桃失笑。她舒了口气，也站起来："你知道吗？'懦弱'二字用在你身上，都是污名化懦弱。"

"你懦弱吗？你勇敢得很啊。你不出面，刘臣很可能伤害我，这样一来，他就会受到制裁，以后再没有人会为许明月打抱不平，你就能轻易地甩了她。这样一来，什么事都处理好了，以后也不会有人再拿你那些肮脏事拿捏你。'一石三鸟'你都做得出，很懦弱吗？"

宋明扬垂首，握紧了拳头，一言不发。

陈西桃舔舔唇，继续说："说到底，宋明扬，你爱过谁吗？"

宋明扬抬起脸，动动嘴，却仍是沉默。

陈西桃笑："讲不出口啊，那我替你答吧，你没有。"

不知道是哪个字眼刺激到宋明扬，又或许是陈西桃太轻蔑，语气太嘲讽，他忽然问："还有事吗？"

言外之意——没事他就走了。

陈西桃简直被他逗笑了，她知道，懦弱只不过是一颗种子而已，现在已经结出恶果。

"我不会这么轻易让这件事过去的。"陈西桃很清楚地让他知道她的意思。

宋明扬抬头，与她对视了一眼："你是说……"

陈西桃收起笑意，严肃地说："老师调查我会如实说。"

她讲完话便要转身离开。

宋明扬拉住她的胳膊："你不要做傻事！"

陈西桃转身，看垃圾一样上下扫视了一下宋明扬，而后勾唇露出一个天真、无辜的笑。她眼角下的小痣似一朵花一般，灼灼其华。

她的笑是这样纯真，眼角眉梢流露的气质又是这样邪恶。

这样的她，这样的话，将宋明扬击溃在原地。

陈西桃出餐厅后发现楚童在等自己。

楚童朝餐厅努努嘴，问陈西桃都和他说什么了。

陈西桃卖了个关子，说：“我只是让他知道，人可以不信举头三尺有神明，但一定要信善恶到头终有报。”

生而为人，不敬神明可以，却要敬畏善良。

而善良必须有力量。

这是宋明扬给陈西桃上的实践课。

现在她重新教给他。

陈西桃这几日三天两头往孟亓家跑。

孟亓受了伤，性格反而乖顺许多，陈西桃每天同他一起去医院打点滴，再送他回家。回家之后，通常两个人会在沙发上坐一会儿，随便闲聊些什么。

有时候赶上饭点，陈西桃也会陪孟亓吃个饭。

这天吃完饭之后，杨姨洗了些车厘子送过来。孟亓指指陈西桃，说：“放她那边吧。”

陈西桃对杨姨点头笑笑，问：“你怎么不吃啊？”

孟亓说：“我不爱吃，你吃吧。”

陈西桃将信将疑地瞥了他一眼，拿起一颗最红最大的车厘子，满足地欣赏了一眼，然后放进嘴里。

“还挺甜的。”她说。

孟亓玩着手机，说：“那是，都是钱的味道。”

陈西桃嘻嘻一笑，点头说是，又连吃了两颗。

她忽然想起什么，扬起脸，模样认真：“孟亓，你家这么有钱，为什么还这么费劲赶成绩，不能出国留学吗？”

“我妈不让。”孟亓低头看手机，让刘海遮住眼。

“为什么？”

“怕我到国外没人管更无法无天了呗。”孟亓说，又问，“听说我妈那天给你打电话了？”

陈西桃一听，把手上的车厘子放下，点点头，说：“你不知道那天我接到你妈的电话都快吓死了。那种感觉怎么形容呢？就像是上课偷玩手机却忽然被老师提问，紧张中还带有一丝羞愧感。”

孟亓将手机放下，抬眼看陈西桃：“怎么？”

陈西桃说：“你这不是受伤了吗？我以为你妈不要我辅导了，结果她还挺关心我的。”

孟亓“嗯”了一声，也拿了个车厘子吃，边吃边说：“我给她说我是不小心撞见你被坏人要挟的，她一听我见义勇为，不仅没担心，还高兴得跟什么似的，说什么，‘你长这么大，还没做过几件让我骄傲的事呢。’”

陈西桃听罢弯起眼睛笑：“你妈说得对，这件事你真的很令人骄傲。不过，你妈肯定也担心你，她就你一个儿子，不关心你关心谁呀，家长都刀子嘴豆腐心。”

孟亓又拿了个车厘子，咬在嘴里，没情绪地问：“真的吗？”

陈西桃说：“当然啊。”

孟亓笑了：“是吗？”

“那小爷今天过生日，她怎么连个电话都不打？”

午后的阳光有些孤寂，透过玻璃洒在屋内，像泼了一盆黏稠的金色颜料。

一切都浓墨重彩起来。

陈西桃看向旁边的少年，不自觉连转头的动作都放轻了不少，不知道为什么这么怕惊扰他。

她小心问：“你今天十八岁生日？”

孟亓笑说：“是啊。”

陈西桃站起来：“那你怎么不提前说？”

“有什么好说的？”

“你十八岁了呢！”

“十八岁怎么了，你没过过十八岁生日？”

孟亓的语气轻轻的，有一丝倦懒，让陈西桃想起春末或秋初的午后，没关紧的窗户里溜进来的那股凉风。

他微微仰脸，露出一双幽深的眼睛。陈西桃一望过去，他便闪躲一下。随后他低下头，不看她，顿了顿起身将桌子上的车厘子拿到他面前，慢条斯理地吃。

唉，这个小孩儿。就像站在橱窗前看着糖果咽口水，却还要嘴硬说“我最讨厌吃糖”的小朋友。

陈西桃清了清嗓子，喊了声孟亓：“喂。”

他抬起脸：“嗯？”

“生日快乐。”

孟亓手里那颗刚被捏起来的车厘子悄无声息地掉进盘里。

他抬眸，定了一秒，散漫地笑起来：“谢了。”

陈西桃撇了一下嘴：“喜欢吃甜的吗？”

“什么意思？”

“现在出去买蛋糕，应该还来得及。”

陈西桃面向孟亓，孟亓本来也面向陈西桃，几秒后又去看侧面墙上的壁画。

“小女生喜欢的东西，我怎么会喜欢？”他略带别扭地讲。

陈西桃掏出手机，在备忘录上飞快地打字：订蛋糕。

“喜欢气球吗？”她又问。

孟亓一愣：“你这是要给我办一场？”

陈西桃拖长话音“嗯”了一声，说：“是我先问的，你先回答我。”

孟亓撇嘴，说：“喜欢。”

“可我不喜欢。”

陈西桃有些无赖：“我怕气球，所以委屈你一下，这个不要了。”

孟亓闻声，身子从侧转正，看她：“陈西桃，不至于。”

陈西桃没明白：“什么意思？”

“挨打是我自找的，再说了，如果不是问渠他们先惹怒刘臣，也就不会有后面的事情，这事我也有责任。”孟亓向陈西桃解释。

解释完他又说：“你不用这样。”

话里有话，不言而喻。

陈西桃沉默了片刻，舔舔唇，再开口时声音有些低沉：“你不用讲这种话来气我。”

她这话讲的就是字面意思，可语气不知道为什么有点委屈。

她没发觉，孟亓察觉了。

他有一瞬间差点丢盔卸甲，为了不让这点念头变成现实，他狠心地道："那你一会儿慢走，不送。"

陈西桃看着他，心里有点不是滋味，怎么关心人还有错了？

陈西桃是什么脾气，得理不饶人，不得理也不饶人，可一看他挂彩的脸，她就不自觉心软了下来。

她知道孟亓嘴硬，也不想揭了小男生的底，就说："那行，我回了，你休息吧。"

孟亓没想到她答应得这么果断，心里像被什么挠似的，于是不咸不淡地说了句："记得关门。"

陈西桃看他那样，就忍不住想拿手指点一下他的额头，再用不那么凶的语气数落他一顿。

有什么心思在她心里转着。

她板起脸，轻蔑地说："孟亓，你以为谁爱来似的，臭脾气，自己过吧。"

说完她拿包就走。

出了门，她给杨姨打了个电话："杨姨，您别出声，听我说。帮我看好孟亓，别让他出去了，晚上多做几个菜。"

交代完之后，她打车去市区。

蛋糕店里香甜的气味黏稠，糊得人鼻腔全是甜气。陈西桃在橱窗前低下腰，认真地从左看到右。

这时候店员刚好烘焙出新的蛋糕来，一个桃子形状的蛋糕，小巧粉嫩，看着便觉温柔香甜。

陈西桃指指那个奶油桃蛋糕，问："这个卖吗？"

店员笑："看您说的，不卖做出来干吗？"

陈西桃问："多少钱？我要了。"

店员说"您稍等"，随即进了后厨，再出来时后面跟着一个女生，笑意温婉，人淡如菊。

女生给陈西桃鞠了一躬，笑说："您来巧了，这个蛋糕是我当学徒，在这三天做出的唯一能展示在柜台的蛋糕，您是我第一个客人，所以这个免费。"

陈西桃有些吃惊，说："那怎么行？"

女生笑了："我给您包起来。"

陈西桃想了想，从包里翻出一枚硬币，递给女生，说："您给了我您卖出的第一份蛋糕，我给您回报您所赚的第一份收入。"

女生听完软软地笑了，说："好。"

买完蛋糕之后，陈西桃像模像样地去花店买了束花，接待她的又是个很年轻的姑娘，看起来才刚入职不久，抱着个小本本来为陈西桃介绍。

陈西桃问："送给男性朋友的花，什么比较好？"

女生看了会儿本子，说："您送非洲菊吧，有欣欣向荣和杰出的意思哦。"

陈西桃说好，包了一大捧，满意地打车回孟亓那。

殊不知等她刚坐上车，女生又接待下一位顾客，再看本子的时候愣住了。

小本本上分明写着——

狐尾百合：尊贵、欣欣向荣、杰出。

非洲菊：新婚夫妇互敬互爱，同甘共苦。

"哎呀，看错行了。"

女生咬着笔，表情苦大仇深。

陈西桃买好东西之后，急急忙忙从市区赶回孟亓家。

她脑海里一直浮现男生的脸，想想她出门的时候，他故作不在意的拙劣演技，以及她出门之后他很有可能的阴沉和恼怒，再等会儿她拿着鲜花和蛋糕站在他面前的时候，他惊喜却又隐忍不发的臭屁样子，她便忍不住在出租车上"咯咯"笑出声。

陈西桃从后视镜瞥见司机师傅抽动的嘴角，赶忙干咳两声，转过脸去看风景，心里偷着乐。

这小孩儿是个死要面子活受罪的性格，这天过生日，没人陪不说，还被她凶了一顿，这会儿指不定心里多难受呢。

她要快点赶过去，快一会儿，他就少难过一会儿。

白马庄园静悄悄的，这日风不大，温度也不算寒冷，这让陈西桃的心情又好了一点。

她步伐轻快地走到孟亓家。按门铃之后，她左右张望，哼了哼歌，杨姨很快来开门。

陈西桃进门先笑，问："您做什么好吃的啦？"

一低头，看到玄关处有一双白色的耐克女鞋。

"谁来了？"陈西桃愣了一下，问。

杨姨赶着去厨房看菜，边往厨房去边说什么，她没听清。

她换了鞋子，紧接着便听见一阵笑声。她心一动，往里走，拐过走廊到小厅。

笑声停了下来。

可笑意还以一种尴尬的被冒犯的姿态，凝固在唇畔眼角。

"您怎么来了？"

齐卡拉的表情尴尬，仿佛不知道该不该继续笑。

陈西桃想到一个词——不速之客。

词典上的释义说，没有邀请而自己来的客人，意想不到的客人，便是不速之客。

齐卡拉看了陈西桃一眼，目光一转，去看她手上拿的东西，然后又看看孟亓，站起来，目露微光，问："姐姐也是来给孟亓过生日的？"

"我……"陈西桃的大脑卡壳了一会儿，以至于她忘记了此行的目的。她右手提着蛋糕，左手抱着花，以一种奇怪的姿势愣在原地。

孟亓微微低头，让刘海遮住眼，脸上没有多余的表情。

他顿了一秒，才抬头，起身，走过去接过陈西桃手里的东西。

"还挺沉。"他说。

陈西桃看看孟亓，没讲话，目光从他的肩膀越过去看齐卡拉。

齐卡拉身后的椅子上，摆着一个哆啦A梦的限量公仔，桌子上有个礼盒，里面应该放着满满一盒牛轧糖，因为盒子旁边零散地放着几颗糖，糖纸是粉白色的。

陈西桃将目光又落到孟亓身上："本来觉得你自己过生日挺孤单的，既然你同学来，我就不打扰你们了。"

她想走。

孟亓急急地叫住她："别走啊。"

"您别走啊。"齐卡拉好像一息之间又恢复了礼貌，"我就是来给孟亓送个生日礼物而已，马上就天黑了，我也该回家了。"

齐卡拉用手指戳戳孟亓的肩，示意他回头。

孟亓转过身。

齐卡拉指指桌子上的糖，说："我知道你爱吃，但是不许吃太多了，小心牙疼！"

陈西桃看不到孟亓的表情，只听他说："你以为你做的是什么山珍海味吗？我会吃到牙疼？"

齐卡拉捶了一下孟亓："臭贫什么啊？不好吃怎么还有人上课偷吃被老师抓现行的？"

孟亓骂："又旧事重提……"

齐卡拉笑了两声，转头拿起桌上的手机和钥匙，说："不逗你了。生日快乐，孟亓，十八岁了，比我大一岁啦。"

孟亓撇嘴，很不解风情的样子："德行，你不就比我小几个月吗？"

齐卡拉吐吐舌头，往门口走，路过陈西桃的时候停住说："姐姐再见。"

她一向对陈西桃很有礼貌。

陈西桃笑笑，有点不自在，又有点难为情。

更多的还是觉得自己多余。

他们的互动，流露出的熟悉感是骗不了人的。

她绞着手指头，说："本来你们聊得好好的……要不，你别回家了，留下一起吃蛋糕吧。"

话一落，齐卡拉的脸色变了变。

陈西桃这话，倒有点像将齐卡拉当外人，而自己摆起主人的姿态了。

"你刚才不是说今天晚上你家有亲戚来？"孟亓突然插话。

齐卡拉愣了一下，反应过来，说："是啊，我还得快回呢。"

她又对陈西桃说："那我走了。"

陈西桃点点头："那好，你路上慢点。"

齐卡拉点点头，转过身之后笑容慢慢消失于唇畔，眼神有一丝冷。

走到快拐弯的地方，她又扬起笑，转头说："对了，孟亓，那个哆啦A梦，是给叮当的，你记得放到它的猫屋里。"

孟亓摆摆手说："啰唆。"

齐卡拉哼了一声："我当然要啰唆，猫是我送你的，名字是我起的，我相当于它第一个主人呢！”

说完她去看对面女生的脸。

看不出什么。

又见孟亓笑了：“成，赶明儿猫粮你给买。”

齐卡拉笑笑，涩涩地说道：“好事想不到我。”

她又打趣几句才迈步离开。

房间里只剩两个人。

杨姨做了烤鱼，满屋子的香气萦绕着，浓郁的饭香味里，掺杂了一丝丝其他的味道。孟亓低头仔细嗅了嗅，脑海里浮现出“苦甜”二字。

之于他，多贴切。

他把时间分成两半。

她撂下狠话，扬长而去之后，时间是一半，她满载惊喜站在面前的时候，时间被切割成另一半。

前半段苦若黄连，后半段甜若蜜饯。

她就是如此，如蘸了砒霜的糖，却因为味很甜，惹人发馋，甚至可以用命相换。

“她是什么时候来的？”她唤他回神。

孟亓将蛋糕放在桌子上，然后虚靠在桌侧，怀抱着花，似在欣赏又像研究，懒懒地说：“她啊，刚来没多久。”

陈西桃绞着手指，垂首站在原地。

原本她没有多想，可齐卡拉临走时的话，画蛇添足了。

她不是傻子，也不是没看过电视剧，知道刚刚那番话是齐卡拉故意讲的。对方似乎是把她当假想敌了，才想拿话四两拨千斤地刺她、挠她，让她知道真正与孟亓关系好的是谁。

念及此，陈西桃又想起齐卡拉之前对自己的态度，心里顿时不舒服极了。

陈西桃觉得无语至极。

“她给你送的糖，是她自己做的？”

陈西桃实在无法忽略桌上的糖盒，上面点缀了一个很漂亮的丝带，除此，没有别的装饰，很大方。可再看糖纸，粉白相间，上面还印有小草莓的图案。

一看就很用心。

孟亓还在看花，随口一答："别看她平时性格这么像男生，其实还是女生，你们女生都心灵手巧。"

都？

这个夸奖陈西桃可受不住。

想想上次她给他做个饭，却将他辣得满脸通红，她就不敢再讨论这个话题。

还好孟亓这时候问："你买这花干吗？"

陈西桃笑："好看吧？"

孟亓抬头看了陈西桃一眼，目光闪了闪，吊灯就在他头上，花的颜色照到他的脸颊上，一时间，花面相交。

孟亓舔舔唇，别扭地说："还行。"

陈西桃没听出来他声音里的轻颤，只揪着他话里的某个字眼不放，皱眉说："好看就是好看，不好看就不好看，什么叫'还行'？"

孟亓看她："这花什么花语啊？"

陈西桃早忘了，挑眉说："反正是祝福你的就是了。"

孟亓点点头。

看来是真不知道。

两个人就这么说了会儿话。

杨姨从厨房出来，说："菜快好了，一会儿是在这吃吧？"

孟亓说："去天台吧。"

杨姨说"好"，又问："你同学走了啊？"

孟亓"嗯"了一声，杨姨点点头笑："刚才你让我摆两套餐具，我以为你要留她一起吃呢。"

孟亓被话噎了一下，忙说："那个什么，正好给她用。"

说完话他迈腿上楼，陈西桃拎了蛋糕，跟在他身后，拧眉道："你想留她吃饭干吗不早说啊？"

孟亓没回头："我就意思意思，再说了，你没看她晚上是真有事啊，说走就走了。"

"反正你自己知道。"

没头没脑的一句话。

孟亓停了下来，扭头，笑："我知道什么了？"

还反问她？

齐卡拉这个点来，他会不留她吃饭？

男生留女生吃饭，女生不得骄矜一下，还能直接就说好？

齐卡拉肯定会借口推辞一下，孟亓没心没肺的，铁定会说："哎呀，没事，你来都来了，我总不能连饭都不管就让你走吧？"

于是半推半就安排上了。

就这实诚劲，孟亓还说是意思意思？

想到这儿，陈西桃便意识到，刚才她留齐卡拉吃饭，齐卡拉心里会有多别扭。

孟亓挑眉看她："说说啊，我知道什么了？"

陈西桃仰头看他，说："没什么。"

孟亓勾勾唇，没说话，又哼起歌。

陈西桃忍不住朝他后背打了一下："唱个屁啊！"

唱月光如水，唱晚风渐醉。

这晚不算冷，在天台上坐着，风凉凉地扑在面庞上，给人一种惬意感。

孟亓跑前跑后的。

他找了个透明的花瓶，将陈西桃买的花插进去，放在天台的矮几上，又从楼梯处的柜子里拿了两个悬浮冰山样式的透明香薰蜡烛，一个放在桌子上，另一个放在花瓶旁边，点燃之后，迷迭香混合柏木的香味，便悠悠地飘荡过来。

孟亓随后又放了首歌，陈西桃的品位低，听不出是什么曲子，她的注意力也不在识曲上。

没一会儿杨姨端了饭菜过来，他们这回吃的是正儿八经的菜，一道一道用各式盘子装起来，色香味俱全。

杨姨上菜之后就回家了，偌大的房子只剩下孟亓和陈西桃两个人。

吃饭的时候孟亓一直在看手机。

陈西桃捕捉到了。

她举起酒杯，晃了晃，白葡萄酒被烛光照耀得像银河，她自顾自与孟亓碰了下杯，玻璃发出清脆的撞击声。

“孟亓，其实如果你想，可以给她打电话。”

“我？”他笑，将手机推远了一点，“我看时间而已。”

陈西桃抿了口酒，心想他高兴就好。

“对了，切蛋糕吧，许个愿。”她想去拆蛋糕。

他不让。他将盘子挪了挪，自己拆起来，看见是桃子形状的，顿了顿，问她：“这么少女？”

陈西桃邀功似的笑：“这桃子看着可爱吧。”

孟亓笑了笑，深深地看了她一眼，拿起蜡烛，不知道往哪里插才好。

最后还是陈西桃插的蜡烛。

点蜡烛之前，陈西桃拦住他：“先想想许什么愿。”

孟亓无奈地耸耸肩，一副不在意的样子，单手点好蜡烛，将打火机一扔，问：“你想许吗？”

陈西桃没搞懂：“什么？”

“不许我吹了。”

“等等！”

陈西桃被他整蒙了，瞪眼问他：“你要干什么？”

他不答话，反而弯下腰，眼看就要吹上了。

陈西桃急得从椅子上坐起来了，一只手去护蜡烛，一只手去捂他的嘴。

温润的触感像导火的引线，刹那间天雷勾地火，有什么东西像烟花一样，一个接一个，在孟亓身体中炸开了。

而始作俑者浑然不知。

陈西桃只是急得乱成一团，知道孟亓不想许愿，可她又小心眼地不肯浪费许愿的机会。她跟热锅上的蚂蚁似的踌躇了几秒，干脆一不做二不休。

她将手从孟亓的嘴巴上拿开，合十，闭眼，大声地念：“神仙呀，佛祖啊，祝愿孟亓生日快乐，日日快乐！祝他学业有成，心想事成！祝他……现在心里想的人，明年能陪他一起过生日！”

许完愿，她睁开眼，笑着去看旁边的少年。

他十八岁了，和她一样大了。

她示意他快点吹蜡烛。

他一直傻愣着，忘记动弹。

陈西桃拍拍桌子，装作生气："喂，再不吹，刚刚我许的愿就都不算数了！"

孟亓定定地看着陈西桃。他想，她一定不知道她现在有多好看。

他长舒了一口气，忽然觉得浑身轻松，然后他俯身，吹灭蜡烛。

只见她又将手掌一拍，双手合十，喊："神仙呀，孟亓没有亲自许愿，念在他是寿星的分上，不要怪他啦！"

陈西桃笑嘻嘻地说完这段话。

她幼稚地安慰孟亓："放心吧，十八岁的愿望都很灵。"

孟亓说："是吗？"

陈西桃拖长尾音"嗯"了一阵，笑："要是不准，我过生日再帮你许一个。"

孟亓忽然笑了，是真的笑了，脸颊上的酒窝浅浅地露了出来，里面盛满了金风玉露。

陈西桃见他开心，她也开心。

最起码她念的第一个愿望成真了。

为了让他笑，她不惜故意傻气一点。谁让她来的目的就是逗他开心呢。她深知过生日，而母亲不在身边的滋味。

而他又比自己孤独多了，至少她还有其他家人，可他似乎永远是一个人住在这所大房子里。空空荡荡，没有回响。

她在心里又祝愿一遍，希望他现在心里想的人，他的至亲，来年能陪他一起过生日，而不是只吃蛋糕而已。

接下来他们没有说什么别的话。

吃到一半的时候，陈西桃猛然想起什么来，一拍脑门儿说："对了，你等我会儿。"

孟亓没反应过来，她便风风火火地下楼了。

孟亓没跟上去。他有预感，她会给他惊喜。

既然是惊喜，那他能做的就是乖乖等待，满怀期待。

小时候读《小王子》，里面有句话——如果你在下午四点来，从三点钟开始，我就开始感到快乐。

他深陷于这种等待的快乐里。

他现在甚至在庆幸，幸好她白天没有真的离开。

她折回来了。

哪怕是可怜他、回报他，也都不要紧。

十分钟左右，陈西桃上楼了。

她端了一碗热气腾腾的面，刚走到楼梯口便忙放到一旁的柜子上，甩手鬼哭狼嚎地跳起来，说："好烫，好烫！"

孟亓忙走过来，看了一眼面，想伸手抓起她的手看一眼，伸手到一半又放下，问："烫得厉害吗？你傻不傻？逞什么能啊？！"

陈西桃抬头瞪了他一眼，说："长寿面嘛。"

孟亓无奈地端起那碗面。

陈西桃提醒："小心烫。"

可没什么比他更滚烫了。

随后他将这碗面悉数吃光。

平心而论，她的手艺未见长。

一碗面，加了青菜和鸡蛋，他吃到一半的时候咬到蛋壳，没说话，嚼碎咽下肚。

当她问："好吃吗？"

他点头："很好吃。"

随着时间的推移，空气凉了下来。

孟亓按了遥控，让玻璃升起，将整个天台都罩住，暖意加了几分，空气静了几分。

孟亓靠在玻璃上，像只四脚章鱼，他笑着说："其实我很久不过生日了。"

茶余饭后，多余的情绪被卸下。

陈西桃站在他一侧，思考了一下，问："不爱过？还是……"

"其实每年都会买老大一个蛋糕。"孟亓笑了，"可蛋糕什么时候吃不行啊。"

孟亓垂下头，刘海遮住了他落寞的眼："过生日和吃蛋糕的区别可大了。"

陈西桃静静地看着孟亓："所以，这就是你把自己伪装成一个经常逃课惹事的臭屁小孩的原因？"

孟亓的喉结滚动了一下，转头冲陈西桃笑笑："你觉得幼稚？"

陈西桃摇摇头，没发表意见。

孟亓说："我出生之前我爸就出意外没了，据我外婆说，那会儿我妈的日子很难，成天为了钱而发愁，到现在还是整日奔波。"

因为没钱而奔波，因为有钱而奔波。

陈西桃静静地听着面前的人吐露心声。

可孟亓说到这里，便停住了。

或许是太久未敞开内心，乍一掀开一角，勇气便迅速饱和。

陈西桃不打算安慰他，也深知他不需要安慰。

她看着他的眼睛说："孟亓，你要好好学习。"

孟亓耐心地听她把话讲完。

"我弟弟幼儿园毕业的时候，我带他去吃肯德基。去的时候我们被堵在天桥，看到了桥洞下的流浪汉，正在垃圾堆里捡东西吃。当时我指着那个流浪汉，对我弟弟说，'你可千万不要成为那样的人。'我不知道他听没听懂，但是他瞪着大眼睛，望着那个流浪汉，点了点头。

"说来也巧，我们回程的时候，又在天桥堵上了，那会儿天桥下的流浪汉不知道去了哪里。等我们快走了，我弟弟忽然指着窗外不远处的咖啡馆给我看，我转头就看到一个男人靠在一辆跑车旁，而那个流浪汉正跪地舔那男人的鞋子。我告诉弟弟，记住以后不要成为他们中的任何一个人。"

讲到这里，陈西桃喝了口酒。然后她看向孟亓，认真地与他对视，诚恳地说："这件事给我的震撼很大。孟亓，我们年纪相仿，我不是想摆谱，如果你是穷人家或者普通人家的小孩儿，我会指着那个流浪汉告诉你，不要成为那样的人。可现在，我会想告诉你，不要成为跑车男那样的人。"

孟亓的眼睫微颤，似被触动，又似隐忍。

陈西桃一直用同一个姿势看着孟亓，下巴微扬，眼神真挚。

她说："孟亓，你生在富贵人家，比别人有更多成功的机会，但也比别人有更多堕落的资本。因此不要成为蛀虫，不要下沉，永远朝圣山去，往罗马去。”

“如果身在看不见风景的平地，再难也要往上走，起初只是上一个山坡，随后是攀登高峰，最后直上青云。

“如果你在海底，别被浪花淹没，要上岸，要直挂云帆济沧海。”

她问：“孟亓，你信玩物丧志吗？”

“我信。

“长期处于一种状态里，人是会沉溺而不自知的。

“有个问题我一直想问了，没有变成不良少年以前，你会用‘我’自称吗？

“孟亓，无论是想引起你母亲的注意，还是想平衡孤独的时光，都不要做对自己未来不利的事情。

“你有光鲜的资本，那就履历光鲜地走下去。

“既然是太阳，那就努力发光，耀眼给他们看。”

那一刻时间凝固了。

孟亓微张着嘴，生平第一次体会到百感交集的滋味，有什么东西堵在喉头，令他不敢呼吸。

陈西桃讲完话，还是望着孟亓的眼睛。

她眼里有光，像跳动的烛火，而他是一只被淋湿的蛾子。

陈西桃问：“为什么不说话？”

孟亓尝试缓缓呼吸。

陈西桃摸摸鼻子，有点不好意思：“可能我刚才讲的太说教了，你过生日，重要的是开心嘛，怎么可以被数落呢。”

孟亓终于找到自己的声音：“好。”

陈西桃抬眼看他。

他目光深深，里面闪着坚毅的光彩，他说“好”。

一个字抵过千言万语。

陈西桃迟缓地笑了，笑得眼睛都没了。

十八岁。

风华正茂，无与伦比。

一切才刚刚开始。

第八章
印记

标签名称分明是：玲珑骰子安红豆

十一月最后那个周末，陈西桃请假回了趟家。

周五早晨四点钟的车，她怕晚点，在高铁站等了一夜，到烟城的时候眼睛肿得睁不开。

下车之后她打车直奔儿童医院。

前两天烟城下了初雪，陈赵和同学打雪仗，从台阶滑下来，不小心摔断了腿。

陈西桃到医院的时候，陈帅和赵明英都陪在小家伙身边。

她隔着病房门玻璃往里看，外面是冰冷的走廊，屋里是温馨的陪伴……她抿抿唇，稳了稳呼吸，才打开门。

“赵赵怎么样了？”她问。

见她风尘仆仆地赶来，三个人都愣了。

陈赵奶声奶气地叫了声：“姐姐。”叫完就哭了起来，“我好疼啊。”

陈西桃忙坐到他旁边去。

陈帅接过她的包，看了一眼她的脸，问她：“还有一天就到周末了，怎么这么急就赶过来了，坐早车了吧？看你脸肿的。”

赵明英闻言便埋怨陈帅：“让你别对小桃说，你不听，孩子天冷赶车不容易，又耽误一天学习。”

陈帅笑了，说：“都怪我。”

陈西桃不领情，笑嘻嘻地问：“我难道不是这家里人吗，怎么就不能说？”

气氛顿时尴尬下来。

陈帅打哈哈，笑道："别那么多心眼啊，陈西桃！"

陈西桃没工夫理会他，捏着陈赵的小手，板起脸凶他："听说是打雪仗摔的？"

陈赵睁着大眼睛，察言观色，嘟嘴点了点头。

"叫你不听话，疼了吧？还哭？哭我也不心疼。"陈西桃轻声凶他。

陈赵眨巴眨巴眼睛，有点要哭的意思。

陈西桃趁热打铁："那以后还敢不敢乱跑乱跳了？"

陈赵顿了顿，然后可怜兮兮地摇摇头。

"这孩子软硬不吃，就是吃你那一套。"赵明英插话，"小桃，我下楼买早点，你吃什么？"

陈西桃刚好饿了，说："油条和糁汤吧。"

赵明英点点头，又去摸陈赵的小脑袋，哄道："一会儿给你买豆浆和面包好不好？"

陈赵摇摇头："我要和姐姐吃一样的。"

赵明英捏捏他的小脸蛋儿，说："不行哦，宝贝现在不能吃这么油的东西。"

陈赵想反驳。

陈西桃抢先说："不许不听话，你妈要你吃什么就得吃什么，否则我现在就走。"

陈赵被噎了回去，只好眼泪汪汪地点点头。

气氛不知道为什么有点冷。

赵明英勉强地笑了笑："那你们姐弟聊聊天，我很快回来。"

赵明英一走陈帅就开始数落陈西桃，那些话陈西桃都会背了，无非就是别那么多心眼，别任性，别不尊重人。

他这火发得莫名其妙，陈西桃有点委屈，干脆板起脸不理会父亲。

陈赵身上的麻药散了，腿疼得难受，白天醒了睡，睡了醒的，一睁眼就喊"姐姐"。

晚上的时候陈帅让陈西桃和赵明英回家，说是这边有他就行。

陈赵哭得不行，非让陈西桃守着。

陈帅夫妻俩好说歹说了两个小时，陈赵哭得走廊里的护士都跑来看，最后夫妻俩拗不过，只好同意让陈西桃留下来。

赵明英塞给陈西桃一张纸，上面罗列了大大小小的事项，又一步三回头，叮嘱陈西桃“有事打电话给我”。

陈西桃知道赵明英舍不得，更不放心，她只当没心没肺察觉不到。

白天的时候陈赵睡了好几觉，晚上到了十二点多还没有困意，一直在虚弱地喊腿疼。

陈西桃没办法，给他讲了一个又一个故事。

小孩儿把玩着陈西桃的头发，思绪不知道跑到哪里。

没一会儿他问：“姐姐的头发真好看，以后我也可以留长发吗？”

陈西桃想了想，柔声说：“当然可以啦。”

“可是妈妈说只有女孩子才可以留长发，男生留头发会被笑话的。”小男生奶声奶气地说。

陈西桃不知为什么，心软得一塌糊涂：“不伤害别人的前提下，做喜欢的事，并没有错哦，只是男生留长发确实要有勇气，要不惧目光。”

陈赵似懂非懂，想了想说：“姐姐和妈妈的头发都很漂亮，又软又滑。”

陈西桃笑笑，没说话。

陈赵又问：“姐姐为什么不喜欢妈妈？”

陈西桃的笑意凝固：“为什么这么说呀？”

“姐姐白天把妈妈叫成‘你妈’了，可是我妈妈不就是姐姐的妈妈吗？”小男孩儿天真的眼睛眨呀眨。

陈西桃心一紧，生出歉意。她不该失了分寸，在小孩儿面前口无遮拦。

她迅速脑筋急转弯。几秒后，她终于想出理由：“姐姐没有不喜欢妈妈，只是姐姐想剪……剪光头，妈妈不让，就像妈妈不让你留长发一样，所以姐姐不开心了。”

“啊？”小孩儿听完都蒙了。

过了好一会儿，他从被子里露出两只眼睛，说：“姐姐留光头也一定很好看，我明天劝妈妈同意好不好？”

陈西桃被暖到了，说：“姐姐现在不想留光头了，因为天气好冷呀，留光头不暖和。”

小孩儿打了个哈欠，说“也是”。

窗外月正圆。

第二天陈西桃回家洗了个澡，睡了一会儿，下午又来医院看陈赵。

陈赵那会儿睡着了，赵明英伏在床前，也睡着了。

陈西桃静静地看着母子二人。

她想起王丽，小时候她起水痘发烧，迷迷糊糊睡着，再醒来，就看到王丽伏在床前睡熟的模样。

陈西桃不得不承认，自己一直很羡慕陈赵。

她又想到之前自己青春期初潮时，经血弄到了校服上。

女生的私密事，往往需要女性长辈的教导，而母亲无疑是最好的启蒙者。

可那会儿王丽已经飞往大洋彼岸，她只能依赖于和陈帅结婚不久的赵明英。

那时候赵明英怀着陈赵，帮她洗带有经血的裤子，给她冲益母草，熬红枣茶，又教她如何用卫生巾。真的很像一个合格的母亲。

人都是贪婪的动物，尝到一点甜，就会妄想吞掉整块糖。

可她忘了，假的就是假的，再像也不是真的。

其实她也幼稚，和赵明英和和气气的就好了嘛，把她当阿姨就好。

可她非得别扭。

别扭又有什么用呢？

她拿起床边的毯子，给赵明英盖上去。赵明英睡得沉，没有醒。

手机响了。

是孟亓。

他有点急：“怎么没来上课啊？”

陈西桃拍拍脑门，这才想起事先没知会孟亓自己回家的事。

“我回烟城了。”

只听他似乎松了口气：“哦，没事吧？”

“没事，周日就回去了。你现在在干吗？”

“做试卷。”

“哦……”

“怎么，不信吗？”

陈西桃摇摇头，又意识到他看不到，才说：“怎么会？我能感觉到你最近变沉稳了很多。”

孟亓不动声色地笑了：“挂了，忙你的去吧。”

挂断电话，孟亓傻愣了许久，最后将笔甩开，摁了摁太阳穴。

经过刘臣那件事，他总是习惯性将事情往不好的地方想。

这会儿心是放下了，却空落落的，有股说不清道不明的感觉，失落和轻松交织。

他趿着拖鞋走去卧室。

陈西桃说得对，长期不努力，人便会有惰性。

一张试卷，他粗粗地看了一眼，都会做。可他懒得将答案写上去。

她不管着他，他就坐不住，连写完一张试卷都觉得漫长。

他掏出手机看，班级群里发了十二月的考试通知，就定在十二月十日那天。

还没看完，周问渠的微信消息便弹出来：“刚刷完街，哥几个想去吃火锅，你来吗？”

孟亓回：“刷街也不叫我？”

周问渠发了个表情包：“你还得再练练。”

孟亓撇撇嘴，回：“地址发我，一会儿滑着去找你。”

二十分钟后，孟亓在火锅店门口下板。

看见他抱着滑板进来，周问渠乐得不行，问他：“怎么，一路抱着来的？”

孟亓当即皱眉，笑着骂：“滚。”

有人跟在孟亓后面进来，见状替孟亓说话：“我刚才在出租车上看见孟亓滑着过来的，那简直是风驰电掣啊。”

周问渠瞥了孟亓一眼：“哟，怎么回事，教你大半年了都学不会，怎么这短短一两个月就突飞猛进了？”

孟亓散漫地笑笑，特欠地唱了一句：“因为爱情……”

周问渠立刻佯装作呕，骂他恶心。

可吃了一会儿，他又问：“那妹子会滑板？”

孟亓咬着丸子，嘴巴被烫得说不出完整的话，过了一会儿才回道："嗯。"

一个音节而已，却惹得周问渠发笑："唉，我弟弟要长大了。"

旁边有人隐隐发笑。

孟亓皱起脸，说："我怎么那么想吐呢。"

周问渠满脸愁容地摇摇头。

旁边有人碰了碰孟亓，说："渠哥又被那姑娘伤了。"

"怎么了？"孟亓难得八卦一回。

那人说："那姑娘好像是去了个什么蛋糕店学烘焙，带她的师傅是个男的，长得还不错。"

孟亓听完就想笑，可一看周问渠那副被伤得有点诙谐的模样，就忍住了。

喜剧的内核是悲剧，周问渠的人生一向如此。

孟亓安安静静地吃完这顿饭。

散场之后，周问渠问他："晚上蹦迪去？"

孟亓说："不了，想回家看会儿书。"

周问渠简直惊掉了下巴，问："你真为那姑娘改变了？"

孟亓翻白眼："我不是一直这样？"

周问渠舔了舔牙，说"呸"，又正儿八经地看了孟亓一会儿，说："回家吧，早知道你和哥们儿不是一路人，你啊，就该清清白白过日子，再考个好大学。"

孟亓也认真地看周问渠："怎么不是一路人了？渠哥，你才十九岁，只要你想，我们殊途同归。"

周问渠怔住了，随即没心没肺地笑了笑，拍了拍孟亓的肩膀："少教训我，赶紧滚。"

孟亓迎着刺骨的寒风一路踩着滑板回家。

刚开始在闹市区他不怎么敢滑，后来到了车少的地方，他奋力让自己飞起来。

脑海里一直闪过那天女生在滑板上翩然的模样。

而当时他一直在摔跟头。

——你会为了让一个人多扶你几下而故意摔倒吗？

想到这里，他笑了。

陈西桃周日回程。

临走之前去了趟医院，陈赵不知怎么忽然发烧了，生病的小孩儿本就黏人，陈赵病上加病，一直眼泪打转不让陈西桃走。

一见陈赵的眼泪，陈西桃就从一颗“硬桃”变成了“软桃”。

赵明英倒是苛责陈赵太任性，陈西桃狠不下心数落，最后挨到小孩儿睡着了，才紧赶慢赶到了车站。

赵明英歉疚地将陈西桃送到电梯口：“小桃，真是对不起，赵赵太任性了，要是赶不上车又耽误你的时间了。”

陈西桃听她讲话就烦，淡淡地说：“没事。”

赵明英：“我早晨在你包里给你放了一包小酥肉，路上饿了吃。里面还有条围巾，是今年新给你织的，本来想邮过去，正好你回家就一块儿拿回去。样式不知道老不老气，你回去后看看，合适就戴，不合适就不戴。”

陈西桃盯着电梯，数字变得很慢。她的脾气有点急，闷闷的，不说话。

赵明英又说：“等会儿到了打个电话。”

电梯开了，陈西桃走进去，站定，手机响了。

电梯外赵明英冲她摆手。

她拿出手机看了一眼，是王丽。

电梯门即将关闭的那一刻，她对赵明英说：“回去吧。”

陈西桃路上跟王丽打着电话，没一会儿就到了高铁站。

王丽给陈西桃买了一件两千多块钱的毛衣，又给她转了三千块钱的“过冬费”，让她寒假和朋友们去旅旅游。

陈西桃忽然想起赵明英给她织的围巾，挂了电话之后她掏出来看，是条黑色的围巾，耐脏且百搭，不用怕过时。

她围在脖子上拿手机照了照，又拿掉，收回包里。

十二月开始没多久，孟亓的学校就组织了一次月考。

成绩在三天后出来。

孟亓考了班级第一名！年级第五！

简直是平地一声雷，刚开始是高三学部爆发轰动，不过短短一上午，整个实验高中都被轰动了！

班主任与校领导排排坐在办公室里，轮流查看孟亓的试卷，表情严肃。

简直是玄学。

这么好的成绩，要么是孟亓一直就有巨大的知识储备量，要么就是答案提前泄露。

这分数，别说孟亓在最后一个考场，就算在学霸云集的第一考场，他想抄成这样也挺困难。

几位校领导商量之后，决定给孟亓加试。

孟亓从下午到校开始，就开始做卷子，一个下午的时间便做完了除语文作文的所有试题。

最后每张试卷的得分，都接近满分。

晚自习开始前，马轩溜到孟亓的座位旁，靠着桌子问："你怎么回事啊，一下午没回来？"

孟亓低头看着桌洞，考试完之后他把书都塞在桌洞里，乱糟糟的，还没来得及收拾。

"能有什么事啊？"孟亓将书往桌子上摆。

马轩"啧啧"两声道："这一下午班里的闲话都没断过，他们都说你抄了。"

话一落，孟亓还没说什么，齐卡拉正巧上厕所回来，插话说："谁说大家都说他抄了的？我不是人啊？我就不信啊！"

孟亓抬眼，冲齐卡拉挑挑眉，又拿书扔马轩："学着点。"

马轩接住书："不是我不信，我就是不明白，你要真是个学霸为什么瞒着哥们儿啊？"

孟亓收书的手顿住了。

他定了定神，和马轩对视一眼，语气认真地说："对不起啊，不是哥们儿不仗义，这事实在是说来话长。"

马轩"嗐"了一声："又没怪你，就是太突然了，有点吓人。"

齐卡拉笑："不过孟亓，我觉得学霸这个身份好像更适合你。嗯……就是，之前我总觉得别扭，就像一件不合适的衣服穿在你身上，可现在你成学霸了，我就觉得你穿了件为你量身定做的衣服。"

孟亓笑："哎哟，真会说话，小马哥，学着点。"

马轩动动嘴，一副词穷的样子，干脆闪人，说：“我去厕所。”

齐卡拉的目光闪了闪：“孟亓，考这么好，不庆祝一下？”

“庆祝？”孟亓有点迟钝。

齐卡拉满脸期待：“对啊。”

孟亓想：“也是啊。”

于是他便掏手机给陈西桃发微信：“我成绩出来了，总分七百零九，你要不要请个客意思意思？”

没承想陈西桃秒回：“没问题啊，我请客，你掏钱。”

孟亓笑笑：“真抠，我们老孟家没给你钱？”

陈西桃正在输入，几秒后发：“总结一下第一次认真考试的经验吧，孩子。”

孟亓盯着手机，笑得眼睛眯成一条线。

这条无形的线，系住了孟亓和陈西桃，也将齐卡拉绊倒。

齐卡拉自虐似的看着孟亓。

后门不知道被谁打开忘记关上，寒风吹了过来。

冬天真冷。

陈西桃让孟亓总结考试经验，不是说说而已。

周二辅导，她让孟亓做总结。

他们事先也没什么约定，可是都没有拿这件事当儿戏。

孟亓一板一眼地道：“其实主要就是做题的过程有问题。太久没做题，有些术语和名词会理解得没那么透彻，一道题拿过来，会做也知道答案，但是在解题步骤上会丢分，常会习惯性省略一些步骤。”

陈西桃在本子上沙沙写字，有模有样地记录。

听孟亓说完，她停下来，认可地点点头说：“我把你总结的内容记下来了，这张纸贴在你书房里，以后每次考试我们都总结一次，看看你接下来还会出现和解决多少问题。”

她将纸撕下来，贴到白板上。纸上的字，恣意、潇洒，如她本人。

而这张纸的最后一行，写着两个字：加油。

这两个字，老套又俗气，却像碑文一般，镌刻在孟亓的瞳孔里、脑海里。

这一刻，他自信可以轻易读懂她的心理活动。

漫不经心的鼓励和郑重其事的期望，全在这两个字里。

孟亓咽了口唾沫，移开眼，漫不经心地说：“我都年级前五名了，你的要求也太高了。”

陈西桃耸耸肩，说：“你值得。”

听不出是玩笑，还是玩笑里藏真。

辅导之后，孟亓留陈西桃吃消夜。

陈西桃不肯，说：“我在你家蹭吃好几顿了，我脸皮再厚，也不能厚成这样吧？”

孟亓从冰箱里拿出两串红通通的草莓糖葫芦，递一串给陈西桃，说：“下午在学校门口买的，拿一串吃？”

陈西桃想了想，噘嘴说：“不要，路上冷，不想伸手。”

孟亓摊手，无语地说：“那我送你到门口打车吧。”

说完他并不给她拒绝的机会，拿了衣架上的一件羽绒服，便开门走出去。

陈西桃只能疾步跟上他。

出了家门，孟亓的步子开始变得越来越慢。

他手里还攥着两串草莓糖葫芦，手指被冻得红红的，因为他的手太修长好看，竟给人一丝惹人怜惜的孱弱感。

陈西桃拍拍他的肩，好心地将自己的手套分给他一只。

孟亓一看，爹毛了，他怎么可能要？

“别吓我，粉红色的，我戴像话吗？”

陈西桃小愣了一下，旋即忍不住笑出声。她人傻了，才会把有凯蒂猫图案的手套递给孟亓。

可看他那样，她就忍不住逗他。

她尽量真诚，一本正经地说：“你不戴多冷啊，这里就我一个人，我又不笑话你。”

孟亓不上当，摇头说：“不可能。”

陈西桃试探般接过他手里的糖葫芦，用另一只手给他戴手套，振振有词：“糖葫芦一人一串，手套一人一只，刚刚好。”

陈西桃讲这句话的时候，别提笑得多开心了。

笑的形式有很多种，她是润物细无声那种。不自知的笑，最真诚，因此格外动人。

孟亓一律把这种笑当撒娇。

于是他撇嘴，一副“拿你没办法”的样子，将手套接过来，自己戴上，又拿走她手里的一根糖葫芦，闷声吃起来。

谁叫他总是偏爱她。

现在这一刻，比起“我也爱你”，孟亓更需要的是“我们一人一半”。

朴素的幸福，是浪漫融进烟火里。

陈西桃看孟亓戴着粉色手套啃糖葫芦，笑得简直要打嗝，掏手机想要偷拍一张。

谁知打开了闪光灯。

孟亓被强光刺了目，一时躲闪不得。

照片照出来后，就是孟亓一只手去挡镜头，另一只手戴着凯蒂猫手套，拿着糖葫芦正往嘴里塞的模样。

有点呆滞，有点诙谐。

陈西桃这下是真的笑得喘不过气，冷风灌进暖胃，她不由得打起了嗝。孟亓黑着脸，咬牙切齿地叫了一声：“陈西桃！”

他作势要去抢手机：“你给我删了！”

陈西桃吓得止住了嗝，将手机揣在怀里，弯腰躲过去，笑得咯咯响，就像风吹晃了铃铛。

她上气不接下气地说：“没门！”

两人推拉闪躲之中，忽有强光照过来。

孟亓和陈西桃齐齐转头，只见一辆车正冲二人开过来。

陈西桃傻了，孟亓反应快，一把拉过她往路旁闪。

陈西桃一个没拿稳，手里的糖葫芦掉到了地上，可她顾不得叹息，因为有人完全掌控了她。

她撞上一个坚硬的怀抱。

车声轰鸣，车灯闪过。

陈西桃站定后心跳不停。

安全之后的后怕，令人浑身发抖，大脑空白。

陈西桃的身子此刻没出息地软成了一摊水，而孟亓则是一块冷硬的礁石。

她拍打过来，他岿然不动。

她身上的香味像一张密密麻麻的网，没来由地捕获了他，她的身体又那么软，像一块软糯而令人陷落的奶酪。

孟亓也怕。怕的是，紧密相拥，心跳的频率会暴露一些秘密。

于是他推开她。

他的余光看到，地上那串糖葫芦被碾成碎渣。

他不动声色地理了理衣服，走到糖葫芦面前，可惜地说："不能吃了。"

陈西桃从惊恐中回神，被孟亓的话吸引了注意力。她也走过去，看了一眼地上黏糊的糖浆和果肉，说："这是提醒我们不该在马路上打闹。"

陈西桃理了理衣服："刚才多谢你啊。"

孟亓眯眼："那你是不是该给我点什么回报？"

陈西桃的眼珠一转，知道他话里有话，想了想说："当然了，允许你把手套还我。"

孟亓见她刚才一秒钟换了三四个表情，知道她耍机灵呢。可他心里的劲没缓过来，就不再跟她闹。

他把手套还给她，然后乖巧地走在她身侧，踏着月光走到地铁站。

孟亓忽然变学霸了，这事对他那帮兄弟来说是个天大的新闻。

他们嚷着要孟亓请吃饭，孟亓也不推辞，挑了个周末做东。

周六下午，陈西桃刚到孟亓家门口，迎面就撞上要出门的孟亓。

"今天我请客，一块儿吃饭去？"孟亓说。

陈西桃翻白眼："你早说我今天就不来了，和我室友逛街去。"

他早就知道提前喊她，她会推辞，所以才要搞她个措手不及。

孟亓有种阴谋得逞的快意。他走上前，拍了拍陈西桃的肩膀，低头凑近她，像哄孩子："走吧，白吃白喝还不乐意啊？"

被他拍过的地方有点痒。

陈西桃心里闪过一丝难以言明的感觉，借着凶他掩饰过去："去就去，少拍我，影响不好。"

孟亓的脸一下子垮了下来。

陈西桃顿时觉得自己想多了，语气又软了下来，岔开话题问：“今天吃饭的都有谁？”

孟亓冷淡地说：“朋友、同学、哥们儿。”

陈西桃笑了：“你真阔绰啊，考了一次年级第五，就要大宴四方？”

孟亓掏手机打车，淡淡地说：“反正不花你的钱。”

陈西桃不再讲话了。

他太冷漠了，她觉得讲下去，只会让自己的失控。

孟亓在御园定了包间。

一间两张桌，坐得满满的。

有些人陈西桃之前见过，除了齐卡拉和马轩这些常见的同学，让她意外的是那个在主桌上首坐着的男生。

他明明长着一张年龄不大的脸，也并非硬汉的长相，眉宇之间甚至没有孟亓偶尔会显露的冷意，可不知道为什么气场如此强。

他自在闲适地坐在那里，一直在玩手机，孟亓和屋里人打了一圈招呼了，他才看见孟亓。

他靠在椅子上冲孟亓招手：“臭小子，才来啊？”又看见了陈西桃，乐了，“哎哟，原来是接她去了？”

大家见他笑，于是也都笑成一团。

孟亓咳了一声：“进去坐呗，戳在这儿干吗？”

陈西桃的目光一直落在那人身上，见他也在打量自己，她就笑：“我坐哪儿啊？上首都被占了。”

那人看向陈西桃：“您来还能没地方坐？”

“周问渠！你够了啊！”孟亓喊他。

周问渠见陈西桃的脸色沉了沉，知道姑娘不经逗，于是瞥了孟亓一眼，说：“我的错，行了吧？”

陈西桃不是真的想在一些鸡毛蒜皮的小事上较真，就是听不惯周问渠说她和孟亓的闲话，这会儿周问渠都让步了，她也就识趣地闭嘴，不再冷脸。

孟亓在周问渠旁边坐下，她则顺理成章地坐在孟亓旁边。

这个场子除了陈西桃，就只来了齐卡拉一个女生。

陈西桃落座之后，齐卡拉就到她身边的位子上坐了下来，两个女生就聊着天。齐卡拉从陈西桃的美甲样式问到了耳钉款式，陈西桃都快被她问困了。

吃到一半的时候几个男生过来敬孟亓，齐卡拉的目光被他们吸引了过去。

她想拦着那帮男生，又不好直说，便虎里虎气地调侃："你们有完没完？大家还是学生，别喝酒！"

却惹得那帮人七嘴八舌地嬉笑起来。

陈西桃见状，扭脸对孟亓说："孟亓，你们把酒撤了吧。"

孟亓没搭话。

周问渠一个眼神扫过来，眯眼盯着陈西桃。

陈西桃回望他一眼，顿了顿，干脆站起来，看向孟亓："要么把酒撤了，要么我走。"

她面无表情，气定神闲，摆明了对孟亓说，你选一个吧。

闹哄哄的包厢顿时安静下来。

大家都看着孟亓，等他一个决定。

孟亓一时没回话，盯她半天，最后才说："那你走吧。"

陈西桃似乎没想到他会这么说，平静的脸上终于多了些别的内容。

很复杂的神色，用一两个词形容不出来。

可是很快就消失了，取而代之的是一抹自嘲的笑，她点了一下头："好，那你们慢慢吃。"

陈西桃拿了包夺门而出，任凭身后劝她留下的声音嘈嘈杂杂。

电梯需要等，可她等不及了。

她一心想离开这里，跑楼梯下去，台阶在眼前模糊，她觉得可笑，她凭什么觉得他会听她的。

刚走到门口，身后忽然有人大喊："陈西桃！"

她顿住了步子。

反应过来，是孟亓的声音。

她想都没想，抬脚继续离开。

孟亓大步跑过来抓住她的胳膊，她甩了几下没甩掉，冷冷地问："有事吗？"

孟亓说："我还没说完，你跑得也太快了。"

陈西桃板着脸："我不想听你废话。"

孟亓弯了弯腰，去看陈西桃的脸，看她在生气，忍着笑说："我是想说，你走，我也走。"

陈西桃倏然抬眼。

孟亓笑得温柔："还生气？"

陈西桃一时失声了，她什么都说不出来。

孟亓挠了挠眉毛，又笑："那我再告诉你一个高兴的事儿。我走之前跟服务员打过招呼了，把酒都撤了，这下开心了吧？"

最后那俩字说得别有深意。

陈西桃瘪瘪嘴，推了他一把："我本来也没生气。"说完话又觉得自己在"此地无银"，干脆扭头就走，"你别跟着我了，回去吧。"

孟亓偏要跟。

他走在她一步之遥的身后："谁跟着你了，这条路只许你走？"

"大哥，别忘了今天是你做东。"

"对啊，我已经买单了。"

"……"陈西桃懒得理他，"随你吧。"

"什么叫随我啊，既然不吃饭了，回去继续上课。"

陈西桃一顿，难以置信地转过身："什么？"

孟亓点点头："走吧。"

说完跨步到她前头。

陈西桃跟上去，喊："你烦不烦啊孟亓！"

"再说扣工资。"

"我……"

这下轮到陈西桃亦步亦趋跟着孟亓了。

从饭店回家之后，陈西桃和孟亓一前一后进了书房。

孟亓成绩够好，已经用不着陈西桃教了，他在书房坐了一会儿，坐不住，又出去撸了会儿猫，随后到客厅打游戏，一刻也闲不下来。

陈西桃却很安静，在书架上拿了本《呼啸山庄》，一直看到下班。

眼看到点了，她从楼上下来，喊了声孟亓，没人应。

她走到后院，四下看了看，没看到人影，又坐电梯上楼，来到孟亓卧室，敲了敲门问："孟亓，你在吗？"

还是没人说话。

她想了想，又敲了敲门，说：“你在不在啊，我要走了，你……”

话没说完，门被打开。

孟亓眯着眼，不耐烦问：“你喊什么喊，烦不烦人。”

陈西桃发现这人真是很清楚怎么惹她不高兴。

她赶着回去，懒得和他生气，转身要走。

刚走了没几步，突然听到“咚”的一声，再转身，就见某人摔地上了。

孟亓发烧了。

突如其来的。陈西桃估计他自己都没搞懂他怎么突然就病了。

杨姨没在家，陈西桃又拖又拽的，费了老大劲儿把孟亓扶上床，手贴上他的皮肤才发现他浑身烫得厉害，估计刚才起来开门也是强撑着的。

陈西桃赶紧去给他找药，倒水。

他家太大了，她像一只无头苍蝇一样找了半天才找到退烧药，等她再上楼，见孟亓躺在床上，要睡未睡。

陈西桃叫他一声，他便惊着了似的，忽然睁开眼。

然而不过一秒钟，便把头一歪，睡倒了。

陈西桃不知道该哭还是该笑，皱眉，说：“孟亓，我真该把你这一幕拍下来，让你妈给我涨工资。”

孟亓闭着眼，眉头微蹙，听见这话，居然还有思绪回：“为什么？”

陈西桃笑：“你还没傻啊。”又说，“你说为什么？有这么折腾人的吗？”

孟亓闷闷“嗯”了一声：“我也没把你怎么样。”

陈西桃没细想，只觉得他又嘴贱了，恨不得踹他一脚：“发烧了还那么多话。”

陈西桃弯腰，把他的头抬起来一点，喊：“快起来吃药。”

孟亓艰难地睁开眼，坐起来一点。

陈西桃给他垫了枕头，托起他的后脑勺，把一颗药丸塞他嘴里，端起水杯喂他。

她尽量避开同他身体接触，整个人都很僵硬。

他伸手想拿杯子，陈西桃还在犹豫要不要让他自己喝，他却没耐心地一把抢过来，没拿稳，水瞬间倾倒出来，哗啦啦流了一身。

陈西桃倒抽气，惊诧地瞪大眼，明白过来发生了什么之后，气得把孟亓推开，骂了句："浑蛋！"

她可真是难。

既不能真的看他穿着湿衣服睡觉，可要是帮他脱衣服……想想就挺不好意思。

踌躇了一会。

孟亓大概是察觉出不舒服了，皱着眉，苦着脸，不断地用手去扯衣领。

陈西桃飞快地调整自己的情绪。

算了，清者自清。

她打了他肩膀一下："祖宗，别动了，我给你脱。"

他这次挺配合，没再动弹。

毛衣是橘色的，脱下来的时候就像在剥橘子皮。

陈西桃忍不住在想自己穿这颜色好不好看，念头没闪过，倏然止住呼吸，像被人定住。

她拿着刚脱掉的毛衣，怔在那。

看了又看。

大脑有些空白，旋即潮涌般的不解一寸寸淹没了她。

孟亓脖子上，挂了一个链子。

她有很长一段时间都怔在那，看着那块比一元硬币稍小一点的图案，忘记了呼吸，忘记了心跳。

寂静的空气里传来一声孟亓的呓语，她像被针扎一样回过神，然后艰难地咽了口唾沫，大着胆子，缓慢地抬起手，朝他那条链子摸去。

小小的、粉粉的，这样卡通又可爱的桃子。

那天他生日，她买了桃子蛋糕来。

她问他可爱吗，他笑了笑。

当时没来得及细想，现在只觉当头一棒。

有一些细枝末节在脑海里翻涌。

你说一个男孩要是偷偷地把你画下来，还不想让你知道，是什么意思？

还不许说一些不吉利的话，又是什么意思？

陈西桃怔在原地。

她努力压制住心底翻滚的情绪，仔细体会这一刻的感受，她发现她竟有些难过。

原来震惊太过，无论是开心还是难过，无论是镇定还是激动，人都是会想哭的。

就像一团棉花堵在心里。

她捂着胸口缓缓地蹲下去。

一时不知道该怎么面对这件事。

可孟亓忽然小声叫了一声："陈西桃。"

她顿住，微微俯身问他："怎么了？"

他神志不清，喃喃又叫了声："陈西桃。"

陈西桃缓缓抬头，看向床上这个柔软如婴儿的男孩，他现在没有任何的攻击力，也没任何的撒谎和思考能力。

不知道怎么了，她忽然靠近他，颤着声问："孟亓，你其实不讨厌我吧。"

"……"孟亓嘴巴里叽里咕噜地念叨什么，没有一个字是清晰的。

也是。

他哪有神志回应。

房间静静的，除了他沉闷的呼吸外，再没有第二种声音。

陈西桃自嘲地笑了笑，拿起孟亓的衣服去卫生间，关上门，像一个提线木偶一样拿吹风机帮他吹干。

随后又理智地帮他穿上。

就像她从没脱下来一样。

她拿起孟亓的手指解锁，点开微信，消息框第一个是马轩。

她往下翻，找到杨姨的微信，让她赶快回家照顾他。

然后她退出微信。

几秒后又打开。

心虚又期待地滑动着屏幕。

她的微信就在杨姨的消息框上面。

他给她的备注是一个桃子符号。

她心神恍惚，点开头像，个人信息下有个标签栏。

一般人看到备注后，很可能就会退出，而很少会有人关注到标签分组。

她手指颤抖，不知道多想了一步，是好还是不好。

因为她知道，当她亲眼看到某些事之后，就再也无法忽视某些真心了。

标签名称分明是：

玲珑骰子安红豆。

第九章 表白

她无法窥探他的孤冬，正如他无法闯入她的盛夏

白市一连阴了三日。

到第三天下午，上完课之后，太阳竟从乌云后头冒出来。

这日传来一个挺轰动的消息，宋明扬退学了。

事实上，刘臣的事情还没有了结，许多琐碎的事情仍在处理当中，但宋明扬俨然成为舆论中心，太多的言论积压，导致他走投无路。

以前宋明扬爱逃避问题，不过是无法面对自身懦弱的一种手段。可如今他再逃避，却是一种无可奈何的躲，是逃避之后的代价。

宋明扬离校的消息是纪雨欣带来的，当时寝室的四个女生都在餐厅吃饭。纪雨欣姗姗来迟，讲完这事之后，八卦地问陈西桃："宋明扬给没给你道个别？"

陈西桃说没有。

他大概无法再面对她了，正如他无法再面对那个懦弱的自己。

纪雨欣对宋明扬的事略知一些，她吃瓜吃到了最中心那一口，大快人心地说："苍天饶过谁啊。"

楚童也对这个结果乐见其成，唯有刘淼，还一副加载延时的模样，拉着纪雨欣问这问那。

纪雨欣不想从头开始科普，于是把话头引到陈西桃身上："不去辅导吗？"

陈西桃在心底叹了口气。

其实她从进餐厅开始，就看了不止一次时间。她从没有一次，这么想让时间掰成两半过。

她心里很乱，面上却不敢表露出来。听纪雨欣提醒，她就站起来说："快到时间了，那我先走了。"

可就是那么巧——

她刚转身就迎面与人撞到一起。

对方端着热腾腾的鸭血粉丝汤，一股脑儿泼在陈西桃身上，吓得她大叫。她低头看到一块鸭血挂在胸前香气飘飘，瞠目结舌，在原地愣了两秒。

"许川，你可真行！"纪雨欣递来一张湿纸巾，看了一眼陈西桃大衣上的汤渍，说，"幸亏没烫着，还好你穿得厚，他泼得偏。"

陈西桃垂首沉默。

始作俑者见状，以为她要发火，一个劲地道歉，给纪雨欣递了好几个眼色。

纪雨欣接收到信号，拿手戳了戳陈西桃："桃子，别气啊，这人我认识，是我们舞蹈社的副社长，到时候让他出干洗费，再请你吃饭赔罪怎么样？"

陈西桃缓缓抬起头。

她看了一眼那个叫许川的男生，又看了纪雨欣一眼，压抑着说了一声："没关系，他也是不小心，我先回寝室换衣服。"

许川目送陈西桃面无表情地从餐厅离开，叫了一声纪雨欣："喂，那是你室友？"

"不然呢？"

"有男朋友吗？"

"你有想法？"

许川笑了笑，没说话。

陈西桃挺着背，一步步不慌乱地往外走。

待出了餐厅门，她的嘴角忽然上扬，舒心地笑出来。

她掏出手机，将自己狼狈的样子拍了下来，又将照片发给孟亓，问："请个假行吗？今天倒霉，被泼了。"

火锅冒出浓烟，全是香味，麻辣劲爽，热气腾腾。

孟亓面前摆着羊肉卷、牛肉片、菌菇、青菜、茴香油条，满满当当，新鲜又诱惑。

杨姨拎了包从屋里出来，说："孟亓，没什么事的话我今天就先走了。"

孟亓的手肘撑在桌子上，拿着手机把玩，淡淡地说："路上慢点。"

杨姨笑："冰箱里有弄好的水果捞，等陈同学来了你们别忘了吃。"

孟亓摆摆手，示意她离开。

语文阅读理解里常用一个表达，叫"以乐景衬哀情"。这满满当当的菜和肉，摆设一样，因为屋里太静谧，连火锅沸腾冒泡都显得那么不合时宜。

白忙活。

他让杨姨忙一下午做火锅，又令杨姨提早下班，都是白忙活。

偏偏这晚陈西桃请假没来。

这是他第一次体验到一个人吃火锅的滋味。

小时候母亲说过，如果不开心就好吃好喝一顿，心情会好很多。

孟亓现在才发现，原来人在真正低落的时候，食物是不可以疗愈心灵的。

当晚孟亓失眠了，第二天早自习姗姗来迟。

同学们的读书声就像是一首催眠曲，他趴在桌子上，没一会儿就睡着了。

睡得迷迷糊糊的时候，听见后座有人争吵。

好像是谁弄掉了谁的杯子，又不肯捡，反而将杯子踢到一边。

于是两个人就产生了矛盾。

其中一人的声音发颤，又是恨又是忍，问："不捡就不捡，为什么要踢坏？这是我爸给我买的。"

另一人吊儿郎当地笑："你爸不是死了吗，这杯子是从阴间给你送来的？"

那人一听就要上去揍人。

二人互相推搡了几下。

孟亓烦躁地抬起头，顺手抄了桌上的两本书，朝后狠狠一扔。"砰"的一声，像砸了个洞，教室里顿时鸦雀无声。

孟亓最烦被人吵醒，偏偏还挑他心情不好的时候，脾气一上来就控制不住。

他将凳子一踢，插兜走到两个人面前。

这两个人他都眼熟，但只有一个知道名字，主要是好记，叫马良。

马良率先叫哥，说："哥，你睡你的，我们出去说。"

孟亓阴沉着脸，满脸写着不爽，扫了他一眼，问："是你把他杯子踢走的？"

"是。"另一个人抢先答。

惹得马良压声骂了一句："王鹏飞，你别不识好歹。"

"我看是你不识好歹！"孟亓一巴掌朝马良头上拍过去。他拧眉，满脸不耐烦，"你刚才笑话他没爸是吧？那你呢，你爹就是这么教育你的？"

孟亓厌恶地扫了他一眼，说："道歉。"

马良不是学校里人缘好的那一拨人，顶多算是"小弟的腿毛"，在"小弟"面前混个脸熟，便作威作福的角色。

他遇到孟亓便威风不起来，憋得满脸通红，闷了半天才说："对不起。"

王鹏飞推推眼镜，文弱但坚定，说："我不接受，无论怎样都不可能接受。"

这不是他故意刁难，他手里还握着杯子，杯身裂开像一道伤疤。

孟亓看了一眼那杯子，用劲地踹了马良一脚："再冒冒失失，我可饶不了你！"说完话不在意地揉了揉头发，打了个哈欠，转身回到座位上。

齐卡拉凑过来："行啊，孟亓，刚才可真帅。"

"烦。"孟亓摸了摸鼻子。

齐卡拉问："你怎么困成这样？"

孟亓又打了哈欠，蔫蔫地说："昨晚失眠。"他又看了一眼教室前面的表，"第一节课都下课了。"

"是啊，你不是交代你同桌课间操再喊你吗？"

孟亓断片了："有吗？"

"说是要打球。"

孟亓想了想才记起来："我最近总是说些容易忘的话。"

上课铃响，孟亓昏昏欲睡，下课铃响，精神抖擞。

孟亓发现，人的生理反应才是最诚实的。他连续半个多月认真上课，于是越来越像个正常的学生了。

从周日下午的加课熬到周五放学，孟亓每天往返于学校和家，这让孟敏感到奇怪。

孟敏这几日频繁地跟给杨姨打语音电话，问孟亓是不是真那么乖。

却不知道孟亓早就和杨姨达成共识。

开玩笑，他每天都让杨姨提早下班回家陪孙女，杨姨早就不是孟敏专属的盯梢人了。

这日杨姨刚挂完孟敏的电话，那边孟亓的手机又响起来。

还是孟敏，她查岗，将杨姨提到的事情核对了一遍，而后大惊失色："儿子，你是不是受什么刺激了？"

"合着我无恶不作才正常？"孟亓嗤之以鼻。

原本之前孟亓考了个年级第五名，就让孟敏惊讶得一晚上没睡好，这段时间孟亓完全转性，成了个乖小孩，更令她百思不得其解。

她问："说实在的，儿子，妈妈现在脑子不够用，实在搞不清楚你那些事，但你只要别闹事，我就放心了，其他的等我回去你慢慢跟我说。"

孟亓便问："什么时候回？"

一说到这个孟敏便打哈哈，说："快了，快了，顶多一两个月。"

孟亓满是不信，笑："你又不养胎，还要算日子。"

"说什么呢？！"孟敏嗔怪，有点生气，"不跟你胡诌了，挂了。"

孟亓挂了电话回屋闷头就睡。

他打算睡到第二天十二点，起床洗个脸，吃个饭，再撸二十分钟猫，陈西桃也就到了。

陈西桃这日比平时晚到了十分钟，孟亓差点就掏手机给她打电话了，结果刚要拨号，门口的对讲机就传来她的声音："杨姨，麻烦帮我开个门。"

孟亓去给她开。

一见到她，他就愣了一下："怎么化妆了？"

陈西桃的眼妆精致，口红热烈，白色羽绒服脱掉之后，竟然只穿了一条大红色丝绒及膝长裙，下面踩一双马丁靴。

陈西桃看了他一眼，又低下头，说："我室友过生日，晚上我要过去。"

两个人一前一后上楼去了书房。

陈西桃从书架上拿了本《飘》看，孟亓打开视频软件追番，看到一半便听有人给陈西桃打电话。陈西桃说了几句就挂断了，没一会儿电话又进来，听话音是她那帮室友来闹她的。

这是她提前交代好的。

进度条还没结束，她就接了六七个电话。

孟亓没耐心看动漫了，放下手机说："她们玩着呢？"

"玩着呢。"陈西桃翻页，没抬眼。

其实她一个字也没看进去。

孟亓舔了舔唇，说："那你想不想去？"

陈西桃抬眼看了他一下："能去早就去了。"

孟亓看出她心不在焉，笑了："想去就去呗。"

陈西桃闻言，欣喜像烟花在心里炸开。

不知道是因为可以去派对，还是因为可以离开这间房。

她放下书，试探地问："真的吗？"

孟亓幽幽一笑："当然了。"

"不过，要带上我。"

包厢里有人正在吼《离歌》。

陈西桃推门而进的时候，此歌正巧到了高音，对方分心朝门口看了一眼，见是她来，直接撂了话筒奔过去。

走到一半急刹车顿住了。

"哟，怎么还拐了个帅哥过来了？"

纪雨欣在孟亓身上上下打量。她很少夸人，除非这人是真的长在她的审美上。

陈西桃说："孟亓。"

纪雨欣"哇"了一声，小声地对陈西桃咬耳朵："这么帅。"

说完伸手对孟亓打招呼："你好。"

孟亓看了她一眼，点了点头说"你好"，没伸手。

纪雨欣没在意，请陈西桃和孟亓坐。

楚童和两个男生在抢话筒，这边沙发上只坐了一个人。

陈西桃只觉得这人有点眼熟，还没想起来他究竟是谁，他先跟她打了招呼："嗨，陈西桃。"

陈西桃礼貌地笑笑："你是……"

"那天洒你一身鸭血粉丝的人。"那人站起来，不好意思地笑笑，说，"我叫许川，许仙的'许'，河川的'川'。"

陈西桃笑着说："你好。"

许川说："那天抱歉啊。"

陈西桃还是笑："没事。"

旁边有人看不下去了，拍了一下陈西桃的肩，大声喊："这么吵，你们也能聊得进去！"

陈西桃看了孟亓一眼，给他一个"你给我老实点"的眼神，旋即含蓄地对许川笑了笑。

楚童在唱宋茜的《屋顶着火》，纪雨欣和其他几位舞蹈社的女生在她旁边扭成了花。

沙发上坐着的人各怀鬼胎地欣赏了一会儿。

许川找到时机问陈西桃："你会唱歌吗？"

陈西桃摆摆手："五音不全。"

许川腼腆地笑笑："听你的声音，觉得你唱歌一定很好呢，本来还想邀你合唱的。"

陈西桃捂嘴，特羞涩地笑了笑，说："我跳跳还行，唱是真的不敢开口。"

孟亓看陈西桃那副淑女样，有点无奈。他不知道女生是不是都有随时变脸的特长，但可以确定，陈西桃一直是善于伪装的。

他心里不爽。直白的、丝毫没有拐弯抹角的不爽感，怂恿他开口，问："你想唱什么？要不我们一块儿？"

许川有点蒙："我……"

"下一首是张信哲的《过火》，大家都会唱，要不一起？"孟亓也不知道自己哪里来的勇气。

许川尴尬地笑笑，半天才说：“那行吧。”

几分钟后，一首《过火》，唱得火爆全场。

陈西桃在沙发上笑得前仰后合，最后不得不狠掐自己才能止住笑。

唱完歌之后全场起哄，几个男生大喊“牛”。

孟亓狂得二五八万似的从台子上下来，走到陈西桃的旁边一屁股坐下。

许川皮笑肉不笑，问孟亓：“兄弟，你是怎么把张信哲唱出沈腾那味的？”

“噗——”陈西桃没忍住直接笑喷。

孟亓见她乐，就不觉得丢脸，也笑：“你不懂，这叫好的歌声千篇一律，走调走得各有千秋。”

他孟亓就算是跑调，也是焦点，光也会打在他身上。

——不信你看，让她笑的是谁？

陈西桃左边坐着许川，右边坐着孟亓。有什么特殊的气氛在他们三个人之间产生、蔓延。

陈西桃不是傻子。她知道两侧坐着的这两位男性都有小心思，许川刚才唱歌的时候，一直盯着她，自以为是地对她放电。

而孟亓更加明显，他一直试图去挡许川的视线，边荒腔走板地唱着，边做出深情的表情，就像是她之前看的超女快男比赛合辑。

一本正经地荒腔走板，蕴含着那么一点点的心酸。

可陈西桃并没有心疼他。

她在想，既然这样，那是不是可以顺水推舟，让他知难而退？

“喝酒吗？”

楚童递来两罐酒，一罐给陈西桃，另一罐要给孟亓。

陈西桃下意识地拦住她：“干吗呀？不行。”

“不是听你说他成年了？”

“不行就是不行，和成不成年没关系。”陈西桃拿过啤酒，顺手递给了许川。

孟亓不乐意了：“人家给我的，你凭什么给别人啊？”

陈西桃装听不见，不理他，转头却对许川笑：“许川，你喝酒吗？”

许川笑说："当然啦，你给我的，不能喝也得喝啊。"

他打开易拉罐拉环，喝了一口，想加陈西桃的微信，她忙说："这么巧，我刚想问你要微信呢，就是没组织好语言。"

少有的热络。

许川加完微信，看到了陈西桃的朋友圈，里面有一张她白天发的自拍。他点了赞，又对陈西桃说："你真好看。"

陈西桃闻言羞答答地笑了。

她知道自己这笑，在男生眼中很暧昧。

旁边有人目光深邃。

一个寸头男生问孟亓："怎么了？兄弟，喜欢看人家搞对象啊？"

孟亓将目光从那边移开，嘴角抽动了一下，欲言又止。

那人又笑，以知情人的语气说："今天这场子，有一半是为了纪雨欣，有一半啊，那就是为了许川办的。"

话中话，再明显不过。

说话间，陈西桃起身要去厕所。

孟亓想了想，紧跟上去。

走廊尽头。

"喂，你看上许川了？"孟亓的目光很锐利。

陈西桃转身，强迫自己镇定了一下，抬眼，故作理直气壮："你一个小孩儿瞎操心什么？"

"我们是一年的。"孟亓看着她说。

陈西桃笑："再是一年的，我也比你大。"

这是提醒。

孟亓好像听没听懂，死心眼地又问一句："所以你喜欢他吗？"

"关你什么事？"

"你喜欢那种长得肾虚的类型？"

陈西桃被他的话噎了一下，说："什么叫肾虚？人家那是日韩花美男款。"

"那你喜不喜欢？"

"我……"陈西桃答不上来，"你管得着吗？"

孟亓什么话也说不出来，只是一味地望着她。

陈西桃咬了咬嘴唇，好像再晚一秒，她的心理防线就会崩溃。

她转身要走。

孟亓跟上。

“你能不能别跟我……”

陈西桃气急，忽然转头，脚步没刹住。他又不知道她要停，两个人就这么直愣愣地撞到一起。

一个触之如春水涟漪，一个如惊起涟漪的石子。

孟亓反应够快，很快插兜站定，漫不经心地吹了吹头发，瞥她：“我……”

“不就是碰了一下，有什么大惊小怪的？”她低下头，不让他看到她闪烁的双眸。

涟漪荡漾了，谁还管石子是不是会下沉。

陈西桃镇定了一会儿，抬头，无奈地说：“孟亓，你别跟着我了，我是去上厕所。”

孟亓顿了一下，笑：“怎么？厕所是你家的，只有你能上？”

有两个男人路过他们。

陈西桃这才想到男女厕所都在一个方向，不禁暗骂自己笨。

她不再讲话，转头就走，进了厕所，忙插上门。

陈西桃无力地坐在马桶上，捂住脸，让自己冷静。

回想起刚才的一幕。她抓了把头发，忍不住烦躁起来。

孟亓目送陈西桃进了女卫生间，随后站在原地发呆。

随后，他叹气，转身回包厢。

包厢里依旧热闹，孟亓随手抓起一把瓜子坐在沙发上嗑。

听旁边有人问许川：“能追上吗？”

许川说：“先追再说。”

“今晚约她出去？”

“有这个打算。”

那人又问：“套买了吗？”

孟亓心一紧。

“滚！”许川打那人一拳，“想什么呢？”

孟亓暗暗松了口气，可心里怎么都不痛快。

没一会儿，陈西桃就回来了。

她原本整理好了心情，进门之后，却看见孟亓躺在沙发上。

她走过去，朝他小腿踢了一脚："你能不能坐有坐相。"

孟亓没动弹。

陈西桃真是没耐心了，问他："你今天故意气我是吗？"

孟亓这才动了一下，他抬起脸，一双眼黑漆漆的，在昏暗的灯光下瞳仁闪烁。

"陈西桃，我胃疼。"

"……"陈西桃愣了。

孟亓歪着脑袋，眼巴巴地看着她，又重复一遍："很疼。"

"你怎么那么会给我找事儿啊。"陈西桃的态度并不好。

"别这样啊，桃子。"许川插话进来，"要不我和你一块儿送他去趟医院吧？这附近就有一家，很近。"

他是怎么做到这么自来熟又爱管闲事的？

孟亓瞥了许川一眼，哼哼唧唧："我没事，你继续玩，别……别管我。"

陈西桃握拳稳住自己，嫌弃地看了一眼这个男生，终是不忍心："拿好你的东西跟我走！"

下雪了。

下午五点多，陈西桃拽着孟亓的袖子走出唱歌房，扑面而来一阵风，卷来几片细小的雪花，还没细看便消融了。

这年白市的第一场雪。

孟亓打了个嗝说："冷。"

陈西桃扭头看了他一眼，问："能自己走吗？"

孟亓愣了愣，反应了一下，才说没问题。

陈西桃松开手，他踉跄几步，歪倒在路边的车上。

车里正巧有人在接吻，男人见美事被破坏，差点就要暴跳出来揍人了。

陈西桃吓得心一紧，连忙道歉，又生拉硬拽地拖着孟亓走人。

两人过马路到一家药店门口停下。

陈西桃问："胃疼得还厉害吗？"

孟亓耷拉着脑袋，说：“不疼了。”

陈西桃还是进去给孟亓买了一份药。

再出门雪下大了。

打车困难，半小时后才有人接单。

陈西桃将孟亓拖上出租车，一路上他昏昏沉沉，到目的地，她又将他拖下来。

到庄园门口停车，还要走五分钟才能到孟亓家。

那会儿孟亓的身子更沉了，困得睁不开眼。陈西桃不想与他有更多身体接触，虽然扶着他的胳膊，身体却尽可能离他更远。

她哄着他往前走，下雪天路滑，路走到一半，他还差点摔倒。

陈西桃吓得赶忙揽紧他。

孟亓整个人都靠在陈西桃身上。他在她看不到的地方睁开了眼睛，眼底一片清明。

孟亓的重量压得人喘不过气。

陈西桃瞬间就委屈了。

寒冬腊月大雪天，一个小时前她还在温暖的包厢里吃蛋糕、饮酒，一个小时后居然要照顾这么一个霸王。

出门前他明明保证过，绝对老老实实，不会做她反对的事。

早就该知道他绝不会轻易听从于谁。

陈西桃气不打一处来，将他倒在自己怀里的头往外一推：“离我远点，男女授受不亲知不知道？”

她嘟囔了一句。

他说“嗯”，下一秒又迷迷糊糊靠过来。

风吹雪，簌簌而落，世界像被水晶盒罩住。

她和他是水晶盒里的两个小人。

陈西桃拖着孟亓一步一个脚印，孟亓忽然含混不清地嘟囔了一句什么。

陈西桃怕他是胃疼，忙问：“你说什么？”

他喊了一声：“陈西桃。”

陈西桃的心蓦地一紧，有股神奇的预感，她隐约察觉有什么就要呼之欲出。

果然，他的声音忽然大了一些，清晰地说：“陈西桃，其实你长得不丑。”

陈西桃一怔。

他在说什么？

“那个什么川，他……他丑，配不上你。”

“……”陈西桃还在发怔。

“他配不上你。”孟亓喃喃呓语：“你别和他好，行吗？”

陈西桃只觉得他说的每一个字，都像是此刻的雪，落在皮肤上最热的那一块，快速消融了，却冰得人忍不住激灵。

孟亓的话，就是落在陈西桃生命里的雪，在晚风的吹拂下，落到她的心上，激起永不磨灭的战栗。

陈西桃生出一个念头——辞职。

她觉得自己好冷硬的一个人，少年人的赤子衷肠，在她这里却满是忧心忡忡。

现在这情况，她怎么跟孟敏交代？

也不知道为什么，她一颗心忽然就胀得难受。

然后她落下一滴泪来。

就那么一滴，陈西桃却惊住了。

她想起郑秀文的那句歌词：“如何掉眼泪，自知身份都不对。”

虽不是同样的意义，却有同样的情绪。

陈西桃后退半步，用商量的语气，轻轻缓缓地询问他：“孟亓，你笨蛋吗？”

语气甚至带着一丝卑微。

如此的黑色幽默，让孟亓的心急速冷下去，冷到厚厚的积雪也能焐热他。

听她这些话，孟亓忽然不想再装胃疼了，可是又没有勇气面对她。

他们互相搀扶，行走在白市的初雪中，心情一个比一个沉重。

课本里学过一节课，刘亮程写：“落在一个人一生中的雪，我们不能全部看见。每个人都在自己的生命中，孤独地过冬。”

孟亓曾经以为这话是说人生的，可直到这一刻他才明白，这话也可以拿来说暗恋。

暗恋是爱情的一种形式，而爱情是人生的一部分。

他不知道，陈西桃心里也想到了这句话。

她想，默默喜欢一个人，是不是就像在孤独地过冬。

她无法窥探孟亓的孤冬，正如孟亓无法闯入她的盛夏。他们本就是季节的两端，既然雪无法在夏天落下，既然桃子无法在冬天生长，她又何必自责？

她不该自责，不该沉重，更不该觉得无法面对他。

送孟亓回家之后。

陈西桃一路上踏雪而归，脑海里想的都是这三个“不该”。

路边有孩子在堆雪人，步行街路口有情侣亲吻，卖烤地瓜的爷爷生意很好，这些好像全部转移不了她的注意力。

后来一连两天，她都意兴阑珊。

周一晚上学校餐厅举办火锅派对。

好多人都去了，楚童也拉着陈西桃过去。在吃到一半的时候他们遇到许川一行人。

一看到陈西桃，许川旁边的男人便发出起哄的声音，然后推他过来和陈西桃坐。

陈西桃装不明白许川的意思，忙说吃好了，就拉楚童闪人。

楚童想不明白：“之前看你和他在雨欣生日派对上玩得还行呀，怎么这会儿又不理人了？”

陈西桃摇摇头，想说“你不懂”，最后又沉默了下来。

周二她照例赶往孟亓家。

刚出地铁口，便碰见了放学的孟亓。她想装没看见，可孟亓先一步喊了她一声：“今天来得比以前早？”

陈西桃笑笑：“还好。”

两个人一起回家。

走了一段，孟亓忽然问：“那天在你朋友生日会上，对不起哈。”

陈西桃怔了一下，笑：“没事。”

孟亓停下来，似笑非笑地打量她：“怎么了？我怎么觉得你今天有点奇怪。”

陈西桃一愣，问：“有吗？”又自答，“没有吧。”

孟亓的眼眸一转，与她对视，嘴唇动了动，最终还是没说什么。

几句话的工夫他们就到了家门口。

陈西桃进门，和往日一样先上二楼书房，孟亓说想先去个厕所，便留她一人在房里等他。

陈西桃不疑有他，径直走到以往常坐的位子上，刚想侧身把包放下，就愣住了。

矮几上放着那本孟亓常看的书，可书的下面还压着一个速写本。

她心跳如擂鼓，迟疑地伸出手，又飞快地缩回来，来回两次。她咬咬唇，终是没抵抗住，抽出压在书下的速写本，一页页地翻看。

全是她一个人。

熟悉的笔触，和上次她见到的一样，凭空想象地画，栩栩如生。

凭想象也可以画得这么好吗？

她从前未细想，现在却不知该不该细想。

门动了。

陈西桃慌忙将本子放在桌子上。

孟亓推门进来，她俯身装作整理包，利用视线盲区，将本子原封不动地摆好，再抬头，故作镇定地冲孟亓笑笑。

孟亓狐疑的视线游走在她身后那片区域。他好像微微眯起了眼，又好像没有，能确定的是他审视的目光。

他问："后边的东西你看了吗？"

陈西桃说："没有啊。"

孟亓紧紧盯着她两秒钟，又点点头，说："那就好。"

陈西桃自如地转过脸。

孟亓的目光瞬间变冷。

他太知道她在撒谎了。

他事先故意将速写本放在她放包的位置，又故意把书摆偏一点，以便露出画稿中她的脸。

她的包就摆在那本书上，怎么可能没看到呢？

何况，要是真的没看见，不该先反问"看什么啊"，然后再茫然又好奇地转身去看吗？

可她的第一反应是坚决否定，并且一点都不好奇他不让她看的东西究竟是什么。

两人相顾无言直到下课。

孟亓没送陈西桃出门，正合她意。

陈西桃走到一半，忍不住回头看了一眼。在不远处的建筑物里，落地窗里亮着灯，玻璃清透。他一动不动地站在窗边，见她回头，他摆摆手。

陈西桃想了想，没回应他，转身头也不回地走掉了。

孟亓沉闷地深呼吸了两下。

他们距离有十步路，他往前走了五步，再抬头，还是相隔十步。

因为她一直在退，于是他不敢再走。

谁让两个装傻的人，也是两个胆小的人。

陈西桃从孟亓家回去之后，一夜辗转反侧。

第二天上课，她顶着两个黑眼圈，像熊猫成精。偏偏冤家路窄，上课路上碰见了化着全妆神采奕奕的许明月。

陈西桃和她的关系一直算不上好，宋明扬的事过去之后，有一次她们在餐厅碰见了，她居然还过来指责自己做事太绝。

不过陈西桃只拿她当脑残，再没给过她眼神。

楚童看陈西桃心不在焉，问："你怎么了？"

陈西桃刚开始没回她，后来忍不住了，旁敲侧击地问："如果你想拒绝一个喜欢你的人，又不想太直白，该怎么办？"

楚童狐疑地盯着她："你有情况？"

陈西桃胡乱地抓了把头发："快说！"

楚童想了想："我可能会告诉他我有男朋友了，一般人在得知对方不是单身后，都不会继续追了吧？"

陈西桃醍醐灌顶。

楚童问："是那个许川吗？"

陈西桃说："别瞎猜，我都拒绝他了。"

"什么？"楚童不禁提高了音量，顿时又察觉到是在课堂上，赶紧捂嘴低下身子，小声地问，"怎么回事？"

陈西桃比她的声音更小，回答："反正就是说清楚了，上你的课吧，别那么八卦。"

事情发生在前两天，她中午下课之后发现许川在教室外面等，问她能不能一起吃个饭。

陈西桃想了想，拒绝了。

许川试探地问："你最近比较忙吗？"

陈西桃干脆直说："我暂时不想谈恋爱。"

许川尴尬到不行，可脑子转得倒快，问："是不想谈恋爱，还是不想和我谈恋爱？"

陈西桃笑笑："都不想。"

许川问："心里有人了？"

陈西桃摇摇头。

他显然不信，又问："是那天那个男生吗？"

陈西桃愣了一秒，旋即疯狂摇头，说："不是。"

许川笑笑说："好吧，虽然没能获得你的芳心，但是……可以交个朋友？"

陈西桃没明确回应，而是说："再说。"

拒绝了许川，陈西桃的心思全用在怎么不动声色地拒绝孟亓上。

这日，陈西桃更了一条仅孟亓可见的朋友圈，文案是："冬天适合恋爱，躲进你的怀抱里的我，拥有整个夏天。"

她知道孟亓一定会看到，打个预防针，接下来的事便会显得顺理成章许多。

陈西桃本来打算到周六上课再好好想想怎么在孟亓面前演戏。

谁知道周五这天去吃饭，却在餐厅碰见了孟亓和马轩。

他们也来吃钵钵鸡，比陈西桃和纪雨欣先到，一见到陈西桃马轩便打招呼让她们过去拼桌。

纪雨欣按捺不住，没等陈西桃说什么呢，她就欢天喜地地到马轩旁边坐下来了。

陈西桃只好慢吞吞地到孟亓旁边落座。

吃了一会儿，纪雨欣忽然问孟亓："弟弟，你长得这么帅，是不是有很多人追你啊？"

"那可不？"马轩抢话，"实验一枝花。"

纪雨欣来兴趣了："怎么，帅哥不都该是一棵草吗？"

马轩边吃边说："才不是，这哥们儿是桃花公子，招桃花。"

纪雨欣听见这称号，差点笑喷，问陈西桃："他有这名号，你知道吗？"

陈西桃白她一眼，说："关你什么事？"

纪雨欣"嘁"了一声，说："看不出来你还护短？"

这话一出，孟亓看了陈西桃一眼，不自然地咳了一声。

陈西桃莫名觉得耳根发热，忙说："护短怎么了？"

说完又问孟亓："是不是啊？孟同学。"

她还真是时刻提醒。

孟亓一时有点不是滋味，敷衍地笑了笑，没说话。

说话间纪雨欣的手机响了。她看了一眼，眼睛发亮，暧昧地冲陈西桃一笑："你们家许川。"她不知道陈西桃已经拒绝许川的事，又问，"你接还是我接？"

陈西桃笑："再不接人家要挂了。"

纪雨欣笑笑，出去接电话。

她出去之后，马轩就迫不及待地问："姐姐，你恋爱了？"

陈西桃刚要说"没有"，一下子想到什么，心想，这可不就是个误打误撞的好时机吗？

于是她羞羞答答地一笑，说："还没，不过……快了。"

"哎哟哟，还害羞？"马轩没心没肺地笑，说完拿饮料和陈西桃碰杯，"恭喜啊，恭喜！"

"你说什么？"

在他们对话的过程中，谁都没发觉到有个人的脸色忽然冷了下去。

孟亓微微侧脸，用眼神睨着陈西桃，神情淡漠。

陈西桃不敢看他的眼睛，视线落在他的嘴唇上。她扬着下巴，努力做出理直气壮的样子，说："我的私事不用向你交代吧？"

她看不到，孟亓眼底正汇聚狂澜。

她讲完话莫名心虚，低下头，尝试用轻松的语调说："哎呀，放心吧，有好事绝对告诉你。"

孟亓忽然站了起来。

他不知道什么时候拿起桌上的瓷碗，狠狠一砸，惊起一阵瓷碎的巨响，油花四溅。

餐厅里顿时安静下来，人们都在往这边看。

陈西桃被惊得一跳，难以置信地抬眼看孟亓。

马轩也惊：“你干吗？”

“你给我闭嘴！”孟亓咬牙道。

孟亓指着陈西桃，又急又怒：“陈西桃！”

叫完她的名字，他却用光了力气，半天不动，隐忍地盯着她。

“欺负我好玩吗？”

纪雨欣打完电话回来就听见孟亓咬牙吼出这样一句话。

不知道发生什么了，惹得孟亓这样盛怒。他死死地盯着陈西桃，眼神仿佛能吃人。

陈西桃则仰头拧眉惊惧地看着他。

地上散落着碎碗片，桌子上也是一片狼藉。

旁边桌的人都不吃饭了，全瞪着眼睛看热闹。

陈西桃忽然笑了，可是看起来笑得没底气极了：“我怎么就欺负人了？”

孟亓深深地看着她：“你知道。”

“我不知道。”她说。

孟亓轻轻地笑了一声道：“我看你比谁都清楚！只有你能这么欺负我！”

陈西桃心虚了，越是这样，面上越倔：“孟亓，你的状态不好，我不想跟你废话。”

她说完便想俯身拿包。

孟亓一把攥住了她的手，他的怒意未消，整个人都很冷：“干脆说明白好了！”

“放手，我和你没什么好说的！”陈西桃提高了音量。

她不知道为什么忽然有一点怕，怕到不敢去看孟亓的脸。

孟亓偏逼迫她去看他。他攥着她的手，将她往身边拉，呼吸喷在她脸上，那么近，她很难忽略他的话：“我没把你当过我老师。”

餐厅里的人们面面相觑，搞不清状况。

“更没把你当过我朋友，从来都没有！”

马轩像被雷劈中，瞠目结舌。

纪雨欣则捂住嘴，惊诧地站在原地。

陈西桃摇摇欲坠。她死死咬住嘴唇，一时不知道如何面对，如何承受。

孟亓哪肯放过她："我告诉你，陈西桃，从今天开始，我不会再让着你了！"

陈西桃艰难地找到自己的声音："够了！孟亓，你发什么疯？"

发疯？他只恨自己疯得太晚了点。

原本那日试探过她之后，他就告诉自己，不再去捅窗户纸了。他是真怕逼得太紧，会将她逼走了。

可说成全都是假的，没人能这么大度。

他处处小心翼翼地对待她，可是她呢，她揣着明白装糊涂也就算了，偏偏还得寸进尺来欺负他！

说他野蛮也好，冲动也罢，他这天就唐突一回："陈西桃，你以为你凭什么管得住我？你以为你管得严我就逃不了课？你以为你在篮球场的举动真的有效？你以为晚上等我三个小时我就能乖乖就范？"

陈西桃脑子一下炸了："孟亓，你冷静一点，我……"

"闭嘴！"孟亓才不理会她说什么，"我告诉你，什么考试考不过你都是假的，被你算计也是假的，就你那破伎俩，哄小孩儿呢？我那是心甘情愿笨你一点！"

孟亓一番话，就像机关枪一样，毫不手软地扫射过来，陈西桃毫无抵抗能力。

直到餐厅的经理走过来，询问事情缘由。

陈西桃趁机拿了包落荒而逃。

看完全程的纪雨欣举起手对孟亓比了个大拇指，随后拿了包，跟在陈西桃后面追了出去。

第十章
背离

布鲁斯特效应

“嘟……”听筒里传来一阵忙音。

陈西桃将自己反锁在阳台，开了窗子让冷风灌进来，这样会让她减轻心里的沉闷感。

她给王丽打了两通电话，都没有人接。

说到底，女生心里有困惑的时候，第一时间还是会想起母亲的。母亲却不是时时刻刻都能在身边。

说巧也真是巧，正当她挂了电话想关窗离开的时候，赵明英却打电话过来了。

陈西桃兴致缺缺，接通后懒懒地问：“什么事？”

赵明英说：“你大舅去内蒙古带了牛肉干回来，我给你寄过去了，记得收。”

陈西桃心里淌过一阵暖意，嘴上却说：“你们吃就行了，给我寄干吗呀？”

赵明英干笑两声，说：“没有别的事我先挂了，你在那边多穿衣服，天冷。”

“等等。”陈西桃叫住她。

陈西桃别扭地沉默了一会儿，才开口：“我……最近遇到一个男生。”

赵明英听罢便低声笑了笑，问：“恋爱了？”

陈西桃忙说：“没有。”撒娇似的。

“就是，无论如何我都得拒绝他，但又怕伤害他，该怎么办呢？”

陈西桃蔫蔫地问，一副为难的语气。

赵明英还是在轻笑，只问她："那你的意思是，并不喜欢他喽？"

陈西桃想都没想就说："当然了。"

"哦。"赵明英沉吟了一声，"既然如此，我只能给你一个建议。"

"什么？"陈西桃隐隐期待。

赵明英只说了四个字："跟着心走。"

陈西桃揉了把头发，心力交瘁。

此题还是无解。

"您说了不如不说。"

她干脆挂了电话。

"谁的电话？"

陈帅刚陪陈赵看了会儿《奥特曼》，小家伙还没痊愈，缠人得很，好不容易歇了会儿，进屋就见妻子在打电话。

赵明英说："桃子。"

"这丫头说什么了？"

"孩子大了，开始为感情发愁了。"

"什么？"陈帅的声音顿时高八度，"哪个小兔崽子敢对我闺女动心思！我知道了非……"

"得了，你闺女那么漂亮，追她的还少？"赵明英嗔道，又解释，"倒不是谈恋爱，而是她现在，不识庐山真面目。"

"怎么讲？"

"我问你，桃子是个优柔寡断的人吗？"

"那不能够啊。"

"是啊，以她的性格，如果不是在乎，怎么会管对方是不是伤心？"

陈西桃还是决定离开。

她联系了孟敏，以学业繁忙为由请辞。

如果她要走，是需要代班到找到下一任辅导之前的。

但孟敏说孟亓现在的成绩也不需要了。

原来竟是两全其美的事。

孟亓就是在这个时候打电话给陈西桃的。

陈西桃想了想，决定去见他。

和往日一样，陈西桃独自乘地铁前往。下地铁之后，要打十分钟的车才能到，进了小区又要走五分钟才能到孟亓家大门口。

某些记忆，不需要特意去想，已经自然而然地融入了她的脑海里。

孟亓坐在庭院深处等她。

陈西桃远远看见他，竟然不知道怎么面对，像做错事的孩子一样走过去。

孟亓听见动静转身："来了。"

"来了。"陈西桃应着。

两人竟像久日未见寒暄的好友。

孟亓拍了拍长椅示意她坐。

陈西桃在椅子的最边上坐下来。

孟亓发觉了这个细节，笑："没必要吧？陈西桃，我又不是洪水猛兽。"

陈西桃扯开话题："天冷，你穿那么少坐这里不怕生病吗？"

孟亓也扯开话题："昨晚我去天桥了，待到后半夜，我发现在那里什么也不干，就看车来车往，也挺好的。"

"你去那儿干吗？"陈西桃顺着他的话聊下去。

"你还记得我过生日，你给我讲过你在天桥的见闻吗？我想看看，白市和烟城的流浪汉有什么不同。"

"你……"

孟亓比了个"嘘"的手势，又说："隆冬傍晚，在桥上眼睁睁看着太阳落下去，落日简直是种美学，太温柔。"

这才是他。

满嘴脏话、浑身乖戾，不是真的他，能在傍晚独自去车流不息处欣赏落日的才是他。

陈西桃不知道为什么会有这个想法。

她又听孟亓接着说后半句话。他对上她的眼睛："这个世界上注定分离，和注定消失的东西都是美学。"

陈西桃顿了一下，这才体会他话里有话。

她将视线移开，定了两秒，又移回来，盯住他的眼睛：“孟亓，不要这样。”

孟亓笑了，苦涩涩的。

他要有这本事，还至于这副样子？

陈西桃凝神看着他：“孟亓，其实我们才认识没多久，短短几个月，忘记很快的，你身边又有那么多有趣的人。等你上了大学，更会接触各种各样的人。”

孟亓失笑，她这话耳熟，像是也对谁说过。

他的语气冷淡：“你不用说教，你自己心里清楚，这些话除了伤人，没有任何作用。”

陈西桃顿时噤声了。

孟亓又笑：“何况，你怎么知道是几个月？”

陈西桃问：“你这是什么意思？”

孟亓说：“字面上的意思。”

陈西桃的脑子又乱了，为了控制事态往不可控的地步走，她逼迫自己冷静下来，说：“孟亓，没别的事我就走了，你知道的，我已经决定要离开了。”

孟亓与陈西桃对视，眼底的情绪深不见底，就像此刻阴沉的天。

“好，你放心，上次我说的是气话，我没有那么蛮横，更没有强人所难的习惯。”孟亓以一种异常平稳冷静的语气说。

陈西桃顿了顿，起身往外走。

孟亓背对着她，没回头，也不敢回头。

陈西桃走到一半，停了下来。她也没回头，而是喊：“孟亓。”

孟亓的心一跳。只听她说：“祝你前程似锦。”

元旦很快就到了。

跨年夜满城热闹，绿岛里，男男女女围坐在一起。

路飞宇刚刚唱完张信哲的《过火》。

马轩站起来接着唱下一首，那首歌旋律熟悉，想都不用想便知道是点击量很高的《死了都要爱》。

马轩唱到高音部分卡住了，弯腰直咳嗽。

孟亓哧哧笑起来，说：“真没用。”

恰巧被旁边的人听到，他调笑道："你行你上啊。"

孟亓哼笑了一声，说："我上就我上。"

他说着就走到台子上，拿了麦，喊："切下一首。"

下一首是这年大热的英文歌，一半都是说唱，他骂点这歌的人骚得不行，又让切下一首。

切到了刘若英的《很爱很爱你》。

前奏响起，孟亓沉了下来。

一开口，荒腔走板，唱笑众人。

他在唱副歌部分也破了音，惹得大家集体爆发，一个个都笑得滚到地上。

只有一个人没有笑。

齐卡拉看着孟亓声嘶力竭，默默流下了眼泪。

这首歌孟亓没唱完。

歌词里有一句："地球上两个人，能相遇不容易，做不成你的情人我仍感激。"

他唱到这句的时候骂了句"放屁"，接着就恼怒地把话筒砸了。

惊起一阵刺耳的电流声。

"孟亓，你有病！"马轩见他发疯，齐卡拉干着急，马轩就生气，"谁惹你，你找谁去啊！"

孟亓回到沙发上，大口喘着粗气。他静静地听马轩骂他，没什么反应，过了一会儿，把脚跷桌子上。

他仰靠在沙发上。

不知道是谁在唱《三人游》。

"一人留，两人疚，三人游。悄悄地，远远地，或许舍不得。默默地，静静地，或许很值得。我还在某处守候着。"

孟亓没来由一阵烦。

他把桌子一踹，出门了。

同一时间，绿岛外面的商业街上人声鼎沸。

商场门口摆了棵巨大的挂满粉色小灯泡的花灯树，新年歌不断响于耳畔。

纪雨欣拉拉陈西桃的手："得了，你看大街上谁还像你这么愁眉苦脸的？"

陈西桃转头，没感情地扯出一个假笑，问："行了吧？"

纪雨欣简直要翻白眼："拜托，你怎么搞得跟失恋似的？"

陈西桃轻轻地叹了口气："跟你说，你也不懂。"

"你没给我说，我可不是不懂吗？"纪雨欣撇嘴。

"我……"

有个卖花的小男孩撞到了陈西桃，打断了她们的话语声。

他卖剩的几枝玫瑰散在地上，人群如迁徙的动物般黑压压地走过去。陈西桃俯身帮小男孩儿捡起花，想递给他，却见几朵花早已被踩得不成样子。

小男孩儿目不转睛盯着花，有点要哭的意思。

陈西桃不忍心，问："这些我买了，一共多少钱？"

小男孩儿一听立刻笑出来，露出门牙豁口："一枝五元。"

陈西桃数了数，有九朵，扫码付款。

有人喊："孟奇。"

她的心一跳，刚要转身，小男孩儿便答应了一声："在这儿呢！"

男孩儿跳起来招招手往陈西桃身后跑，陈西桃转身，见一个十七八岁的女生站在那边的垃圾桶旁招呼孟奇回家。

"唉。"纪雨欣叹气。

陈西桃问："你叹什么气？"

纪雨欣摆弄了一下陈西桃怀里的坏花，说："我叹有人欠孟亓的，还给孟奇了。"

陈西桃笑："谁欠他了，感情讲究的不是两相情愿吗？"

"难为你还知道这个道理。"纪雨欣忽然认真了许多。

陈西桃却还是盯着小男孩儿孟奇离开的方向。

她忽然喊纪雨欣："雨欣，帮我买杯热饮好吗？"

纪雨欣知道她心情不好，点点头说没问题，又说："我挑一家人少的买哦，不想排队。"

陈西桃笑笑说好。

那边有人与她对视上，眼神里交织着错综复杂的感情。

是齐卡拉。她旁边还有马轩和其他男生，其他男生里，有孟亓。

陈西桃目不转睛地看着。

她看了他发的朋友圈，知道他在这附近。

可她这天穿着白色的羽绒服，站在人群里毫不起眼。

他们大概是去唱歌了，尽兴而归，有几个男生相谈甚欢，少年大概都是不怕冷的，裤腿卷起来，露出一小段脚踝，显得那样放荡不羁。

孟亓倒显得老实很多，规规矩矩地穿着牛仔裤、羽绒服，走在最前面，下了台阶弯身上了车，其他人也都跟着上了那辆车。

赵明英前不久刚给陈西桃寄了一包牛肉干，这日一大早，陈西桃早早地去图书馆占座学习，又接到她的电话。

“给你寄的枣收到没有？”赵明英问。

陈西桃出门接电话，没穿外套，冻得一激灵：“你怎么又给我寄东西？我都快放假了，回去吃不行吗？”

赵明英便客客气气地解释，说：“枣是你爸爸让寄过去的，我之前说不让寄呢。”说完这话，她赶忙解释，“就是觉得寒假快到了，你能回家吃嘛。”

陈西桃顿了顿，说：“我寒假晚几天回去。”

赵明英问：“怎么了？”

陈西桃说：“和同学去 S 市玩两天再回。”

赵明英在电话那头沉默了一下，才说：“好，注意安全。钱够吗？”

陈西桃说：“够。”

陈西桃挂了电话，点开手机的订机票软件，确定了一下飞 M 国的航班。

窗外灰蒙蒙的，乌云翻滚，像暴雨来临前那样沉，天际有倦鸟掠过，似在逃命。

天色一阴，整个人的心情都变得灰蒙蒙的，像罩了层雾，偏偏讲台上的数学老师，把一道大题拐弯抹角地讲了大半节课。

要是陈西桃讲，十分钟就能讲完。

孟亓将下巴抵在桌子上发呆，拿中性笔在试卷上画乌龟。

好不容易等到下课，班里的同学去操场做操，他就偷溜到楼下花坛边喝可乐。

刚喝完，就听到一阵压抑的推搡声。

有个男生，说了些不入耳的混账话，接着就响起一阵打巴掌的声音。

孟亓一听，眉头便皱起来。

要说这平时见了打打闹闹，那他一般不插手，毕竟是两边对立的事，两边自己解决。可要是纯粹的校园欺凌，那就另当别论。

这种抽巴掌声，一听便知道是欺压凌辱。

孟亓轻轻地啐了一口，随意地抓了把头发，越过一棵树，走到拐角另一边。看清人后，他嗤笑："丢不丢人啊，大老爷们揍人还有专门扇人脸的？"

陈西桃在考完试的当天飞往M国。

准备了小半个学期，攒了些钱，为的就是踏上异国的土地，找到故乡的亲人。

陈西桃一月十五日晚上从白市出发，到达M国的时候还是十五日晚上。

时差让陈西桃感受到距离的深深无力感。

来M国不是个突然的决定，却是突然下的决心。

跨年夜那天，王丽卡点给陈西桃打来电话，祝福道："新年快乐。"

春节和元旦，是王丽一定会给陈西桃打电话送祝福的日子。

这次听到母亲的声音，陈西桃的心情和以往很不一样，她似乎比之前的任何一年都需要这种祝福。

因为跨年那日，她目送齐卡拉离开，表面的镇定自若骗不了心里的怅然若失，很奇怪，她并不觉得自己受了什么伤，可有什么憋在心里，无法同任何人说。

在那个瞬间她再次理解到，女生在脆弱的时候，是真的需要母亲的。

去M国这件事，陈西桃没有知会任何人，包括王丽她都没说。

陈西桃落地之后给王丽打电话。

一连打了四个都无人接听。

陈西桃无奈，只能先找个酒店住下，第二天早起根据王丽在许久之前说过的地址去找人。

她对比着手机便利贴上的地址，找到了一所公寓。

门牌号 107，很好找，陈西桃在门前理了理衣服，拿手机看了一下脸上的妆，又理了理头发，才摁响门铃。

居然是一位头发花白，有些老派贵族气质的女士来开门。

陈西桃愣了一下，用英语小心地问：“请问王丽女士在吗？”

老太太用她那精明的目光上下打量了陈西桃一眼，又看到了她身旁的行李箱，问：“你是谁？”

陈西桃很快回答：“我是她女儿，从中国来。”

那位老太太便说：“对不起，这房子是我们在五年前买下的，至于您说的中国女士，我们在签完合同后就没有见过面。”

陈西桃的心一下子坠下去，摔碎了，像裂开了一般。

她局促地说：“打扰了，再见。”

她边拖着箱子离开，边掏手机给王丽打电话。说到底，还是怪她自己，不说提前打个招呼，怎么连情况都没搞清楚就过来了呢。

谁知她刚走了没几步，忽然有人喊了她一声。

是刚刚那位老太太，她说：“等一下。”

从她身后走出一位与她年纪相仿的老爷爷，他看了陈西桃一眼，又从门边的柜子上拿了笔，在便利贴上写了两行字递给陈西桃：“你去这个地址找她吧，上周我在这里见过她一面。”

陈西桃激动得嘴唇颤抖，连说好几声谢。

广播体操的声音在校园回荡，天越来越阴，有树叶随风吹到人脚下，又被人不留情地碾过。

地上跪着一个人，另外两个人一左一右制服着他，还有一个男生站在他们三个人的对立面，披着校服外套吊儿郎当，表情满是戏弄和不屑。

孟亓看着那男生，漫不经心地活动了一下手腕：“马良，我是不是说过，你要是再冒失，我饶不了你？”

他没记错的话，马良不久前弄掉了王鹏飞的水杯。

原来这事倒是没完了。

马良和另外三个人看见孟亓俱是一愣。

马良的脸色变了变，立刻赔笑道："哥，你怎么来了？"

"别。"孟亓做出惊恐状，"我可收不起打人脸的弟弟。"

孟亓看着马良那㞞㞞的样子，知道这人是个欺软怕硬的主，上次数落他两句并不管事，得好好吓唬吓唬他，才能让他长长记性。

于是孟亓勾勾手让马良过来。

马良先是不动，说："哥，别啊，我放他走不就行了？"

孟亓一直在笑，稳操胜券的那种笑，他还是屈着手指，说："过来，别让我再说一遍。"

马良看看那边的兄弟和王鹏飞，又看了孟亓一眼，心一横走过去，赔笑："好，我听亓哥……"

一句话没说完，孟亓往前一步，抓住他的衣领刚想吓唬吓唬他，忽然有人大声呵斥："住手！"

陈西桃根据地址找到了一家面馆。

她到的那会儿已经过了饭点。

进去之后她找了个门口靠窗的地方坐，很快便有个四十多岁的中年女人过来招呼她。

陈西桃点了碗最普通的牛肉面，又问："请问你们这有个叫王丽的人吗？"

中年女人抬眼，看了陈西桃一眼，忽然变了脸，指向她身后："你找我们老板啊，她正好刚回来。"

陈西桃惊诧地转头。

王丽从一辆很朋克的破旧吉普车上下来，她戴着墨镜，穿一件暗蓝色的有些旧的长外套，和陈西桃身上的同色系。

陈西桃是出门前特意换的毛衣，某品牌的新款，两千多一件。

她呆呆地看着窗外，看着面前这个既熟悉又好似全然陌生的人，一步步地走近自己。

王丽进了门，并没发现陈西桃的存在。

她径直往里走，用浓厚的烟城普通话问："刘姐，给尼莫打电话了没有？"

刘姐回了句什么，又说："门口有位客人找你。"

王丽这才转头，说："谁找我啊……"话到一半，僵硬在原地。

而她对面的陈西桃早就已经泪流满面。

找王丽比想象中难，但也比想象中简单，这并不矛盾，矛盾的是信息的偏差，和欲盖弥彰的真相。

王丽带陈西桃去吃比萨。

她点了一份火腿比萨，一份苹果比萨，陈西桃将火腿那份吃了大半，苹果比萨一口未动。

王丽笑笑："记得你挺喜欢吃苹果的啊？"

陈西桃说："苹果比萨和苹果是不一样的。"

苹果比萨和苹果是不一样的。

在中国的母亲，和在M国的母亲，也是不一样的。

陈西桃提出要去王丽的家中看看。

王丽顿了顿，同意了。

王丽真正住的地方，就在她开的面馆附近。

那街区和其他街区都很不一样，初进其中，便看到路两旁满满的汉字广告牌，不知道还以为误入了中国的哪个县城。

王丽领陈西桃从店侧的小路往里走，要上楼的时候，王丽接过陈西桃的行李箱，带她爬了两层楼梯，打开一扇白色的门，进到一个空间不大不小的公寓里。

陈西桃站在门口，五味杂陈，不知道该不该继续往里走。

只因正对着门的墙面上，挂着一张全家福。照片里有三个人，一对微笑的夫妻，和一个大笑的小男孩儿。

中国有句话叫"不到黄河心不死"。

陈西桃现在满心只有一个疑问，人到了黄河，心真的会死吗？

时间过去太久，分明很多事情都变了。

王丽更是变了太多太多。

陈西桃不常与王丽视频，上次还是在姥姥的寿宴上。王丽那时候是短发，发型理得不怎么好，显得脸有点大。可陈西桃还是截了好多图，保存在QQ相册里，时不时翻出来看看。

然而现在，王丽已经变成了长鬈发，她的皮肤也变得有些暗黄。除此，还有其他岁月痕迹遍布全身，比如陈西桃闻到的她身上有陌生的、带着一丝丝牛肉面汤味的味道。

这与陈西桃想象中那个穿着干练西装、喷着香水，坐在阳光明媚的办公室里的都市丽人，有着巨大的反差。

陈西桃一时五味杂陈，无法形容。

没有想象中的惊喜和滔滔不绝，陈西桃更木讷、更沉默了。

这就是母亲吗？这就是母亲的生活吗？这就是母亲的家吗？

母亲，原来已经有家了。

陈西桃径直走到那张全家福面前，很想伸出手来摸摸那个相框，好像只有触碰到了才能代表一切都是真的，但她还是忍住了。

照片里的男孩儿和陈赵差不多年纪，是个混血儿，随父亲长着一双褐色的瞳孔和头发。或许是这个原因，陈西桃完全看不出他是自己的血缘至亲。

陈西桃的喉头发哽。她缓缓转身，打量屋里的其他摆设：地上有小汽车，桌子上有乐高和绘画书，家里零零散散地摆放着属于孩子的玩具用品。

王丽忽然走近陈西桃，拍了拍她的肩膀，声音哽咽："孩子，妈妈对不起你。"

陈西桃抬头，脸上的泪痕清晰。她问："为什么不告诉我？"讲这话的时候竟还笑了笑。

王丽一直摇头："妈妈说不出口，真的说不出口……"

是啊，有种感情叫近乡情怯，有种纠结叫欲语还休，因此王丽不敢回家，不敢挑明。

这种感情陈西桃懂，正因为懂，才更难受。

因为她无法做到责怪、质问，冷眼愤恨。

她只能哭，眼泪就是她的全部语言。

她莫名又想起父母告知她离婚的那日，她穿着母亲新给她买的红色小皮鞋，放学一蹦一跳地回到家，迫不及待地掏出奥数比赛的奖状。

父母却不像往日一样喜笑颜开地夸奖她。

父亲少有地在沙发一头抽闷烟，母亲则抱着她认真地问："宝贝，你爱妈妈吗？"

她童声稚嫩，没有察觉异样，说："爱啊。"

母亲笑："那你要一直爱妈妈，不可以减少哦。"

没等她回答，母亲便拎了包和箱子出门走了。

陈西桃现在想起还是会觉得魔幻。

别的感受她都记不太清了，记忆最深刻的是那天家里煮了蟹，那味道飘满全屋，以至于她往后闻到蟹肉，都会想起那天母亲的脸。

后来陈西桃在书上看到，对于气味的回忆，叫“普鲁斯特效应”。

蟹肉在她的记忆里，是分离的味道。

课间操开始做跳跃运动，音乐都变得欢快许多，风吹得残叶沙沙作响，天色更阴冷了。

然而比天气更甚的是，校长和年级主任铁青的脸。

孟亓不知道，面前这二位头发稀疏的中年师长，刚刚从市教育局开完会，校园暴力事件是领导们提到的重点，强调学校一定要抓学生的心理健康。

而这二位开完会刚回校，便看到孟亓揪着马良衣服领子的场景，一瞬间气得血压直飙。

校长见过孟亓，知道他就是前段时间考试一鸣惊人的学生，因此更是勃然大怒。

“你们是学生，不是小混混！在校园里打人像什么样子？！”年级主任气得脸通红，“你们立刻来我办公室！”

马良一听，有点怵，说话结结巴巴：“老师，这……”

“同学，你不用怕，有什么事到办公室说清。”年级主任打断他。

孟亓一听，火气立刻上来了：“老师，我听不懂，您这什么意思啊？什么叫他不用怕？”

年级主任呵斥：“你刚才打人我们都看见了，这件事板上钉钉，你不用狡辩！”

“什么？”孟亓气笑了，“都说‘未知全貌，不予置评’，学生都懂的道理，你一个当老师的怎么还没搞明白呢？”

“老师，不是孟亓的错，是马良和这两个同学在打我，孟亓路过帮了我……”一个虚弱的声音插进来。

课间操早散了。

这会儿，大家也静了下来，鸦雀无声。

孟亓走过去拍拍马良的脸：“说说，怎么回事？”

马良低头，很隐忍的样子，半天才说：“我错了，我和王鹏飞闹了矛盾。”

孟亓看着校长和年级主任，挑衅地笑了笑。却未见马良目光锐利，闪过冷光，他还有下半句话：“可只不过是同学之间的小打小闹，孟亓却一直在欺凌我。”

陈西桃打了辆出租车，车费很贵，尽管卡里仍有余额，但掏钱的那瞬间，她还是很没安全感。

这大概就是一个身在异乡，卡里存款有限，而对接下来会发生什么却全然不知的人，最直接的懦弱。

街头车来人往，纸醉金迷。

陈西桃站在繁华的路口，望着眼前的一切，在她往日的想象里，这个时段，王丽应该在某个灯火通明的写字楼里喝着咖啡，又或者从某个奢侈品店里走出来，司机恭敬地开门请她上车。

当年王丽走后，陈西桃反应了很长一段时间，都不敢确信母亲真的与父亲离婚了。

直到后来某一天，王丽买了很多零食和漂亮的裙子来看她，那些礼物简直就像行刑前的断头酒，因为她刚欢天喜地接过去，便接到命运的宣判。

王丽说：“乖孩子，妈妈要走了。”

她问：“你去哪儿？”

王丽说：“很远的地方。”

后来等陈西桃再长大一些，她问过父亲，母亲为什么要走，走又为什么要走那么远。

父亲远不像她那样伤心，而是用一种千帆过尽的语气说：“有些人天生就是自由的，婚姻和亲情都关不住她。”

在豆蔻年华时，陈西桃爱上了看书，那会儿她迷张爱玲，还以为王丽不过是另一个黄逸梵。

可王丽不是的，她从来不是。

陈西桃想着想着，便又觉得有潮水要冲破眼眶，她暗笑自己太软弱，低头去掏纸巾，却忽然看到一个熟悉的背影。

在霓虹的掩映下，倒有些雾里看花的意思。

那不是孟敏吗？

印象里，孟敏是为了公司的业务不得不在M国待一段时间。

陈西桃蒙了，心中深深的震撼久久难平，那个记忆里一直端庄持重，一丝不苟的女强人孟敏，此刻就像少女一样，依偎在男人的身旁，等着男人将汤吹凉，送进口中。

再往下看，是孟敏那让人难以忽视的隆起的腹部，看样子已有八九个月。

陈西桃顿时明白了什么。她下意识地捂住嘴，眼眶立刻红了。

就在这时候孟敏接了个电话，从餐厅出来，到门口的树下站定。

“老师，对不起给你们添麻烦了，我会让助理过去的。

“我会好好和他说的，实在对不起。”

…………

孟敏挂断电话，转身，一眼就看到了愣在原地的陈西桃。

“这件事不管怎样，孟亓，你打人了！打人就是不对！”年级主任一副恨铁不成钢的样子，摇摇头，语重心长。

孟亓只是揪住马良的衣领，手指头都没碰他，怎么就成了打人了？

他这人性格倔，越是被误会，越是不想好好说话。

他闲散地笑：“有些人就是欠收拾，批评教育管用的话，对得起别人脸上那几个巴掌印吗？”

“以暴制暴是正确的吗？”校长站在原地许久，不怒自威。

孟亓反问：“先入为主就是正确的吗？”

“遇到这种事，你可以找老师。”校长反驳。

“校长，你不用跟他废话，把这帮人的家长都叫来，家校结合，我就不信问题解决不了！”年级主任提议道。

“行，既然如此，老师们好好解决这件事。”孟亓越过众人往外走，“我就不奉陪了。”

“孟亓，你站住！”

有人在背后喊他，他置若罔闻。

以这帮人的目光看去，孟亓是多么盛气凌人，嚣张跋扈。

可他们谁也不知道，在转身之后，孟亓的目光一点点涣散，就如沸水变死海，眼眶里盛满了失望和自嘲。

陈西桃在M国的深夜赶到王丽的住所。她这一天流了太多眼泪，早就不想再流泪了，因此，在敲门之前，她揉了揉脸，洋溢起一个还算能看的微笑。

是一个外国男人来开门，他睡眼惺忪，看到陈西桃之后张大了嘴，惊叫了一声："你！"

十分钟后陈西桃在沙发坐下，王丽和那个M国男人则坐在她对面。

陈西桃说："妈，跟我讲讲你的事。"

王丽嘴唇动了动，开口之前竟又掉了两滴泪。

她的故事足够坎坷，却不曲折。她不完全是为了自由放弃婚姻，更准确来说，她是为了爱情放弃婚姻。

王丽与陈帅是相亲认识的，到了年纪，觉得合适便在一起了。婚后的生活不温不火，她原本以为生活能够这样安静便已是极好，可谁知却在陈西桃七岁那年遇到了汉斯。

她第一次体会到，爱意在夜里翻墙的滋味。

因为向往，她便毅然决然地飞往大洋彼岸。

王丽年轻时从名牌大学毕业，可即便如此，在M国也很难找到工作，而彼时汉斯的工作也因经济危机受到影响。

那段时间日子难熬，偏偏她又怀了孕，爱情可以风花雪月，但生活免不了柴米油盐，为了生活得更好一些，他们卖掉房子，搬到华人街附近开了家面馆。

她认为这样的人生不够辉煌，因此一直瞒着家人，就这样在M国度过了十年。

陈西桃听完故事之后站起来，和母亲拥抱了一下，又用英文对汉斯说："请好好爱她。"

然后她请求进屋去见一面素未谋面的弟弟，小家伙在熟睡中，会发出轻微的鼾声。

这点鼾声，就是一个魔法，让冰冷的房屋变成家的魔法。

她决心回去，回祖国。

王丽知道她刚来就要走，便问："孩子，你是不是还是怪我？"

陈西桃回头一笑，说：“没怪过。”

这话当然是善意的谎言。

说完全不责怪是假的，出于小孩子脾气也好，不够懂事也罢，陈西桃心里的难过，无法让她欺骗自己。

可是这与祝福相悖吗？

她身上还穿着王丽给她买的毛衣，也是她最贵的一件，她一直期待王丽能够认出来，可惜王丽没有。

当然，这也没有什么好可惜的。

毕竟送衣的温暖，她无法忽视。

同样无法欺骗自己的还有，她对母亲的爱。

她完全不想煽情，她只是想大家都能过得好，有一个家，有自己爱和爱自己的人。

大人们急着往前走，生怕赶不上末班车，却因为赶路，忘记被丢在路边的小孩儿。

小孩儿先是慌张地等在原地，渴望大人来接，可在渐渐长大之后又发现，人生的列车根本不会停止也不会掉头，于是匆忙登上另一辆列车，去追赶大人的步伐。

追上去，却发现物是人非。

小孩子长成了大人，而大人也早就不是当初的大人。

陈西桃想到孟亓。

那个同样被人遗忘在路边的小孩儿。

她很想见到他。

第十一章
靠近

山峦，骄阳，和完整的无畏

陈西桃在飞机上睡了一觉，醒来之后头痛欲裂。十八日早晨她踏上祖国的土地，呼吸到新鲜的空气。

有一个地点就像航海夜行时的一盏灯塔，她打车去坐高铁，走到一半忽然下车去坐地铁三号线，离那个地方越近，她心中的灯塔便越明亮。

她拖着箱子往那里赶，行李箱轰隆隆的齿轮声气势如虹，就像路过千军万马。

这是她的勇气，非要虚张声势一些，才能不犹豫，往前冲。

可是到了目的地，陈西桃又忽然泄气了。她像是一下子从梦中惊醒一样，不明白自己为什么要过来，为什么忽然就丢盔卸甲了。

陈西桃叹气，转身，拖着行李原路返回。

“陈西桃。”背后有人叫她。

是杨姨。

陈西桃转头，看了一眼杨姨，又看了一眼杨姨身后。一丝异样情绪作祟，她道：“好巧啊，杨姨。”

杨姨问：“你来找孟亓吗？”

陈西桃别扭地说了一声：“嗯……”

杨姨的脸色不太好，叹气说：“我也正要去找他。”

陈西桃问：“他出去了？”

“你不知道，他昨天在学校把同学给打了，班主任都找上门了，孟敏在M国知道这件事气得不行，让我好好看着他，可我哪里看得住呢……”杨姨愁得不行。

陈西桃忽然想起在M国的街头，撞见孟敏那天。

她没有很讶异，想了想问：“那您这是打算去哪儿找他？”

杨毅说：“孟敏给了我一个同学册，我寻思着去他同学那边找找。”

“您别的地方不用去，只要去一个叫马轩的学生家里问问就行了。”陈西桃的脑子转得很快。

杨姨走了，陈西桃在原地踌躇，掏出手机给孟亓打电话。

他的手机关机了。

陈西桃挂了电话，想了想决定离开，看看宿舍关门没有，先回学校放行李。

师傅将车子停在路边的公交站前面，陈西桃拖行李下车，刚走两步，顿住了。

孟亓坐在空无一人的公交站里，没什么表情地向陈西桃看过来。

他裹得厚实，整个人都缩在白色的羽绒服里，卫衣帽子扣在脑袋上，压塌了刘海，几绺头发遮挡了眼睛。

他或许来了很久，久到头发上挂满露水，湿湿的。

这样就更显得他木讷，尤其是那双下垂眼。他明明没什么表情，可就是莫名显得无辜、可怜，就像一只被雨淋湿的大狗狗。

陈西桃走过去，靠近他才发现他身上有一股湿气扑面而来，不知道是沾了白霜还是露水。

她问：“来多久了？”

他说：“你干吗去了？”

她说：“出了趟国。”

他说：“哦。”

这对话像一出真实版的《等待戈多》。

她又问：“来多久了？”

他说：“昨天来的。”

昨天？

陈西桃几乎失语：“你在这儿待了……”

“一夜。”孟亓对上陈西桃的眼睛。

他没有一丝一毫的掩饰，有点自嘲地笑笑：“很傻，我知道。”

陈西桃的喉头发烫。她顿了顿，又问："为什么等我？"

孟亓闻言轻轻地皱起眉头，眼中有一丝茫然："我不知道。"

"我放假了你知道吗？"

"嗯。"

"等不到怎么办？"

"谁说等人就一定要等到？"

陈西桃咽了口唾沫，咬咬唇，发现自己有点抖。

"我也去找你了。"陈西桃说。

孟亓更迷茫了："找我？"

陈西桃点点头："遇到杨姨了，她也在找你。"

孟亓沉默了。

陈西桃问："杨姨跟我说了你昨天在学校的事，但我更想听你说，可以告诉我吗？"

孟亓盯着陈西桃，紧抿着嘴。

陈西桃伸手拽了一下他的耳朵，像在哄孩子："喂！世界上没那么多清者自清，学会解释，别让自己吃亏好不好呀？"

孟亓的目光冷了下来："他们不配。"

陈西桃一时不知道该说什么，在孟亓面前，有时候话语是多余的。

可等了一会儿，孟亓又忽然温柔下来："其实也没什么，就是那天下课之后……"

话锋一转，他却改了主意，给她解释起来。

尽管知道她不会误会，可他还是想让她知道事情真相。

寥寥数语，讲清了事情的来龙去脉。

陈西桃听完后站起来，站稳后又忽然俯身，拉住孟亓的胳膊，将他拽起来。

"你回家等我，我放了行李去找你。"

孟亓嘴唇动了动，想说什么。

陈西桃故作轻松："还不走？"

孟亓盯着她没动，几秒后沉声说："你帮我叫车，手机没电了。"

陈西桃失笑。

孟亓拖着一身露水回到家，上楼洗了澡，再下来杨姨刚好到家。

他到沙发上坐下，杨姨同他说了些什么，他没有听进去，囫囵地答应着。随后叮当爬上他的腿找他玩闹，他没兴趣，端坐在沙发上。

他坐了四十分钟，陈西桃还没来。

孟亓起身去后院喂鱼，因为清净。

以前陈西桃从不知道孟亓家的后院还有锦鲤，白的、红的一大群，漂亮极了。

孟亓大概也看痴了，她到了他都没发觉。

陈西桃叫了孟亓一声。

孟亓转身看到她。她穿那件常穿的毛衣，她曾说那一件两千多，是她最贵的一件毛衣，是她妈妈给她买的。

“看我的衣服干吗？”陈西桃问。

“直接看你，不大礼貌吧？”孟亓又恢复懒洋洋的感觉。他走两步，到沙发上瘫下，远没有刚才沉静的影子。

陈西桃到他旁边坐下。她挠挠头，有些拘谨，终于找到合适的开场语：“我知道你心里的委屈。”

孟亓看向她。

听她语重心长地说：“被误会，会让人委屈，无论是谁都一样。”

孟亓笑笑。

陈西桃却话锋一转：“可是孟亓，如果是我，我就不会冲出去跟人打架。”

孟亓哼了一声：“谁打架了？我还没动手呢。”

陈西桃耸肩，道：“是，但如果老师晚点出现，你是不是就冲动了？”

陈西桃接着说：“你想用拳头让马良臣服，那你有没有想过，他见识到拳头的力量，很可能越来越坏，总有一天他会强于你，再回头把拳头挥向你。”

孟亓沉默了一会儿，问：“那你会怎么办？”

陈西桃说：“拍下来，告诉老师。”

“就这？”孟亓嗤笑。

“就这。”陈西桃认真地说，“大人只会觉得挥拳的都是错的，却不会问人为什么要举起手。”

最简单的就是“劫富济贫”四个字，济贫是好事，劫富却未必对，世上总有公序良俗。

孟亓沉默良久，然后问：“所以挥拳有错吗？”

“有错。”陈西桃答。

孟亓淡淡地看着她，然后她话锋一转，笃定道：“可是我知道，你没有错。”

孟亓感觉喉咙涩涩的：“你讲了一大堆挥拳有错的道理，却反过来说我这个想要挥拳的人没有错。”

“如果第一个拳头没落下来，第二个拳头又为什么会挥起来？”

陈西桃从来不是圣母心。

如果大家都知道某个人做得不对，却仍然希望错误胜利，那么正义是否应该反思？

很多事情都不是非黑即白的，既然如此，为什么要责怪处于灰色地带的人？

孟亓静静地看着她，按理说她该温温柔柔地安抚他，或者循循善诱地教育他。她却将二者结合，既说他做的未必对，可又选择站在他这边。

多奇妙。

“其实你说的我都懂。”他这么告诉她，“只是，被信任一回就这么难吗？”

男生的脆弱是山石崩裂后，地下涌出的一处温泉。

那天在M国，孟敏接了通电话，然后看见了陈西桃。

那一瞬间，孟敏脸上浮起许多复杂的神色。出于礼貌，陈西桃在和孟敏对视后，没有多攀谈，而是点点头转身离开。

孟敏却在这时候喊住了她：“西桃，我怀孕这事别告诉孟亓，至少现在不要，这孩子脾气暴，又刚出事，我怕他……”

“出事？出什么事？”

“……”

陈西桃就是这样知道这件事的。

孟敏说：“孟亓在学校打了人。”

陈西桃拧眉：“为什么打人？”

孟敏很发愁的样子：“欺负同学，忤逆老师，他什么干不出来？！”

陈西桃不知道校方是怎样传达的，可凭印象，孟亓不至于。

她自告奋勇："我要回国了，等我去找孟亓把事情问清楚。"

此刻，陈西桃看着孟亓，听他问"被信任一回就这么难吗"，她告诉他："不管怎样，我不是相信你吗？"

话落，一片寂然。

有什么情愫在静静流淌，就像空气自然而然地浮动着。

安静了一会儿，孟亓忽然为自己刚才流露出的脆弱而尴尬起来。

他小声又漫不经心地说了句："谢谢。"

她治愈了他，他心里便升起一些冲动。

他想了想，倾身过去。

陈西桃只觉得有个黑影朝自己覆盖下来。

等她反应过来，才发现孟亓不知什么时候已经近在咫尺，他的眼睛盯着她的嘴唇，空气中流动着异样的因子。

陈西桃不自觉就红了脸。她朝后退，可已然到了沙发边缘。

孟亓笑："你这样我可怎么办呢？"

"什么？"陈西桃的心跳加快。

孟亓目光深深："没听清吗？陈西桃，我是说，你要知道，今天过后，很多事都变了。"

变得再也无法放手。

陈西桃慌乱地看着他，体会到这话语里的暗示。

她掐手心让自己镇定下来："你又不正经了。"

孟亓闻言不笑了。他如此认真，问："陈西桃，听过《月亮惹的祸》吗，知道前面几句怎么唱吗？"

"都是你的错，轻易爱上我，让我不知不觉满足被爱的虚荣。

"都是你的错，你对人的宠，是一种诱惑。"

怪只怪这首歌传唱度太高。

陈西桃想起歌词的瞬间，像一只奓毛的兔子，倏然站起来说："谁爱你了？"

孟亓一愣，旋即明白过来："不就是记错词了嘛，换过来也一样。"

"都是我的错，轻易爱上你，让我不知不觉满足爱……与被爱的虚荣。"他拿出手，改一句歌词便伸一根手指头，讲话的时候又吊儿郎当地拿眼尾扫陈西桃。

简直恬不知耻。

陈西桃只恨不得现在没有出现在这里："我要走了。"

孟亓叫住她："喂。"

她停下，没转头。

他问："看过《钟无艳》吗？"

她点点头，又摇摇头，赶忙离开。

陈西桃刚到门口，孟敏的电话打来了。

孟敏应该是担心孟亓所以没睡好，毕竟M国此时是半夜，她的声音沙哑，问陈西桃有没有见到孟亓。

陈西桃严肃地说："您应该给孟亓道歉。"

她不知道在与自己一米之隔的大门后面，孟亓正握着门闩。

他原本是噙着笑晃悠着走过来的，听她接电话便没骨头似的松松垮垮站在那里，可她的话一出，他的眼眶立刻红了。

沉重取代颓废，他垂首，无声地站在原地。

马良的事，最后学校还是调查清楚了。

学校安抚了王鹏飞，把参与欺凌的那两个男生都通报批评了一遍，马良则被记了大过。

事后马良或许是觉得不该得罪孟亓，就来给孟亓道歉。孟亓当然没接受，对他说："你该道歉的人是王鹏飞。"

后来，马良虽然道了歉，但他似乎是觉得没面子，没过几天就主动退学了。孟亓在街上见过他一次，他在寂寞沙洲不远处的发廊找了份工作，将头发染成了绿色，看见孟亓的时候目光很冷。

学生和社会人，转变只是一瞬间。

根上的东西，谁也看不见。

孟亓这段时间想通了很多问题。

在不被爱的时候，人都是迷茫的。不知道该坚持才好，还是放弃更好，判断力会失误，决心也总是下得不够彻底。因此，当他没有得到某些爱的时候，就表现出不在乎的样子。

摸石头过河，可其实水未必深。

当她对孟敏坚定地说"您应该给孟亓道歉"的时候，他就知道，他在河里漂泊太久了，而岸就是她。

他想上岸了。

陈西桃在孟亓的事情得到解决之后，才回烟城。

她走得突然，让人猝不及防，孟亓却还要再熬一段时间才能解放，他缠着陈西桃卖惨。

陈西桃想了想，在临走之前，拖着箱子到孟亓家，把在寝室养的两条小金鱼带给他，让他帮忙养。

谁知话刚落，叮当就从角落钻出来“喵”了一声。

陈西桃吓得要把鱼收回去。

孟亓无奈地保证一定完璧归赵。

可事实上，孟亓在陈西桃走后，就把那两条蔫蔫的鱼交代给杨姨了。他给孟敏打了个电话，通知她：“今年过年我去姥姥家。”

孟敏那会儿正在吸氧。她是高龄产妇，即将临盆，从身体到心理上都有很多负担，可这些不能让孟亓知道。

她回话有些慢，因为没什么力气，可每句话都不能露破绽：“也好，你自己一个人在家我本来就不放心。”

那头孟亓早把电话挂了。

寒假以来，烟城的雪就没停过。

陈西桃回家之后一直窝在楼上没出门，陈赵想出去打雪仗，每次都被她以“伤筋动骨一百天”的理由禁止。

大雪初霁那天，高中的同学王秋秋约陈西桃去游乐园，陈赵一听，又是吼又是叫的，非要跟着去。

赵明英在旁边拉人，批评陈赵：“你别给你姐添乱。”

陈西桃听着这话心里就不爽快，本来不想带陈赵去，最后竟然松口了。

当然，陈西桃出门之后就后悔了。

领一个七八岁的小男孩儿上街，简直像领了一支队伍。陈赵一会儿拉着她要唐老鸭的氢气球，一会儿又想去玩蹦床，想怎么聒噪就怎么聒噪。

玩蹦床的时候陈赵遇见了一个穿红裙子双马尾的小女孩儿，小家伙一下子就走不动道了，眼睛直勾勾地盯着人家，不动弹。

陈西桃刮了一下他的鼻子："你喜欢这款的？"

陈赵机灵一笑："等着吧，姐，我要她做我女朋友。"

陈西桃简直笑吐血。

小男孩儿脱了鞋子，去玩蹦床，王秋秋喊陈西桃去买奶茶。

两个人并肩往奶茶店走，离得近了，陈西桃的脚步却放慢了。

王秋秋忽然抓住陈西桃的胳膊："桃子，前面有个帅哥！"

陈西桃的目光渐沉，说："我看见了。"

她喊："孟亓！"每个字都咬牙切齿。

王秋秋惊讶："你认识他？"

孟亓闻声转过脸，看见陈西桃，一愣，傻看她很久，揉了揉眼感叹："哎哟哟，世界这么小吗？"

陈西桃可算明白了，有的人是给点颜色就灿烂。

她这才对他和颜悦色多久，他居然就又开始没脸没皮地粘上了。

孟亓三两步晃到陈西桃面前，笑笑："来买奶茶啊？"

陈西桃勾嘴，皮笑肉不笑："你说呢？"

孟亓点点头，又看到她旁边的人，抬抬下巴问："不介绍一下？"

王秋秋在一边看得傻眼，听帅哥点自己了，忙回："你好，我叫王秋秋，是桃子的闺密，你呢？"

孟亓盯着王秋秋笑："你好，我叫孟亓，是她的……嗯……"

他暧昧一笑，拖长腔，故作高深。

陈西桃一把扯过他的耳朵，将他拽得弯腰嗷嗷叫，她看他那样心情好了不少："是什么？嗯？好好说话！"

孟亓表情夸张："未来男友！"

陈西桃瞪大了眼："你胡说什么？！"

"那我说现男友你也不同意啊！"

搞什么？

他疼都疼了，总不能白白被一个小丫头片子收拾吧，当然要占点便宜。

陈西桃更用劲："浑蛋！你再说？！"

"哎呀，轻点……仰慕者总行了吧？"孟亓的腰弯得更厉害，脸皱得更夸张了，"疼疼疼，陈西桃，你能不能别家暴？嗷！"

陈西桃气得简直要发疯，可孟亓这一惊一乍的样子，引得大家都来看，她只好放过他，气鼓鼓地生闷气。

孟亓捂着耳朵在一旁缓解，用余光偷瞥陈西桃的表情。

她生起气来就像一只开屏的孔雀，这形容好怪，可他就是这么想的，她生气的时候那么骄傲，又那么娇俏。

可真漂亮。

奶茶店叫号轮到孟亓。

王秋秋拉着陈西桃跟着孟亓过去，见他取了杯，问道："你点的什么？"

孟亓打开吸管，"咚"的一声戳破塑料纸，眼神一直在陈西桃身上打转："桃气泡泡。"

王秋秋说："是冰的吧，下雪天喝这个？"

孟亓卖关子："这你就不懂了吧。"

陈西桃在一边扫码点餐，装作没听见他们的对话，暗地里不自觉往他们那边留神。

忽然，男声近了，陈西桃浑身发麻，只听孟亓飞快地凑到她耳边讲了句话，耳膜颤抖，像蜻蜓点水，痒意像涟漪一般散开。

"原因我告诉陈西桃了，你问她吧，我走了。"孟亓说。

"什么啊？"王秋秋问。

陈西桃咬咬唇让自己回神。

她眼神闪躲地说："没听清。"

王秋秋可不饶她："老实交代和他什么关系。"

陈西桃失笑："能是什么关系？"

王秋秋一副火眼金睛的样子："没特殊关系，你拧人家耳朵？"

陈西桃心一"咯噔"，回想起刚才的举动，好像是越界了。

她暗自懊恼。

"我请你喝奶茶吧。"某人试图转移话题。

王秋秋说"好啊"，白赚一杯奶茶何乐而不为，可是——

"那我也喝桃气泡泡。"

显然奶茶和八卦都想收入囊中。

陈西桃只能叹气。

陈赵玩蹦床玩了一下午，出来之后精神还足，拉着人家小姑娘的手不放，说："小雨点，我会想你的。"

小雨点嘬着嘴，说："赵赵哥哥，我也会想你的！"

两个小朋友你一言我一语，直到小姑娘的妈妈轻声说："好啦，小雨，我们该回去啦，不然你哥哥要饿肚子喽。"

两个小朋友这才依依惜别。

陈西桃在旁边无语又无奈，陈赵等小姑娘走远了，挑着下巴问："怎么样？她都被我迷住啦！"

陈西桃无语，拉着他走扶梯下楼："你个小屁孩儿，可不能当着人家妈妈这么说。"

陈赵"嘁"了一声："一看你就不懂。"

说着话，小男孩儿居然还在不停地往后瞥。

陈西桃把他的头扳正："你说说什么是爱情？"

"爱情就是，她先迷住我，我再迷住她，我们互相着迷，就是爱情。"陈赵奶声奶气地说着哲理。

陈西桃回味一下，觉得还挺有道理。

下了电梯，陈赵又转了一下头，陈西桃揉揉小孩儿的头："喂，人都走远了你还看！"

陈赵停住，招招小手，示意陈西桃弯腰。

陈西桃俯身，陈赵搂上她的脖子，对着她的耳朵说了句什么。她脸色大变，猛然转身，却没发现什么异样。

陈赵鬼机灵地指指右侧广告牌，陈西桃气势汹汹地走过去，看到广告牌后面的一只大脚，沉声说："滚出来！"

孟亓闻声也不再躲了，堂堂正正地从广告牌后面出来，居高临下地看了一眼陈西桃，又瞥了一眼她旁边一脸警惕的小男孩儿。

"有军师啊？"他说。

陈西桃气得叉腰："你想干吗啊？"

孟亓舔舔牙，笑："逗逗你呗。"

"啊？！"陈赵倒抽一口气，又赶忙捂住嘴，睁大了圆圆的眼睛，看看孟亓，又看看陈西桃，再看看孟亓。

陈西桃的脸说红就红了。她骂他："无赖！"

她没想到他会这么说，一般人都会打个马虎眼，或者说一句"这条路又不是你家的，你能走，我怎么就不能走”这种大言不惭的话。

孟亓听她骂人，也不生气，而是说：“陈西桃，你现在对我是说骂就骂，说打就打，越来越上道了。不错，这叫……

“疼！”

某人被狠狠地踩了一脚。

陈西桃问：“还乱不乱说？”

孟亓满脸痛苦，连话都说不出来，只能摆手。

陈西桃其实没用力气，但见他那样，一时拿不准他是真疼假疼，便放开他。

陈赵忍不住笑出来，于是被陈西桃一记眼神杀过去，顿时又捂住嘴。

孟亓看着小男孩儿那样，忍不住失笑，蹲下问：“弟弟，你姐好凶啊！”

陈西桃原本要发火，陈赵却义正词严地反驳道：“我姐姐才不凶呢，她那是可爱！”

孟亓闻言乐了，连连点头说是，又说：“想不想吃肯德基？”

陈赵的眼睛一亮，看了陈西桃一眼，发现女生神色不悦，便摇摇头。

陈西桃不想跟孟亓废话了，问：“喂，我们要回家了，你住哪儿啊？”

孟亓站起来，说：“你就别操心我了。”

“你出来你妈知道吗？身上的钱够吗？”陈西桃怎么可能不操心。

孟亓捋了一下刘海，才说：“我住我姥姥家啊。”

陈西桃一愣：“你姥姥是烟城人？”

孟亓悠悠地看向她，很淡很轻地发出一个音节：“嗯。”

“哦。”陈西桃喃喃，又觉得哪里不对，“那怎么没听你说起过？”

孟亓回：“现在说也不晚。”

“啊？”陈西桃有点蒙。

孟亓笑，很自然地回：“反正你早晚也得知道。”

“你是不是有事没告诉我？”陈西桃微微眯眼看他。

孟亓没否认，表情坦荡：“我来，就是为了告诉你那些事的。”

他总有能力掌控气氛变化。

陈西桃看着他，想说话，可又没话说。

他们对视的那瞬间，陈西桃感觉自己与他就好像在经历着电影里的特效镜头——

人们都在来来往往，只有他们静止在原地。

天黑了，灯还亮着。

孟亓洗完澡，搭了条毛巾出来，边擦头发边趿着拖鞋到客厅，口风琴的声音越发清晰。

墙上的钟表显示八点钟，按理说这时段老两口儿应该去楼下，跟一帮老头老太太唱歌念诗。他往窗外看，又下雪了，怪不得姥爷在吹口风琴解闷。

孟亓头发上的水顺着发梢滴下来，他浑不在意，掏出手机，有条消息。

马轩问："怎么跑烟城去了？"

孟亓回："烟城想我了呗。"

退出聊天框，他去骚扰置顶上的人，他洗澡之前发的消息她还没回，他想了想又发一条："想看星星吗？"

陈西桃过了一会儿才回："下雪呢。"

孟亓一笑，回了句话。

微信页面上顿时有一堆星星砸下来。

陈西桃回了个"无语"的表情包，又说："真受不了你。"

孟亓看着手机乐得合不拢嘴，浑然不觉口风琴已然不响了，姥姥和姥爷站在墙根看着自己那孙子，面面相觑。

姥爷说："春天快到了。"

姥姥说："桃花快开了。"

孟亓还在继续和陈西桃聊天。

陈西桃说："明天见一面。"

孟亓发了个问号。

陈西桃回："你不是说，你来烟城就是为了告诉我一些事的吗？"

孟亓一顿，回了个："是。"

陈西桃说："我想从开头开始听。"

孟亓神色温柔，久久地盯着屏幕。他回复："恭喜陈西桃小姐勇气充值成功。"

陈西桃久久不回他。

沉默是被人看穿后的骄矜，心路历程并不曲折。

不过是她逃跑了，一路上遇到的风景却总与他有关，才意识到，日程万里，却仍未逃出他的领土。

于是她奔跑返回，在原地找到他，问："把你的过去告诉我，我看看能不能给你一个未来。"

现实生活里哪有那么多的跌宕起伏，命中注定。

有些事，她不问，他不说，也就这么过去了。

可她问了。

或许正如那日他所说："你知道，从这一天开始，很多事都变了。"

孟亓起了个大早，睡眼惺忪地到卫生间洗脸、刮胡子、吹头发，乒乒乓乓一早晨。

姥爷出门晨练，回来买了粥和油条，问孟亓："你吃不吃？"

孟亓说："刚刷完牙，喷完香水。"

言外之意是不打算吃饭了。

孟亓进屋换衣服，把一大堆衣服全倒在床上，试了四五身才决定穿什么。临走前，他将枕头底下的一个黑色本子掏出来，轻轻地抚摸了两下，装进包里。

下决心之前人是沉重的，就像阴天时满天厚重的云。而决心已下之后，心情顿时变成了垂落的雪，那样轻快。

他吹着口哨出门，乘10路公交车，坐八站直达陈西桃的家门口。

他知道陈西桃这时候还窝在床上，于是并不着急进去。

陈西桃家小区对面有个拉摊子卖花的老爷爷，从几年前就一直在这卖，好些年了，卖的花没涨过价，至少玫瑰没涨价，还是三元一枝。

他买了一枝白玫瑰，拿花朵和路旁台阶上的雪比了比，白得各不相同，一个柔和，一个轻盈，触感也不一，前者绵柔，后者软凉。

雪和玫瑰加起来，就是她给人的感觉。

他决定送这枝给她。

孟亓心里有股悠闲的期待。

他掏出手机打电话："喂，在你家楼下，不知道你住在哪个窗户里。"

然后听得一阵踏地声，再抬头，有人从六楼窗户探出头来。

陈西桃喊："你疯啦！"

"快下来，怪冷的。"他说。

半个小时后陈西桃才从楼上下来。

她穿格子半身裙，雪地棉，上身是一件绒毛大衣，化了妆，漂漂亮亮的女生。

开口却河东狮吼："孟亓，你想死是吗？"

"不想死，想见你差不多。"孟亓特自然地说出一句话，没有嬉皮笑脸。

陈西桃无奈："我昨天是不是跟你说等我电话你再出门？"

孟亓说："可现在都十点了。"

"十点很早吗？"

"我上学迟到还得六点半起呢，你说十点晚不晚？"

陈西桃不说什么了，跟他说话怕折寿。

孟亓递来一枝花："给你的。"

陈西桃看了一眼花，又抬眼看了一下孟亓，最后左右瞅了瞅周围，才没接，问他："干吗带花给我？"

孟亓说："一枝花，这叫仪式感。"

陈西桃尴尬地干咳了一下，接过花，眼睛不自觉地左右看了看，说："走啦，出去吃饭。"

她接了。

小小的举动，惹他笑了："我选地方吧。"

步行十几分钟就能到海边。

但是因为雪天路滑，他们还是打车过去。

这两天寒潮，海边风很大，刺骨的冷钻入衣襟，孟亓从陈西桃右侧走向左侧。风被人蛮横地阻挡下来，不再冒犯女生。

孟亓带她到一家店铺不大的面馆停下。

面馆是外面的墙体上装满了贝壳和海螺的小房子，门上涂了淡蓝色油漆，门口的美人鱼风铃叮咚响，像个童话屋。

打开门人间烟火却扑面而来。

进门后老板招呼："欢迎光临。"

"是你啊。"老板娘先看到走在前面的孟亓，顿了一下，喜笑颜开，接着又看见陈西桃，愣了一下，又笑，"小姑娘放假了？"

孟亓和陈西桃找了个座位坐下，店里空间不大，一共就放了四张桌子，为了省空间，桌椅摆放得紧凑，孟亓坐下后把棉袄脱了，让活动更自如些。

那会儿才十点多，店里没其他客人，老板娘只招呼他们二人，笑问："你们认识啊？"

孟亓点点头，又要了碗海鲜面，加两根烤肠，陈西桃和他点一样的面。老板娘去后厨忙了，陈西桃问他："你怎么也知道这里？"

这家店是新开的，可是老板大家都熟悉。

老板之前在海滩不远处的空地上摆摊，放学之后常有学生过来光顾，生意很好，陈西桃常来吃。后来上了大学，陈西桃还一直想着这一口，偶尔会去学校食堂吃海鲜面，但味道和家乡味是不能比的。

一个不起眼的小摊子，除非是本地人，否则是不会常光顾的。

可听老板娘的语气，孟亓显然已光临多次。

"以前上学的时候跟同桌来过。"孟亓回答。

他省略了后半句没说。他曾在这见过她，两次。

陈西桃吃惊："你在这边上过学？"这问题倒显得多余了，陈西桃紧接着又问，"也在一中上？"

孟亓看着她，点点头说："是。"

温热的香气涌过来，老板端来两碗面。

随后老板娘拿了个装满了一半水的矿泉水瓶，指指那朵玫瑰说："姑娘，这瓶子是干净的，水也是新的，把花插进来吧。"

老板娘真周到。

雪白的玫瑰在矿泉水瓶中静静地开放，窗外的阳光照进来，一条线切割光与影，孟亓坐在影里，陈西桃坐在光下。

正如这些年的关系，他在暗处看着光明里的她。

他们各自吃了几口面，而后不约而同地放下筷子。

孟亓心里知道，陈西桃在等自己说话。但是有些事讲出口，远比想象中难。

于是他掏出一个本子，轻轻地放在她面前。

——喏，请你查阅。

心里话当然不能说出口。孟亓不想那么刻意，那样显得很傻也很假，他用平常的语气，不煽情也不轻浮，说："看完你就知道了。"

他的声音有一丝抖，不知道她有没有听出来。

他忙拿起筷子吃面，以掩饰内心的慌张。

陈西桃忽然有点想笑，于是轻轻地扬起嘴角。

他大雪天早起赶到她家楼下，特意买了一枝玫瑰，邀请她来海边，到常去的面馆吃便宜的家乡味。

如此大费周章，她还以为见面后他会滔滔不绝。

原来不过是为了递一个本子。一个纯黑色没有任何图案的旧本子。

这么笨重的举动，像几十年前父辈的爱情，骑自行车二十公里到电影院与心上人看一场电影，什么多余的交谈也没有，再披星戴月骑二十公里回家。

她拿过来，摸一下，硬硬的布料装帧。

他忙说："现在不许打开。"

她没说话，乖乖将它装进帆布包里，继续吃饭。

他们吃完面沿着海岸线走了一段，冷风拍在脸上像刀子一样锋利，可他们谁都没先说回去，最后自然而然走到该走马路的地方，才自然而然地离开海滩。

路边有家海产品小店，铺子外面也摆了东西卖。

这边的海螺、贝壳是最不值钱的玩意儿，全部按盆卖，旁边摊子上有些贝壳、珊瑚做的工艺品。再往右看，地上摆满了大鱼缸，陈西桃弯腰去看，玻璃里面有水母、乌龟、各色的鱼、泡泡，"咕嘟嘟"地在水里翻腾，热闹极了。

陈西桃想起什么，忽然直起身子，转身拧着孟亓的耳朵："我的鱼呢？"

孟亓愣了一下才想起来，故意说："交给叮当养了。"

陈西桃加大手劲。

孟亓佯装疼痛，忙说："杨姨看着呢。"

她这才饶过他。

他们沿路又逛了几个小店，走到公交站，陈西桃意识到自己已经偏离路线太多了，家在另一头。她拿花戳了戳孟亓："该回家了。"

孟亓说："顺路。"

顺路也只是顺半程，后来到站，她下车，他坐在窗边摆手。

稀松平常的道别，指的是别人眼里。

陈西桃回到充满暖气的屋子里，将自己关起来，拉上窗帘，世界陷入昏沉。

她将玫瑰摆在桌边，点开小夜灯，从包里掏出一个本子。

黑色神秘，一如他刚才同她挥手告别时的眼眸。

她翻开看第一页——

"有人说，人类的本质是海水，月亮，和一些心碎。

"你却不是。

"你身体里，装的是'山峦，骄阳，和完整的无畏'。"

第十二章
心结

或许她早该将脆弱的一面给爱的人看

临近过年，家里忙了很多。

年前有许多繁杂的习俗，祭灶、扫尘、割年肉、送节礼……热闹都是烦琐铺就的。

腊月二十四下午赵明英不上班，回家吃完饭就开始拆窗帘、沙发套洗，使唤陈赵帮忙把该洗的东西都拿到洗漱间去。

陈帅临走前交代陈西桃帮着干活，她正巧也想找点事做，就踩着板凳到窗边擦玻璃。

赵明英拦着不让，陈赵噘嘴抗议，说她偏心，只使唤小朋友。

陈西桃冷冷淡淡地扯了个笑，骂陈赵小傻瓜一个。

小男孩儿一撇嘴，竟和陈西桃置气了，扬言再也不要和她说话。

到傍晚的时候，小男孩儿的电话手表亮了。

他屁颠屁颠地跑到卧室去接电话，出来之后眼睛圆溜溜地盯着陈西桃，一副欲言又止的样子。

眼看时间一分一秒过去，小男孩儿憋不住了："姐，想要我的压岁钱吗？"

陈西桃故意："没兴趣。"

"私房钱也给你！"

陈西桃一挑眉，很感兴趣的样子。陈赵觉得有戏，眼睛都亮了，她却在这时候忽然变扑克脸："没兴趣。"

"你……"陈赵气鼓鼓的，眼睛一转，幽幽地念出两个字，"孟亓。"

二十分钟后。

陈西桃带陈赵来到公园里，旋转木马亮着辉煌的彩灯，陈西桃冻得搓手。

“女生的表是不是比男生的表慢？”陈赵讲话呵出白气。

“什么意思？”陈西桃问。

“明明是她约的我，却要我等她。”陈赵眨眨眼。

话一落，忽然有女孩儿喊：“赵赵哥哥！”

陈赵顿时像上了发条一样，转身朝女孩儿飞扑过去。

两个孩子牵上手先快乐地转了个圈，然后手拉手去旋转木马里挑漂亮的马儿去了。

场外留下两个大人面面相觑。

男生挺拔笔直，俊朗如树，女生娉娉婷婷，粲然似星。

“好久不见。”几乎是同时说出口的。

陈西桃捋了一下耳边的碎发，扬起脸冲陈树一笑：“你又长高了。”

陈树说：“你好像没变。”

陈西桃笑笑，算是回应。

旁边的旋转木马欢快地转悠，公园里人来人往，铁板烧的香气混着莲子粥的香味传过来，其他游乐设备发出接地气的喧闹音乐声。

万事万物都在尽情热闹着，唯有两个人是安静的。

或许是觉得太尴尬，陈西桃问陈树：“你是去哪里念的大学？”

“C市。”

“好远啊。”

陈树笑笑，说还好，顿了一下又问：“你呢？”

陈西桃说：“白市。”

“一南一北。”陈树说。

“很南很北，隔得很远。”陈西桃笑。

陈树没说什么。

陈西桃也不在意陈树说不说什么。

陈赵和他的小雨点很快从旋转木马上下来，随后两个人在一旁的摊子上要了两根烤肠，又买了那种闪着彩灯响着音乐在地上跑的塑料小牛。

陈帅打电话催了，陈西桃才带陈赵回家。

陈树问："初四同学聚会，你还去吗？"

"去吧。"陈西桃说，"班主任专门给我打了电话，不去不太好。"

她很坦荡自然，他点点头，说："到时候见。"

陈西桃说："行。"

路上陈赵审视般地看着她："怎么又来一个？"

陈西桃一时语塞。

想起那时候，陈西桃的校服裙摆上被人不小心洒上了红墨水，想去厕所清理，却被一帮男同学笑话是经血。她又气又急，刚想抄书本砸过去，有男生喊了她一声。

他举一盒红墨水，问她"需要吗？"

陈西桃无声地接过来，拧开盖，冲着笑声最大的那个男同学裤裆泼了过去，又故意装惊讶地说："呀，你怎么来'大姨夫'了？"

惹得哄堂大笑。

后来她渐渐地和那个给她递红墨水的人有了交集，再后来，那人成了她的朋友。

那人就是陈树。

"什么叫又来一个？"

"孟亓。"只说两个字足矣。

"什么时候记住孟亓的？"

"那天在商场，临走前你去上厕所，我和哥哥交换了手机号的。"

陈西桃人傻了："陈赵，你是不是我亲弟？"

"姐，你现在是'单身狗'哦。"言外之意是替她着急。

"能不能有点小孩样？"陈西桃脑仁疼。

陈赵奶声奶气，却义正词严："谁规定小孩一定要有小孩样？小孩子又该是什么样？既然老人都可以是老顽童，为什么小孩子不可以是小大人？哼，歧视啊！"

陈西桃一顿。

她问陈赵："从哪儿学的？"

陈赵笑说："《家有儿女》。"

腊月二十六，陈西桃和家人去姥姥家送节礼。

大包小包拎过去，下了车一阵客套和堆笑。当然，在陈西桃的视角里是这样，在其他人眼里没准是其乐融融。

进屋之后陈西桃掏手机刷微博，旁边的姥爷在逗陈赵玩，姥姥则和陈帅、赵明英说家长里短。她是个胖胖的老太太，嗓门老大，又喜欢穿大红大绿的衣裳，喜欢戴金，耳朵上、脖子上、手上全是金子打的首饰，看起来很不好惹。

这和陈西桃的另一个姥姥，简直是生物学上的反义词。

那位是亲姥姥，很瘦，留齐耳短发，夏天穿朴素的碎花衬衫，冬天穿靛蓝或黑色的手制棉袄。

陈西桃一直想不明白，为什么戴大金链子的姥姥生出了赵明英那样温暾的女人，而穿朴素碎花衫子的姥姥却生出王丽那样说一不二的女人。

陈西桃和赵明英之间，这些年一直有根无形的弦绷着，其中自然有许多的原因堆积着，而其中之一，便有姥姥的作用。

陈西桃不喜欢姥姥，姥姥也不喜欢陈西桃。这是一家人都知道，但又都心照不宣的事。

可火山总在意想不到的时间爆发。

中午吃完饭之后，赵明英和姥姥在厨房刷碗，过了一会儿陈赵想吃圣女果，陈西桃提袋子去厨房洗。

房门掩映着——

“让你刚开始给她立规矩你不听，现在她长大了，那是越来越蹬鼻子上脸了，刚才吃饭谁都不理。”

“她就那个性格。”

“要我说，你就是性格软，随你爸，以后多在陈帅面前吹吹风，别让小丫头片子翻天。”

“行，知道了。”

“砰”的一声，门被踢开。

陈西桃站在门口定定地扫了一眼嚼舌根的人，看她们怔住了，她特别愉悦地笑了：“说得真好，我都想给你们鼓掌了。”

她一边说，还真的一边伸出手，挑衅地鼓了几下掌。

她一向是这样的性格，光明正大地树敌，睚眦必报地回击，谁给她不痛快，她就要让那人更不痛快。

一家人都停下动作看向她。

陈西桃见好就收，拎包换鞋，说走就走。

后边没人喊她。

陈西桃在马路上漫无目的地走着，随便上了辆公交车，走到最后一排靠窗的位子坐下，戴上棉袄上的帽子，把自己的表情盖住。

有水珠砸在手上。

手机在振动，是孟亓。

“在哪儿，我去找你。”

陈西桃一时没反应过来。

他又说：“我有小密探。”

她顿时想起来了，他与陈赵早就达成协议。

“我在 7 路车上。”她的鼻子像被堵住，开口有点像感冒。

“……”

手机没电了。

车内播报：“妇幼保健院到了，下一站是太阳广场……”

有时候陈西桃在想，如果去远方是种奢侈，那么踏上公交车绕城一天，是不是也算旅行。

车里的气味让人发晕，陈西桃往窗外看，一排光秃秃的树干和一群谈笑风生的人，好像每个路口都是这个场景。

她渐渐陷入昏沉，眼睛一点点无意识地合上。

陈西桃中途醒了一次，司机停下休息，说到汽车总站了，快下了，她迷迷糊糊地下了车又上一辆，找同样的位子睡了过去。

“陈西桃。”

她陷入黑暗的迷雾丛林中，呼喊从深处传来，远处有天光，那声音由远及近，迷雾一点点散开。

她缓缓睁开眼，有点蒙，就这么耷拉着眼皮，惺忪地看着眼前的人。

“孟亓，好巧啊。”

孟亓顿了一下，替她掀开帽子，借着动作掩饰还没来得及收敛的紧张表情，说：“是啊，原来你也在这里。”

陈西桃掏手机看了一眼：“啊，快六点了。”

她上车的时候才两点多。

前方到站新华书店。

陈西桃说：“要不在这里下吧。”

孟亓没有异议。

下班的时间点，车里人很多，他们坐在最后一排，要挤过去，快走到车门的时候不知道谁踩了陈西桃一脚。她趔趄一下，车子又正好刹车，她没站稳朝旁边那人摔过去。

孟亓忙拽住她，自己不小心碰到了车门的扶杆，“砰”的一声，撞钟似的，在嘈杂的车厢里，都显得这样响亮。

陈西桃吓坏了，不顾站没站稳，就转身着急地捂住他的头问：“没事吧。”

孟亓皱眉闭着眼，一个劲地摇头，说：“没事，下车再说吧。”

陈西桃忙扶孟亓下车。

陈西桃的注意力都在孟亓的脑袋上。

公交车站牌不远有个奶茶店，陈西桃和孟亓到那花了十元钱订了个单间，又要了一壶花茶。

扫码付款的时候，陈西桃抢先，摁了摁手机，发现关机了。

最后是孟亓付的钱。

上二楼，楼梯很窄，孟亓走在前面，陈西桃跟在后面。她盯着他山一样的背脊，莫名有点心潮汹涌。

这里的单间是常见的隔间样式，推拉门，进去之后有桌子和软垫沙发。他们在最角落那间房，空间很小，隔音也不好，甚至可以听到隔壁的说话声。

坐下之后陈西桃久久不语。

孟亓在一旁斟茶倒水，没注意到女生的沉默，待倒好茶递给她，她忽然开口：“你给我打过电话。”

“嗯。”孟亓没多余的表情。

有什么念头在心里成形：“那你挂了电话之后呢……”

“找你。”他说。

陈西桃顿了一下，又问：“找了快四个小时？”

孟亓将杯子放在她跟前，又给自己倒了杯：“没算过。”

陈西桃的胸口里像被人塞了团湿棉花，堵堵的、闷闷的。

刚刚付款的时候她才猛然想起，在手机没电之前，他们通过电话，挂了电话之后她睡着了，醒了之后却一眼看见他。

同一班公交隔二十分钟发车，一天至少有十辆车在路上跑着，他找7路车，在一个站点等着，把所有7路车都看完，运气好也得一个多小时。

何况她偏偏中途换了趟车，到现在她都不知道后来自己上的是几路车。他要找她岂不是难上加难？

眼睛一闭一睁，她仿佛只用了一秒钟，殊不知这期间对于他是怎样漫长甚至煎熬的分分秒秒。

不邀功请赏，不哭闹撒娇的小朋友，怪不得没糖吃。

陈西桃拍拍孟亓：“你知道一天市区要跑多少辆公交车吗？”

孟亓看她一眼：“我知道这个干吗？”

陈西桃语塞，顿了一下，又问：“那我万一下车了怎么办？”

孟亓吹着茶水，闻言便理所应当地答了一句：“怎么办？在车上要找，不在车上难道就不找？你这白痴问题。”

说完又接着吹水。

陈西桃怔了一下：“可是你……”

“我什么我？”孟亓将吹凉的水放到陈西桃面前，他不想让女生因为感谢而为难，“别太感动啊。”

陈西桃撇撇嘴，不说话了。

包间里安安静静的。

陈西桃不想气氛太尴尬，便赶紧扯话题：“你最晚几点回家？”

孟亓心不在焉地回：“你觉得呢？”

陈西桃一想：“是哈，谁能管得了你？”

孟亓端壶想倒茶，反问：“你呢？”

陈西桃想了一下，才说：“我不想回了。”

孟亓倒茶的手一顿，问：“打算去哪里？”

陈西桃说：“我想去我姥姥家。”

孟亓这下不仅手顿住，整个人都停住了。他听说她是从她姥姥家跑来的，便问："你要回去？"

陈西桃先是点头，随后又摇摇头："不是那个姥姥，是我亲姥姥。"

"那我送你过去。"孟亓的神色认真很多，"路上跟我讲讲你的事吧，嗯？"很轻微的一个尾音。

陈西桃看着他，没说好，也没说不好。

姥姥住在乡下。

从市区打车过去，越往城市边缘开，楼房就越矮，行人也越来越少，天空中的星星却看得越来越清晰。

村庄的隆冬是没有夜生活的，一到七八点钟，大家就待在各自的家中不出门。不像夏天，夜里九点还有人拿着蒲扇坐在树下打牌聊天。

车声使得村里的小狗叫了起来，一声狗吠，引起一片院子的狗都在叫。

陈西桃和孟亓下车，往村里走，要拐弯再拐弯才能到目的地。

村里的路灯并不亮，亮的是天上的星月，她问孟亓："怕吗？"

孟亓笑："月黑风高，孤男寡女，怕的不该是你吗？"

陈西桃不置可否。

大红色的木门掩着，陈西桃从门缝看里面还亮着光，她拍拍门，叫："姥姥。"

没一会儿屋里有人开门出来，陈西桃激动得一直趴在门上，待门打开，一下子拥入日思夜想的怀抱里。

姥姥一下子呆住了，害怕地挣开，小心地问："你是谁呀？"

陈西桃又哭又笑："我呀，桃桃呀。"

姥姥睁大眼睛，看了又看，又问一遍："谁呀？"

陈西桃的眼泪落了一脸："是我呀，姥姥的小桃子呀。"

姥姥一脸疑惑，又是急，又是尴尬，半天憋不出话。

陈西桃使劲地揉揉眼，让眼眶中的热泪消失掉："我们进屋说吧，好不好？"

孟亓在其后将门闩上。

姥姥正在练书法。

书“上善若水”四个正楷，笔力遒劲。

她退休前是教高中语文的老教师，后来姥爷去世，她又得了阿尔茨海默病，儿女都不在身边，图个清静才搬到乡下的老房子里。

陈西桃进门后，二话不说到卧房抽屉里拿了一本相册出来，熟练地打开一页，指着一个五六岁的小女孩儿问姥姥：“这是谁？”

姥姥说：“小桃子呀。”

陈西桃又指向旁边那张年纪更大一点的照片：“这又是谁？”

“还是大桃子。”姥姥又说。

陈西桃将相册拿到自己脸侧：“看看我和照片里的人长得像不像？”

姥姥愣了一下，凑上前仔细看，睁大了眼，一拍腿：“哎呀，我的桃子，你怎么回来啦！”

老人拥孙女入怀，热泪盈眶，陈西桃抚摸老人的后背，看见站在一旁静静看着这一切的孟亓，冲他释然一笑。

孟亓心里是说不清道不明的感觉。他在祖孙二人畅谈的时候出去，坐在院子里的小马扎上发呆。

天空上的星星多得不真实，夜凉如水，冻得人脑袋疼，可这样才令他清醒。

这时，陈西桃打开屋门，对他招手：“过来。”

是姥姥要见他。

“多谢你把我们桃子送过来呀。”

“不客气。”

…………

两个人一问一答地客套了几句。

陈西桃见姥姥困了，便让老人快去睡，自己则和孟亓一人拿了个苹果，坐在沙发上聊天。

“要是有炉子就好了，可以围炉夜话。”陈西桃说。

只是现在农村的生活水平也越来越好，已经有很多人家不再烧炉子取暖，而是用暖气或空调。

孟亓说：“都好。”

陈西桃知道孟亓在等自己打开心扉。她啃着苹果，很专心的样子，实则不知如何开口，试图拖延时间。

孟亓先引导她：“我猜想，你的这两位姥姥，一定是很不同的两个人。”

陈西桃说：“是。”

话茬儿有了，故事就好说多了。

陈西桃把白天发生的事情讲出来，孟亓在一旁静静地听。

孟亓听完后，沉声说：“看不出你是离异重组家庭的孩子。”

他有点自责，因为在这天之前，他从不知道这些事，而他原本以为自己很了解她。

陈西桃坦诚地说：“我性格里很多尖锐的点都来自家庭。”

“小时候我爸妈说离就离了，他们觉得我是小孩儿，根本没想过和我说这件事，直到我妈拎包走了，我才知道这件事。你说，小孩子不是人吗？不是家庭的一员吗？大人凭什么把自己的意志强加于小孩儿身上，本能地忽视孩子在家庭中的感受呢？哦，不对，他们不是忽视，是自以为是。他们以为隐瞒就是对小孩子好，以为很多痛长大了就忘了，可血浓于水，哪有那么轻而易举的事呢？

“再说了，伤筋动骨还一百天呢，想等伤口痊愈，也要给人时间吧？我这边也还没彻底好起来呢，他们可倒好，出国的出国，结婚的结婚。”

陈西桃笑了笑，一副无奈的样子。

孟亓一直侧着脸，深深地看着她的侧颜，他很努力克制，才没伸出手来摸摸她扬起的嘴角。

“后来我爸和我现在这个妈结婚了，她刚来我家的时候，我……挺警惕的。但我没有和她闹过，你知道的，她毕竟是和我爸领了证合法住进家里的。后来相处一段时间之后，我发现她对我也挺好，心眼并不坏，就改口叫‘妈’了。

“我就叫过她那一声‘妈’。

“到现在，我每天都会因为这事痛苦，我觉得对不起我亲妈，更多的是我不知道这声‘妈’叫得值不值。

“她脾气太好了，从不会打我骂我，我弟弟有一次想吃我买的糖，我当时也是和另一个姥姥置气，所以故意不给他，说起来我也幼稚，不给吃也就算了，还故意当着他的面吃，又做出很好吃的表情馋他。

三四岁的小孩儿哪里经得住这种事啊，立刻就哭着找妈妈，按理说这件事明明是我的错啊，可她反而当着我的面把我弟骂哭了，又把他关在屋子里罚站。”

讲起这件事的时候，陈西桃的声音里有哭腔：“其实这种类似的小事还有很多，比如我叛逆时候说过的那些浑蛋话，一般家长岂不是要气疯了，你知道她什么反应吗？”

孟亓心一紧，盯住她，眼神示意她继续说。

“没有反应。”陈西桃侧过脸，看着孟亓，笑说，“她说，我听你爸的，说完就去做饭了。”

“可能是我太敏感吧。”她笑，“你都不知道，我经常在上一秒自责自己实在太敏感多思了，可又在下一秒推翻那种自责，告诉自己，力的作用是相互的。”

“你没错。”孟亓握了握拳。他在克制，没人比他更懂这种纠结。

他告诉她：“很多事哪里分对错。”

陈西桃还是笑，表情悠远：“是啊，要是真有个明显的界限倒也好了。”

孟亓看着她，忍了忍终于还是伸出手，摸了摸她上扬的嘴角。

肌肤相触的那一秒，陈西桃瑟缩了一下，然后她定住了，看向他，嘴角拉平。

孟亓说：“你说的，我都明白了。”

——谢谢你告诉我这些。

夜话至深夜。

两个人竟依偎着睡着了。

姥姥早起便看到两个孩子坐在沙发上，男生的衣服搭在女生的身上。姥姥转身进屋，拿了条毛毯给男生披上。刚一盖上，男生便倏然睁开眼，睡意未退，目光警惕。却也只是睁着眼睛，身体不敢动弹。

姥姥将一切都看在眼里，小声地说：“累不累啊？孩子。”

孟亓更小声地回：“不累。”连摇头都觉得幅度太大。

姥姥笑笑，出去做饭了。

饭香味飘过来。

葱油面条，味道亲切又浓厚。

陈西桃咽了口唾沫，皱着脸转了个身，睁了睁眼，又闭上。几秒后又忽然再睁开眼，茫然地看了一眼屋子，最后视线落在孟亓身上。

她猛地起身。

“我……”她一时组织不好语言，脸红了，急得挠头，“我睡着了你怎么不叫我啊？”

他哪里舍得？

“我也睡着了。”

“我这么靠着你，你多累啊。”

“我发现一个道理，”孟亓悠悠地看着她，“我终于理解‘纸上得来终觉浅’的意思了。”

“啊？”陈西桃显然还没在频道上。

“以前问渠老是把‘痛并快乐着’挂嘴上，我一直似懂非懂，可现在明白了。”孟亓说。

陈西桃的脸悄无声息地红了一点。

早晨在姥姥家里吃了饭，帮忙收拾了碗筷后，陈西桃就要离开，她不想让老人看出自己和家里人闹了矛盾。

和姥姥话别的时候，孟亓在姥姥书房品字，临走的时候，姥姥问：“小伙子，要不要写几笔？”

还没等他回答，陈西桃便说：“好啊，他写字不错的。”

孟亓眯起眼：“你什么时候……”

“我看过你的作文啊，文章不落窠臼，字迹力透纸背。”陈西桃笑，又忽然变得腼腆，“还有……你的黑本子。”

孟亓与她对视，独属于两个人的信号在空中散开。

他顿了顿，才拿起桌上的毛笔，在宣纸上恣意挥洒。

被她靠了一整夜，他的胳膊酸疼，手也没有力气，写出的字不算最好，倒也能看。

信者得爱。

他居然写了这样四个字。

陈西桃看着那字，目光久久移不开。忽然又想到，这书法的字迹似乎眼熟，却怎么也想不起来了。

姥姥夸奖他：“写得真好，行书能练成这样，一定是极优秀的。”又说，“那我也赠你一幅字吧。”

姥姥走到案台，书——心想事成。

笔落，门口响起车喇叭声。

陈帅来了。他知道陈西桃没有别的地方可去，果然还是找到这里了。

陈西桃跟陈帅回家，孟亓拿了字，紧跟在她后面上了车。

一路上没人说话。

到了小区门口，陈帅忽然开口：“你下去吧。”

这话是对孟亓说的，谁都知道。

孟亓没有动，而是看向倚靠着车窗的陈西桃。她要他走，他才会走。

静了一会儿，陈西桃很没精神地说：“你走吧。”

孟亓沉默地看向她，两秒后点点头，转身下车。

他的脚刚沾地，她忽然喊：“别走！”

她很急切，侧身出来拉他的衣摆：“上来，跟我一起。”

她没有说的是：我一个人不知道怎么面对。

于是孟亓又返回：“好，我陪你上去。”

两个人肩并肩坐在后面，倔强地看着陈帅，那眼神简直是在下战书。

陈帅心里有气，却也只能又驱动车子，开进小区。

刚敲了门，赵明英就把门打开了。

见到陈西桃她的表情复杂，不知道该如何是好的样子，又见父女俩身后还跟着人，忙说：“进来坐。”

桌上的早点还热乎着。

赵明英问：“吃饭了吗？这包子我刚热过，正好吃。”

她一说这话，陈西桃忽然又觉得似乎没什么不好面对的，饭还是要吃，年还是要过。

何况根本没出什么大矛盾，也没有尖锐的争吵出现。

陈西桃有时候很想和赵明英大吵一架，不是她单方面的，像是无理取闹一样地输出情绪，而是有来有回。她闹赵明英也闹，她吵赵明英也吵。

她们之间存在的全是细枝末节的小问题。这些事情，有的小到没有说出口的必要，有的只是单方面的别扭，讲出口反倒是种矫情。

长此累积，就如蚂蚁常年噬心，虽不致命，却不如一刀刺过来痛快。

至少见血，可以控诉，可以反抗。

陈西桃吊儿郎当地说："不吃了，有事说事吧。"

陈帅阴沉着脸："你这是什么态度？"又看了一眼孟亓，降低了话音，"别以为有外人在我不敢收拾你。"

陈西桃闻言，把下巴一扬："什么外人？哪里有外人？他是我货真价实的男朋友。"

客厅里顿时鸦雀无声。

孟亓看向陈西桃，心中万千澎湃，终究没有言语。

陈西桃也看他，只一眼又别过头去，看向陈帅，目光强硬。

陈帅没有预想中那么恼火，他深沉地看着陈西桃，忽然笑了，连连点头："你大了，心野了。"

陈西桃不想和他多费口舌："有事说事，没事我回屋了。"

赵明英在一旁看了半天，见气氛僵硬，忙说："桃子，我替姥姥给你道个歉，她说那话没过脑子，但她没有恶意。"

陈西桃嗤笑出声："反正到头来总是你当好人。"

"陈西桃！你有完没完？"陈帅听完她的话，火气一下上来了，"能不能懂点事？你妈这几年对你不薄吧？"

陈西桃也火了："好好说话你凶什么啊？比嗓门大吗？"她的话里有了点哭腔，"她对我好？是，就是因为她对我太好了，你才总偏袒她！就是因为她对我好，我才会这么不懂事！"

陈西桃看着赵明英："都是我的错，你怎么就不能坏一点呢？"

说完话，她推开陈帅跑进了屋，将门"砰"的一声关起来。

陈帅被陈西桃说蒙了，一时惊在原地，过一会儿又气恼地跑到陈西桃门口，叉腰转悠，想骂人，终是忍住了。

赵明英一直在旁边安慰陈帅。

孟亓把这些都看在眼里，没一会儿，手机响了，他掏出来看。

陈西桃说："进来。"

接着他的手机又进来一条消息："或者走。"

孟亓笑了笑，抬脚走到陈西桃的房门口。陈帅还站在那里踌躇，孟亓想了想，对他说："叔叔，孩子有的时候需要的不是道理，而是偏爱。"

在续妻和生女之间，陈帅显然扮演了一个慈夫严父的角色。

他并非不爱陈西桃，只是太过讲究他心中的道理，希望子女懂事听话，看得见大人的付出，不要孩子气和情绪化。

可这么煞费苦心有什么用，有时候孩子只是想要大人哄哄她。

而赵明英呢？

孟亓将目光移到她身上。

昨晚陈西桃同他讲了很多关于赵明英的事。说起她每年都会亲手给自己织围巾，陈西桃笑得很温柔；说起自己和陈赵抢东西、拌嘴，她从来都是只数落陈赵，陈西桃的笑意又凝固在嘴角。

孟亓又叫了声："婶婶。"

赵明英看他，只听他声音沉沉的，很有力量，也很认真："您是一个合格的继母，但不是一个合格的母亲。"

陈帅和赵明英面面相觑，有些羞愧，有些凝重，更多的是茫然。

孟亓看着二人，又靠前一步，声音温和却有力量："我会把她叫出来，你们好好聊聊。"

他打开门，陈西桃正对着门坐在桌沿上。

她说："把门关上。"

孟亓照做。

她又说："过来。"

孟亓走到床尾。

她低眉敛眸看他："离近点。"

孟亓愣了一下，向前两步，离她很近很近。

她盯着他的眼睛："和他们说什么了？"

"我说过了，我都明白。"他却扯了一句看似毫无关联的话。

陈西桃立刻懂了。

昨天晚上她吐露心事，他在一旁沉默，后来他说："我都明白了。"

明白只有在乎才会关心对方的反应，明白她其实是因为在乎才纠结、才渴望，才假装不纠结、不渴望。

明白任何一个孩子的小心翼翼和自尊心都是可贵的。

孟亓喊她的名字：“陈西桃。”

“嗯？”她不知道他要说什么，却又隐约察觉他要说什么。

“出去面对他们，不要每次遇到事情都把自己关起来，独自伤心。把脆弱的一面给爱的人看，并不丢脸，同样的，向爱的人索取，也不必胆怯。

“可以不吃糖，但要当个会哭的孩子。”

十分钟后。

“咔嗒”一声，是门被拧开的声音。

陈西桃和父母在客厅谈话。

孟亓则坐在她的卧室里等。

没一会儿，门被打开了，门缝里露出一颗圆滚滚的脑袋。

孟亓招招手，笑说：“过来。”

陈赵屁颠屁颠地从门口跑到孟亓跟前，一股旺旺奶糖味也飘荡过来。

孟亓拧拧陈赵的小耳朵，扮鬼脸说：“吃那么多糖，爱吃鬼。”

陈赵脸一皱：“哎呀，你怎么和我姐一样喜欢拧人家的耳朵？”

说起陈西桃，孟亓的神色温柔很多。他笑笑，问：“刚才偷听了吧？”

陈赵撇撇嘴，说“哪有”，又谈正事，问他：“你说，我姐和爸妈到底有什么矛盾呢？我看不出来。”

孟亓揉揉他的脑袋：“看不出来没关系，你要相信，今天过后会好的。”

“会好吗？”

陈西桃在心里呢喃。

她讲了一些事，陈帅和赵明英听着，半天没说话。

陈西桃也不急着等他们开口，眼神空空地盯着桌子上的花瓶看。

后来是陈帅先说话：“既然你都找过你妈了，之前的事，我也就不多说了。我只想说，爸爸的出发点，一直是为你好。”

“爸，你还是在说废话，我怎么会不知道你爱我？我知道你是为我好，你为什么不明白，你根本不用每次谈话都要强调这一点。”

“既然你都明白，为什么还不能理解爸爸呢？”

“我十岁那年，有一次你晚上加班到凌晨才回来，看到我还没睡，很生气地责备我。我说我害怕，你说满屋的灯都亮着，有什么可怕的？你说，你十岁的时候一个人半夜出去捉蝉，黑灯瞎火也不怕，怎么我十岁还会怕黑？”

陈帅陷入沉默。

“我难过就难过在你爱我，却不理解我，不理解我，却想要改变我，并让我理解你。”

不仅仅是他，其实连王丽也是这样的，大人总是喜欢打着爱的旗号，把意志强加于人，伤害孩子而不自知，于是被误伤的孩子，连怨恨都无法心安理得地去怨。

陈帅不知道该说什么好，或许他也痛苦，因为想不明白一些事，眉头紧锁着。

赵明英沉默了一阵，拍拍他的肩膀，说：“老陈，你进屋，我和桃子聊聊。”

陈帅看看赵明英，又看看陈西桃，叹了口气进屋了。

窗外的阳光洒在赵明英身上，她穿米白色的居家毛衣，整个人都一如既往地温柔。

她的眼眶红了，对陈西桃说：“对不起。”

陈西桃有一瞬间的错愕。

“刚刚那个男生说得对，我是一个合格的继母，但不是一个合格的母亲，而天下哪个孩子需要的不是一个母亲，而是一个继母呢？”

陈西桃的眼眶瞬间红了。

赵明英对她笑笑：“是我夸大了当继母的恐惧，以为必须要对你客客气气的，不能骂、不能管。可殊不知，这种客气只会让你觉得，我把你当外人，把你放在了这个家的客人位置。”

其他有些事哪能说得清呢，赵明英想起之前陈西桃的叛逆期，陈帅气得吃不下饭，难受到半夜，后来他沉沉睡去，她却愁了一夜没睡，很多话想说，最后没说出口。

“孩子，刚刚听你说完那些话我才意识到，其实在我心里早就把你当自己的女儿看待了。”

陈西桃的眼泪顿时倾泻而下。

孟亓说得对，或许她早该将脆弱的一面给爱的人看。

她忽然想起自己曾说过的话——力的作用是相互的。

有些话，他们不说，她不提，彼此会错了意，遗憾可能是绵长的，乃至一生一世。

中午之前，谈话总算结束。

陈西桃推开卧室门，见孟亓趴在书桌上睡着了。她拿小毛毯给他盖上，刚触碰到他，他猛然惊醒。

孟亓揉揉眼看清面前的姑娘："怎么，聊完了？"

陈西桃点点头："嗯。"

孟亓转了个身，面朝她坐着，张开怀抱："想不想哭啊？"

陈西桃拿桌上的书砸他："滚啊。"

看来是解开心结了。

孟亓接住书，笑："好了，不逗你了。"

陈西桃低头绞着手指头。

孟亓说"既然如此，我回家了，中午我姥姥、姥爷还等我吃饭呢。"

"要不……"陈西桃想说什么，顿住了，改口，"那我送你下楼。"

孟亓说行，刚走到门口想起什么，转身问她："我的本子什么时候还？"

陈西桃差点撞到他，稳了一下说："等一下，我拿给你。"

她转身拿起本子，摸了摸，有点舍不得，给他之后并没多余的话语。

出门后一家人都留他吃午饭，他觉得还是应该把这次午饭，留给他们一家四口才好，便婉拒说："下次吧，以后有的是机会。"

惹来陈西桃一记眼神杀。

第十三章 回忆

认识你以后，我永远在过夏天

Peach Bubble

陈西桃把孟亓送到公交站。

等车的时候二人并排站着，孟亓插兜看天，在她看不到的地方拳头一会儿紧一会儿松。他有些话想问她，可又不敢，某些句子在喉头踌躇了十多分钟。

远远看见他要等的公交车来了，他握了握拳，下定决心，问她：“那话，还算数吗？”

陈西桃的心一跳。

从刚才等车起，她就有话在肚子里绕来绕去，不知道怎么说，也没想好究竟该不该说。可就在她纠结的时候，他开口了。

她心里暗笑，表面却装不明白：“什么话？”

车越来越近，孟亓有点急：“就是你对你爸妈说的那句。”

“什么？”

非要他说出口才好。

车眼看就要停在眼前。

孟亓心一横：“你说我是你正儿八经的男朋友，是真的吗？”他的声音无意识提高，惹得旁边等车的小姑娘轻轻地笑出声。

陈西桃也笑，眼角眉梢都是愉悦。

“当然——”她卖了个关子，“不是……假的。”

车子早已停住，人们陆续上车。

孟亓愣在原地，丝毫想不起自己此刻身在何地，要去哪里。

他扳过陈西桃的肩膀，迫使她和自己对视：“你这断句是数学老师教的啊？你说的是‘当然不是假的’，还是‘当然不是，假的’啊？”

陈西桃看到他的眼睛里装满了期待和紧张，心里竟然生出缱绻之感，莫名动容。

于是她不闹他了，说：“我陈西桃说话向来算话。”

孟亓捋了一下她这话，眼底才渐渐浮起喜悦来。

他乐得手都不知道该放在哪里。

那班车早就开走了，车站只剩他们。

他在原地转圈，转过身拍拍脑门儿，又转回来，伸出手，想抱她，又怕唐突。

这时，陈西桃的声音幽幽地传来：“不过不是现在。”

孟亓的高兴正猛烈，她这话一出口，就像拿剪刀硬生生将这快乐剪断一样。

“为什么？”他问。

陈西桃轻声说：“我想等你高考之后。”

“你觉得这有意义？”孟亓皱眉，沉沉说，“我觉得没有意义。”

陈西桃轻轻抚平他的眉毛：“我没法忽视你妈妈的感受。”

孟亓望着她，几秒后点点头：“好。”

孟亓的眼里倒映着心上人的脸。她的脸颊红红的，眼睛黑得像刚在酒里浸过的黑葡萄，整个人醉了一样。

他想起《钟无艳》里，钟无艳问夏迎春什么是爱。夏迎春说：“爱就是为心上人无条件付出、牺牲，一心只想让他得到幸福快乐。”

钟无艳双眸含泪，说：“错，爱是霸占、摧毁和破坏，为得到对方不择手段。”

很长一段时间里，他的行为是前者，可心理是后者。

于是，每次他退半步，都极度压抑和痛苦。

可现在不一样了。

“车来了。”陈西桃指指旁边。

孟亓有点失望：“搞得我不想走了。”

陈西桃想了想，妩媚一笑：“那你要带我走吗？”

孟亓的眼睛一亮：“真的假的？”

"当然。"这是肯定语气，而后她又极快地接了一句，"假的！"也是肯定句。

孟亓又想扑过来闹她，被她赶到车里去。他隔着车窗冲她招手，车子还没开，她的手机就响了。

孟亓给她打电话："真想夏天快点来。"

陈西桃回："你的夏天一直在。"

听筒那边传来男生的低笑。

陈西桃也无声地笑了："这话是你说的。"

那次在商场，她和王秋秋闲逛碰见孟亓正买桃气泡泡，王秋秋无心地问了一句："下雪天喝这个不怕冰吗？"

孟亓说不怕。

王秋秋不解。

孟亓飞快地凑到陈西桃耳边讲了句话，惹得她每每想起，便觉得耳膜颤抖。

他说的是："认识你以后，我永远在过夏天。"

很快就到除夕了。

家家户户开始贴春联、窗花，每年这时总是最热闹的，小时候年味更浓，外面的鞭炮声通常一天也不断，近几年放鞭炮的渐渐少了，只有天色暗了才能看到在小区里放烟花的人。

上午陈赵跟着陈帅贴对联，赵明英喊陈西桃起床帮忙调馅子、擀皮包饺子，这是赵明英头一次叫她干活，她脸都没洗便钻进厨房了。

结果自然是越帮越忙，光面粉就弄得哪里都是，又被赵明英赶了出去。

下午陈帅去接爷爷、奶奶过来团聚，赵明英在厨房又忙活一下午。她说这个年高兴，多做点饭菜晚上吃。

陈西桃窝在沙发上给孟亓发消息。

孟亓问陈西桃："你开心吗？"

她诚实地说："心里的快乐没有很强烈，就是小愉悦窝在心口。"

他回："我倒是兴奋得要死。"

陈西桃不知道他现在正抱着手机，坐在沙发上跺脚，边笑边叫。

姥姥拿着花洒从阳台敲窗："再蹦这房子可就塌了。"

他赶紧噤声，起身到姥爷跟前去看他练字。

古朴的书房，案台上有一瓶新鲜的梅花，书桌旁的木架上有一个陶瓷缸，里面有三尾锦鲤游来游去。他家中养锦鲤，就是受姥爷影响，他的书法也是姥爷教的。

孟亓静静地看老人写了会儿字，孟敏打电话过来拜年，说了些什么，又叫孟亓接听。

M国按理说是夜里三四点，孟敏的声音疲惫，却不像没有精神的样子，对他说："过年姥姥给的红包不能要哈。"

孟亓笑："那您的红包什么时候给我？"

孟敏打了个哈欠，说："等我回去给你补个大的。"

外头保姆在叫她，很急的样子，她忙说："不和你说了，儿子，我先挂了。"

"妈——"孟亓叫住她。

孟敏急着挂电话，问："什么事啊？"

"新年快乐。"他说。

那头保姆又在叫孟敏，她敷衍地笑笑："好、好、好，新年快乐！"

"我想你了，你什么时候回来？"他鼓起很大的勇气讲出这话。

那头传来急促的忙音。

陈西桃也接到了王丽的电话。

晚上吃团圆饭的时候，刚落座，手机响了。那时手机正在电视机那边充电，陈赵屁颠屁颠地跑去拿，举起一看："咦？妈妈？"

赵明英以为他在喊她，刚答应了一声："怎么了？"便意识到不对。

气氛一下子变得很僵。

陈西桃起身接过手机，摁开，听王丽说过年好，她坦然地笑了："过年好啊，妈，我在这边一切都很好，嗯，爷爷、奶奶也来了。"

王丽又说了句什么，她说知道了，挂了电话，对大家说："我妈刚才要我祝大家过年好，尤其是爷爷、奶奶。"

爷爷喝了口酒，笑说："好，大家都好，我们一家人一起好好过日子。"

说完招呼大家快点吃菜。

赵明英站着给大家倒饮料，问陈西桃喝果汁还是可乐，陈西桃说：“不用麻烦了，妈，我自己倒吧。”

赵明英顿住了。

陈西桃自如地拿起可乐桶，给自己倒满，刚旋上盖子放下，陈赵吵着也要喝，陈西桃白他：“早不说？让妈给你倒。”

陈帅赶快碰碰赵明英，示意她回神，她赶忙拿起可乐，给陈赵倒了一杯。

筷子碰碗沿，春节联欢会，闲聊一句接一句，屋顶昏黄的灯光包容着所有的声音。

远处看，万家灯火中平凡的一个。

吃完年夜饭，陈西桃和孟亓约好到海边放烟火。

陈西桃同孟亓说了会儿关于家里的事情，聊起王丽的那个电话，又讲起吃饭时久违地叫了赵明英“妈”。

她的心事无人可提，唯有在他面前可泄露一二。

她迷惘道：“不知道我是不是应该等过一阵子再叫她。”

孟亓看向她，等她继续说。

“那天接完我妈的电话后，我怕她多想……更怕她一多想，我们之前的谈话就没用了。”

孟亓平静地说：“别想那么多，桃子，你现在收获的是两个家庭的爱，你有两个母亲爱你。”

陈西桃一听心一暖。

她从M国回来的时候，挺心灰意冷的。

她知道或许她没有家了。原以为只有父亲有了新的小孩儿和完整的家庭，没想到，连母亲也有了新的小孩儿和完整的家庭。

就像两辆车，分别载好了人要奔去未来，她是落单的那个，只能恬不知耻地蹭车位，随时都可能被丢在路边。

可那日与赵明英对话之后，她又有点改变想法了。

或许有一辆车，早就为她留了位子呢？

她对孟亓说：“看来总算拨开云雾了。”

孟亓遥望海岸，思绪遥远的样子：“总之心里敞亮，就是好的。”

孟亓讲这话的时候海岸边烟花正盛。他侧着脸，嘴角泛起微苦的笑意，神情淡淡的，远处热闹很远，近处孤独很近。

陈西桃问道：“想你妈了？”

孟亓看她一眼，没心没肺地笑笑：“我想她干吗？”

陈西桃看他那样子，心里没来由地烦闷，“我……”

关于在M国见孟敏的事，她不知道该不该开口。

孟亓问：“你什么你？”

陈西桃扭扭捏捏，“嗯”了半天，最后泄了气，决定不要打破他现在的快乐：“算了，没什么。”

孟亓目光沉沉地看了她一眼，心里了然，面上不显，从兜里掏出打火机，说：“放仙女棒吧。”

花火璀璨，如少年们的瞳孔。

陈西桃问：“许愿吗？”

孟亓笑：“你想许？”

陈西桃点头：“那是，绝不放过任何许愿的机会！”

明明知道许愿本质上是一种欺骗，可一想到有所期待，就会莫名满足。

孟亓说：“早知道提前买个孔明灯给你。”

她沉默着没接话，孟亓偏过头去看她，发现她早就双手合十，对着星月，在烟花海风的包围中，虔诚地闭上了眼。

一个愿望结束。

陈西桃睁开眼，看见孟亓正盯着自己，顿时有点羞赧，侧头笑问：“你不许一个？”

孟亓看着她，说：“早就实现了。”

陈西桃转头，惊讶问：“什么？”

孟亓故作高深，顿了一会儿，才说：“姥姥赠了我四个字的，现在心愿已成。”

陈西桃恍然想起来，那日临行前，姥姥书“心想事成”四个字送给孟亓。孟亓盯着那字，顿了顿，又看向陈西桃，说：“希望我现在想的，就是未来成的。”

而此刻，他别无所想，说心愿已成。

上次他过生日的时候，他也说没什么愿望好许。想来，他总是很容易知足的，而她却总是很贪心。

不过好在她的贪心有时候并非一无所用，因为她刚才的愿望是给他许的。

海浪嘶吼，烟花渐渐熄了，脚底的沙石沉睡着。

男生这天格外沉静。

女生知道这是因为什么，于是她也沉默着。

谁都不说话，就是他们之间的交流方式。

过了一会儿，陈西桃戳戳孟亓："其实我想听你亲口讲讲过去的故事，随便说说什么都好，我想听。"

可是从什么开始讲起呢？

"你不知道吗？你一直是人群里最耀眼的存在。"

孟亓记得很清楚，二〇一八年的九月暑热仍盛，烈日当空，操场上没有一丝阴凉地。他们一帮军训的高一新生，每个人都像被晒蔫儿了的蝉一样耷拉在迷彩服里。

那会儿刚踢完正步，教官给大家十分钟的休息时间，操场的厕所正维修，孟亓和几个男同学小步地慢跑到最近的教学楼上厕所。

刚拐进走廊，便看到厕所侧对着的教室门口站着一个女生。

她穿短裙，白色短袖，齐刘海，头发散在背后，过堂风吹过，发丝如飘荡的芦苇丛。

穿得这么少，她似乎还是热，拿英语书不断扇风，嘴里念念有词，说的什么孟亓没听清，总之不会是好话就是了。

离得近了，瞥见她嚣张的红唇，又见她眼底有小痣。他心里一凛，觉得好看，却不知为何又觉得危险，于是装不经意地去瞥第二眼。

旁边的同学催促他快走，她听见声音朝他们撇过脸，他装作不经意地推了下鼻梁上的黑框眼镜，忙走进厕所，再出来洗手的时候，听外面有人说话，他将水流调慢。

"陈西桃，你都在这里站一天了，还不知错吗？

"学校规定要穿校服，学生就要有学生的样子。"

孟亓的手被水浸得很凉。

大家都跑去集合了，唯独他慢慢吞吞的，再出去，见女生正昏昏欲睡地扇着风。

他再看一眼，她身后的门上，写着高二（八）班。

列队集合他姗姗来迟，被教官罚做了二十个俯卧撑。

她的身影一直在他的脑海中挥之不去，就像身上被曝晒过后的阳光气息，怎么都清洗不掉。

那会儿他跟着姥姥、姥爷生活在烟城，孟敏那时的生意刚步入正轨，从小到大对他说得最多的话就是，等过一阵子就来接他，他从三岁等到十六岁，这句话早就变得没有价值。

初中之后他很少交友，好在烟城有海，他总爱在放学时背着书包跑到海边上，看游客拍照，看海鸟抢食，看太阳慢慢落下来。

和老人生活久了，他整个人变得平和而静默。

而陈西桃的闯入是个意外。

孟亓在军训结束后的开学典礼上又见到陈西桃。

那会儿典礼进行到一半，校领导又臭又长的演讲稿惹得人昏昏欲睡，正当瞌睡虫要大获全胜的时候，一道清越的女声响起来。

那声音一出，会场里至少一半的男生都抬起头，男生对美女总有种神奇的敏锐度。她恰是让人只听声音，就觉得会长得好看的类型。

她的长相对得起她的嗓音。

这次她把头发梳得一丝不苟，扎着高马尾，穿板正而书卷气的夏季校服，神气十足地站在主席台上。

台下讨论声一片。

旁边的男同学戳戳孟亓的胳膊："哥们儿，知道她是谁吗？"

孟亓摇摇头，实际上他清楚地记得她叫陈西桃。

男同学笑："你连她都不知道，她以前和我是一个初中的，以前就是全学校的风云人物，长得拔尖，学习也拔尖，重点是能折腾，学校有什么活动都参与参与，会玩也会学，特有存在感。后来听说她考进一中了，我们学校有不少人都是因为她冲刺的一中。嘿嘿，包括我。"

孟亓闻言，推了一下黑框眼镜，又看了陈西桃一眼。

他坐在人群中台子下，在不起眼的角落里，看台上的姑娘巧笑嫣然。她的马尾随着她讲话的频率一下下地扫到后颈上。

他那时还不知道，在日后的每次相遇里，他都要这样看着她。

孟亓总是会频繁地遇到陈西桃。

因为只要在路上遇到她，就总会有人把她指给大家看。

有时候她抱着书本行色匆匆，有时候她和三五个同学一起在路上说笑，偶尔在校门口遇见她，她总是在那家糖葫芦摊前买草莓糖葫芦。

孟亓的班长也崇拜陈西桃，这不是个秘密。他总会设法在任何可以偶遇陈西桃的地方出现，为了显得这种遇到不经意，他总会拉一个人一起走。

那日上超市，班长去挑零食，孟亓在文具栏挑本子，隔着琳琅满目的货物台，忽然对上一双眼，他整个人都僵硬得忘记动弹。

就在这时，她缓缓地走到他旁边，举起一个黑色的本子，摸了摸自言自语："这本还不错。"

话刚落却见孟亓站在旁边，他不敢看她，于是就盯着她手上的本子看。

陈西桃却会错意，问："你先看到的？"

孟亓没说话，她就随意把本子递给她："给你，我就看看，没想买。"

孟亓心里懵懂的憧憬在悄悄发芽，他一直觉得自己是特别的。后来他又觉得自己和其他男生也没有什么不同，穿同样死板的校服，背同样沉重的书包，见到她时同样闪躲。

没有惊心动魄的开头，也没有曲折的心理转变，甚至那会儿他和她的交集都很少。

她比他大一级，教学楼离得很远，遇到她也多数沾班长的光。

自那以后，他就永远在张望。

高一期中考之后，市里组织了一次数学竞赛，高一抽了两个人去，其中就有他。因为要在每周一、三、五的晚自习去上小课，刚开始他想拒绝，怕麻烦嘛，可还没等他开口，推门而入一个女老师，身后跟着陈西桃。

也是说数学竞赛这事的，听说高考能加分，陈西桃二话不说就答应了。

于是孟亓也答应了。

数学竞赛只有半个月的准备时间。

学校一共选了十个人，人选定之后，前三天每天都在考试，后来根据那三次考试成绩刷了五个人下去，是淘汰制。陈西桃因此变得努力多了，每次到教室，总是坐下就开始学习，有时候一整个晚自习连厕所都不上，试卷被她翻得哗啦啦响。

孟亓也努力学，学累了偶尔在演算纸上画画她的侧脸。

后来又过了一周，学校再次组织考试，又刷了三个人下去，这下代表学校出去比赛的就只剩两个人，一个是孟亓，另一个就是陈西桃。

后来他们都不负众望拿到了竞赛名次，她得第一名，他是第二名。领奖的时候要拍照，她扎着齐刘海马尾辫不苟言笑，他站在她旁边开心地露出了牙齿。

那是他和她的唯一一张合照。

为了得到这个机会，他用光了七本草稿纸。

如果说有遗憾，大概就是，在备考的半个月时间里，她没和他说超过三句话。

那次是她的笔没水了，问他借笔芯，开场白是“同学，你好”，结束语是“谢谢”。

不过这种冷淡不光针对他，事实上，她不和任何人交流，进了教室就学习，眼睛几乎没离开书本。

也是那时候孟亓才知道，她并不是别人眼里那个过得恣意，随便一学就能得高分的天才少女，而是和绝大多数学霸一样，勤勤恳恳，一道题一道题钻研出来的好成绩。

她的优秀和勤奋，对于那时候的孟亓来说，是种兴奋剂。他本来成绩就好，那时候更是没日没夜地扑在书上。

这种生活持续了很长一段时间。

叶落知秋，千树万树梨花开，寒假一过，忽惊春到小桃枝。

春天到了。

那会儿孟亓还在漫天题海里遨游，有一天班长告诉他，陈西桃和她同班一个叫陈树的男生最近走得有点近。

他没有什么太大的反应。

却在晚上放学之后，在10路公交车上遇见陈树送陈西桃回家的时候，忽然鼻酸。

他坐在最后那排，默默地看着他们。

他鬼使神差地跟着他们下了车，那男生目送陈西桃进了小区，接着走到小区门口卖花的小摊旁。

孟亓迈步跟着他走过去。

他想看看陈西桃的好朋友究竟是什么样的人。

孟亓假装挑花，却用余光打量。这男生比他高一点，大约一米八三，挺拔精神，五官端正，是个三月里满含春光的少年。

他挑了一把洋甘菊，等摊主找零钱的时候，无意之间瞥了孟亓一眼，像看陌生人一样，没什么反应，随后拿着花走了。

孟亓买了朵白玫瑰，三元一枝，洁白的花瓣就像月光下姑娘的脸。

他站在刚才那男生驻足的地方，想象着从这个位置看她的背影是种什么感受，然后忽然有种挫败感。

他转身走到公交站，发现末班车已经开走，他一步步地走回家，将那朵玫瑰插在放桃花的瓷瓶里。

洗完澡后，他和往日一样站在镜子前，抹掉镜面上的白雾，偏偏左脸，又侧侧右脸，将自己全方位扫视一遍。

他彼时身高一米七五，身材不算挺拔，理了个很短的平头，额头和下巴上分别长着几颗痘，下垂眼、长睫毛、高鼻梁，不戴眼镜的话，姑且能把自己的长相归为中等偏上。

这样的他丢在人堆里，就像一滴水汇入一堆水里。

那晚孟亓梦到她忽然出现在教室门口，他蜷在拥挤的书桌之间，看她双手抱胸，气定神闲地将屋里的人都扫视一遍，然后视线定格在他的身上。

她对着他笑了，一动不动地盯着他，然后路过重重课桌走到他的面前。

梦醒后，他再也无法安静地坐在海边看夕阳，而是在夜幕的遮掩下狂奔于海岸线上。

这样的日子没有持续很久，孟敏就来烟城给他办转学了。

孟亓刚去白市那几天，频繁做梦，夜半惊醒，陌生的房间里一丝动静也没有。他赤脚晃到楼下找水喝，像缕孤魂野魄。

来白市前，姥爷告诉他：“以后白市就是你的家了，要学会适应。”

孟亓说：“不是，此心安处是吾乡。”

之前住烟城，姥爷总会在他的床头放杯水，他哪怕半夜咳嗽几声，姥姥也会披上衣服过来看看他。

那时的孟亓尚未深刻体会到那一眼的珍贵。

童年时他也常在梦中惊醒，半夜哭着找妈妈，后来渐渐大了，他知道妈妈不会来，于是再也不哭。

孟敏在孟亓还小时就说，等过一阵子就来接他。他一直不知道“一阵子”是多久，是从三岁到十六岁那么久？还是一通电话那么久？

他就像一块刻进水泥里的鹅卵石，早就深嵌其中，偏偏她又费劲地把他撬出来，扔进溪流里。

去白市之后，孟亓变得更加暴躁易怒，可这种情绪无处发泄，他面上又比往日更沉静如水。

他有时会在晚自习时从后门溜去操场。

偶然遇见铁围栏外有个人翻墙，三两步利落地跨进来，摔在平地上，嘴里念着一个名字。

一连三天都是如此。

第三天，那人又从围墙翻进来，孟亓心念一动，走过去，见他正流泪，蹲下来看着他：“男人真苦，想哭也得等喝多了再哭。”

话一落，那人却像关了水龙头阀门一样不流泪了。

“你谁啊？”他从地上坐起来。

孟亓淡淡地扫了他一眼：“想哭就哭，谁还不是人了？”

那人听罢，坐在地上仰天大笑起来。

这人就是周问渠，孟亓在白市遇到的第一个朋友。

高一的暑假很快到了。

孟亓独自坐高铁回烟城，在陈西桃的小区门口和一中门口之间来回转悠。她坐 10 路公交上学，喜欢坐在靠窗的位子，他运气好会坐在她身边。

人的志气是经不起磋磨的，他一次次与她擦肩而过，一次次目送她的背影，偶尔见她和男同学出去，他就紧张得冒汗。

有一次她去学校补课，放学后发现下起了大雨。他鼓足勇气把伞递给她，她看了他一眼，对他一点印象也没有，冷淡地说了句“不用”就冲进雨里。

在不能相见的日子里，孟亓把期待放得很低很低。

人人都说时间能冲淡一切，他想着人生这样长，他也不过十几岁，哪这么容易就死心塌地呢？

可当再次见到她，他才发现，她的存在是种绵长的知觉，就像很轻微的耳鸣声，不会影响生活，但一直在响。

当天孟亓启程回白市，晚上去找周问渠。

当晚周问渠对他说：“孟亓，我知道你和我们都不一样，你的眼神不一样，也没有我们身上的莽气和匪气。”

彼时他在人前早已是个“坏孩子”，可人后他一直没有放松过，该学习学习该温书温书，他自以为装得很好，连孟敏都没发觉，可没想到周问渠看出来了。

周问渠很认真地对他说：“老孟，别学坏，学坏回头难。”他拿手戳他的胸口，又拍拍自己的胸脯，“继续做你自己，哥们儿给你兜底。”

孟亓骂他大男人肉不肉麻。

他和周问渠的关系本来就不错，有一次冬天，他们到偏离市中心的一个馆去溜冰，意外遇到周问渠对家，他出于本能地帮周问渠挡了几下，从此周问渠更是死心塌地地认他做兄弟。

这也让孟亓迅速在实验高中有了“江湖地位”。

他“变坏”之后孟敏在家的时间变多了，数落声让家里有了点人气。她越来越像一个普通的母亲，唠叨又蛮横，从不吝惜在他身上花钱，仿佛只有这样，才能体现她有多在乎他。

高二结束后的暑假，孟亓一连气走三个辅导，他安生了小半个月。出门滑板的时候，听孟敏讲电话说又给他找了个新的辅导。

他当时就溜之大吉。

到广场上跟马轩、周问渠他们学板子，谁都没他摔得厉害，好不容易踩上能滑一段了，刚要嘚瑟，忽然见面前有个熟人正从广场一侧横穿过来。

念头只在一瞬间，他二话没说，直接冲她撞过去。

怪他水平不高，掌握不了滑板速度，他们二人一起摔在喷泉深处，水花四溅，水帘后，他看到她那双愠怒的眼睛。她眼角那颗小小的痣，像会说话。

他瞬间失神。

她除了不留刘海，好像没什么其他变化。

他却变了不少。

个子在高一暑假之后挣扎着高了五厘米，身形更挺拔了，头发也长长了，摘掉带框眼镜，不再整日将自己包裹在校服里。

他不受管束久了，变得散漫张扬了许多，也早就不是那个面对女生会脸红的男生，反倒是那些堵在篮球场看他打球的女生会脸红心跳。

性格里被长久压抑的东西一经释放，便再也收不回来。

可面对她，他还是失语了。

他傻傻地盯着她，却被误会是心怀不轨。

他那时哪里是心怀不轨呢，他是早就“不怀好意”了，可她该发现的没发现，不该想的却多想了。

遇见到和她讲第一句话之前，他千头万绪，各种想法争先恐后。

本想与她相认的。

可既不想让她记起他曾经毫不起眼的样子，又怕她记不起他曾经作为配角，在她的世界里存在的样子。

于是就装作放荡，漫不经心地对她笑了笑。

这一笑一瞒，就瞒到现在。

远处的烟花渐渐散了，爆竹声也一点点消弭。

“你是真的对我一点印象都没有？”

孟亓没有把过去讲太多给陈西桃听，他知道那永远只会是他一个人的故事。

陈西桃一脸茫然，目光中有歉疚。

孟亓笑："我以为我的名字这么特殊，你好歹会记住，不过现在想想，不轻易把人放进眼里，这才是你。"

他竟然提前说服自己，与她和解。

但她绝不是故意忽视谁，她该如何解释自己的外热内冷呢？那时候学习压力大，她一心扑在书本上，表面上好像和谁都能打成一片，其实班里的人几乎认不全。

她不想告诉他这些，因为无论如何，她都无法弥补过去的空白。

春节一过，日子就显得过得很快，孟亓比陈西桃开学早，提前返程回白市。

走前陈西桃去送他，到了才发现孟亓的姥姥和姥爷也在。

老人手挽着手，目光慈爱地落在陈西桃的脸上。

陈西桃忽然便紧张起来，下意识地攥紧了孟亓的袖子。在二位老人看不见的地方，不轻不重地掐了他一下，然后又对老人粲然一笑："姥姥、姥爷，你们好。"

老两口儿没迟疑，旋即回以微笑。

随后等孟亓进站了，陈西桃出于礼貌打车送老人们回家。

他们住老小区的一楼，屋外有个小院，里面种了些青竹梅桃，还有其他植物，在冬天里绿意盎然，显得格外生机蓬勃。

姥爷指着院子里的水缸说："以前孟亓很爱在那边坐着和我聊天，我养了白莲，夏天花开了，缸中有红色锦鲤，他喜欢得不得了，总爱画它们。"

陈西桃看着那水缸，莫名便想象到童年孟亓搬着马扎坐在水缸旁，或抬眼看云，或低首看鱼，阳光洒在面庞，他被晒得皱起脸。

姥爷又继续说："冬天的时候，莲花谢了，他会找块板子搭在缸面上，再架上锅，让她姥姥从屋里扯个插排过来涮火锅，那叫一个热气腾腾。"

陈西桃听着听着，神色便温柔下来，细细回味这段话，脑海中又浮起孟亓与老人天伦之乐的场景。

陈西桃晚上洗完澡，正吹头发的时候孟亓的电话打过来了。

两人聊了一会儿，陈西桃催他挂电话："挂了，挂了。"

孟亓忙说：“别挂啊，你不想要你那鱼了？”

孟亓刚刚把叮当撵出门，此刻正站在窗边，柜子上摆着一瓶枯萎的非洲菊，旁边有个鱼缸。他晃一下玻璃，小鱼便惊慌地摇尾游窜。

这威胁如同挠痒，惹得陈西桃想笑：“孟亓，你现在还不知道我为什么给你鱼？”

孟亓逗鱼的动作停了下来。

陈西桃嗤笑：“我给谁不行？我室友里就有白市本地人。”

鱼是一个理由。

她站在十字路口，如果她决定与他背道而驰，那鱼就拿回来，如果她愿意往他的方向靠近，那鱼就不拿了。

“现在是你的鱼了。”她说。

第十四章
约定

只要你想，我们罗马见，圣山见

Peach Bubble

大学的第一个寒假，显得格外长。

陈西桃提前几天就回了白市。

临走那天陈帅开车送她到高铁站，她下车要走，他忽然喊住她："闺女。"

"嗯？"

"打开看看。"

是一封信。

陈西桃的眼眸沉了沉，看到陈帅嘴角腼腆的笑，才接过那封信。沉甸甸的，她紧握在手里不松开。

信里有言：

"桃，从今天开始，你教我怎么做个好父亲，我慢慢学，如果学得太慢，也请你不要着急。

"你一直是我的好女儿。"

想起那时候她的叛逆期，陈帅怒火攻心，手颤抖着要落下来，最后一刻却扇在了自己的脸上。

他接连不断地打自己的脸，说道："是我没教育好你，我没教育好你！"

后来看他那样子，陈西桃便认错了，告诉他会好好学习。

她不是个爱认错的女儿，就像陈帅也绝不是个会轻易吐露心声的父亲，但为了彼此，他们都低过头。

父母子女之间，有太多的学问等着他们去钻研。

陈西桃在下午三点多的时候到达白市，刚过完元宵节没多久，街道上的花灯还没被撤下，虽是冬天，却一路繁花盛开。

学校还没开门，陈西桃去纪雨欣家放行李，纪雨欣是本地人，就住在孟亓高中不远的小区。

陈西桃在她家小区下面买了一箱牛奶，挑了些水果拎上去。放好行李后，她在纪雨欣家洗了个头发，又化了个淡妆，接着出门去孟亓的学校。

那会儿已经是华灯初上，校门口有许多来接孩子放学的家长，他们扎堆讲话，讨论孩子的成绩，陈西桃站在其中显得格外另类。

没一会儿，下课铃响了，校园里渐渐有了声响，又过了一会儿，学生们鱼贯而出。孟亓混在人堆里，和一帮男女出了门，站在校门口左侧聊天等人。

他单肩背了个书包，松松垮垮地站着。

陈西桃笑笑，走上前，拍了拍孟亓的肩膀。

孟亓讶然："你怎么来了？"

"我来你不高兴？"

"高兴。"

忽然有人喊："孟亓，太好了，你还没走！"

是齐卡拉和另一个女生，齐卡拉见到陈西桃，笑容骤然凝固了，不过笑意很快又浮上脸："姐姐也在。"

问完好之后没等陈西桃应答，又忙喊孟亓："你的数学试卷是不是带走了？"

孟亓点头，又问："干吗？"

齐卡拉笑了说："借我看看呗，老师讲课的时候是拿你的试卷讲的，你的解题步骤比较全。"

陈西桃问："你考试了？"

孟亓把头埋在书包里找试卷，懒散说："嗯，第一名。"又补充，"年级的。"

陈西桃一愣，轻轻勾唇，该怎么形容他——又坏又乖。

到了家里，陈西桃和杨姨聊了会儿天，随后又拿了个橘子坐在沙发上，橘汁会将指甲缝染黄，她抽出两张纸巾包在指头上剥。

孟亓另外拿一个橘子，很快剥好递给她。

这时，门铃响了，杨姨在洗衣房里收衣服。孟亓去开门，摁下视频键，孟敏的脸出现在显示屏上："儿子，妈妈回来了。"

孟敏穿了一身黑，头发用夹子夹起来，化了淡妆，身材也恢复得和之前差不多，一如初见时那般干练从容的样子。

陈西桃坐在另一张沙发上偷偷打量她，不小心与孟敏对视上，悄然移开，做贼心虚。

孟敏笑："寒假这么短吗？"

这笑让陈西桃的心一颤。

孟亓说："是我让她来的。"

孟敏拧眉。

孟亓又解释："我有很多题都不会做。"

孟敏静了片刻，笑了："我给你再找一个辅导吧。"

孟亓有点不悦："和年不年轻没关系，她教得好，我只想让她教。"

孟敏看看孟亓，眼神里有警示，又对陈西桃笑："你不介意单独和我聊聊吧？"

陈西桃点头："当然。"

孟敏说："那正好，我要去公司一趟，顺便送你一程吧。"

孟亓不同意："我和你们一起。"

陈西桃一团乱："孟亓，你在家学习吧，我……"

"我说了，我不同意。"孟亓的倔脾气又上来了。

他起身绕过桌子，走到陈西桃那边去，与她并肩而坐。

他揉了把头发，语气有点冲，咬字很重："别搞单独谈话那一套，我不知道你们说什么，就会乱想，一乱想就烦，很烦。"

孟敏深呼了口气，说："我送你回吧。"

孟亓看着孟敏，一瞬间有各种情绪涌上来。

他戳戳陈西桃的肩膀示意她回头："我有道题不会做，你上去教我吧。"

"孟亓，你跟我作对是不是？"

"妈，是你跟我作对。"

这句话已经是他的让步了。

孟敏不懂，还是坚持：“孟亓，她已经没有义务再辅导你。”

陈西桃的心思很乱，像毛线打结绕不顺一样。

她不该来的。

不论是白市，还是学校，还是他家，她都不该来的。

“正好天也晚了，我本来也该走了，出门坐公交比地铁还近。”说完这话，她想站起来。

孟亓摁住了她的手，把她拉回沙发。

他对孟敏说：“她的确不再教我了，但你还是我妈，你有义务教我，你教过吗？”

有些事，他不想说透罢了。

孟敏的脸色一瞬间变得尴尬起来，有外人在场，总是不好发作的，她压着声音：“有什么事回头再说。”

“你心虚了？”孟亓笑。

孟敏忍了又忍：“孟亓，你发什么疯？你知不知道我为了提前来陪你，付出过多少努力？”

孟亓只觉得可笑：“如果你不离开，就不用为回来做努力。”

这话像是某种暗示。

说完之后孟敏脸的目光一下子暗了，心虚地与陈西桃对视了一眼，陈西桃也是一慌，她心里隐隐约约察觉到少年情绪的变化，不知道有什么要冲破束缚。

“孟亓，你以为我为什么离开？M国到白市十三个小时时差，我干吗这么折腾？还不是考虑到你？”

偏偏孟敏甘愿做导火索。

孟亓顿了顿，缓慢地站起来，神情淡漠：“你可以不用走的。”

他静静地看着孟敏：“为什么总想着瞒呢？”

孟敏微张着嘴，神情慌张，极力自持：“她告诉你的？”

“干脆说明白好了。”孟亓像听了什么笑话。他吹了下刘海，无所谓地笑笑，“刚来白市的时候，我有一次迷路，隔着马路看见你和那个男的，拿着红本本从民政局出来……”

话没说完，孟敏便急得晕了过去。

墙上的时针“嘀嗒嘀嗒”地响。

陈西桃紧盯着手机，屏幕每暗一次，她便紧接着摁亮一次。

“嗡——”终于收到他的消息。

“她有点高血压，加上是高龄产妇，产后也没调理好，没出月子就疯狂地节食减肥，身体很虚弱，不过现在已经醒了。”他说。

“方便接电话吗？”

他没回，几秒后，她收到电话邀请。

“孟亓，我知道你心里很难受。”

孟亓笑：“没你想的那么夸张，她不是没事吗？”

孟亓越笑，陈西桃的心越往下坠。

“孟亓，你还记得你说过什么吗？”

“什么？”

“你说，‘把脆弱的一面给爱的人看，并不丢脸，向爱的人索取，也不必胆怯。’”她顿了顿，“你还说，‘信者得爱。’”

挂了电话，孟亓闭目靠在病房外的走廊上。

他想起那天下午。

一门之外，女生的声音清澈笃定，她说：“你应该给孟亓道歉。”

她在替他控诉：“一个总是在原地等着母亲回家的孩子，能有什么坏心眼呢？他从来都不是个坏男生，有人受欺负，别人可能也看见了，但他是第一个站出来的人。”

“是，我知道你爱孟亓。

“你只知道你有多爱孟亓，可从没思考过孟亓有多爱你。

“……”

她说的那些话，每一句的语气、断句，他都深深地记在脑海里，就像小时候背的《静夜思》，是永远也忘不掉的内容。

孟亓停止回忆。

他往病房走，透过门上的窗，看见那个男人正握着孟敏的手，低声诉说。

好像一夕之间什么都变了，又好像什么都没变。

孟亓目光沉沉，手在门把上停了许久，还是没勇气推门进去。

他转身回家，走到一半掏出手机打电话给陈西桃：“我想见你。”

她说：“我这就去。”

“我在车上，我去找你。”

“我在你学校附近住，要不，在你学校东边的广场见吧？”

孟亓恰好就在那个广场附近，他干脆下车，步行走过去。

有一大群人堵在广场的厕所边。

孟亓低头和陈西桃发消息，并没多想，走了几步，视线里忽然出现一双鞋。他抬起头，正对上一双阴冷的眼。

马良笑：“好久不见啊。”

孟亓往后退了一步。

马良身后的人很多，看样子都是早早辍学在社会上混的，身上没点学生气，这些人打起架来通常不要命。

可这不是他后退的理由。

他看见陈西桃正往他这边过来，大脑飞速地运转，短短几秒后背便生出薄汗，他喊：“问渠，你来了？”

那帮人下意识地回头，他拔腿就跑，几步跑到陈西桃旁边，没等她反应，便掠过她而去，喊：“能跑多快跑多快！”

风在耳边刮过，身后的追逐声夹在风里，像刀一般划破耳膜。

前面的路口就是主干道，远远看清绿灯还有十一秒。

“10、9、8……”

她快撑不住了，喘气声夸张得吓人。广场口有一长排共享单车，不规则地乱摆着，他推倒几辆，其他几辆车多米诺骨牌一样倒下去。

他顾不得看身后的状况，绿灯早已变成数字“2”，又在眨眼的工夫变成“1”。绿灯变黄，他拉着她冲到路边，黄灯变红，他们冲到路的另一头。

刹车声四起，有交警拦住他们。孟亓扶住膝盖喘息，往右看，那帮人正在车流不息的另一端。

他与马良对视，目光阴森锐利，比了个抹脖子的手势。

马良笑笑，回他一个同样的手势，然后转身走了。

听完交警训话，陈西桃累瘫在路边的汉堡店外，喘息了一会儿又开始咳嗽。

孟亓在旁边把这事解释给她听，她有气无力地说：“这段时间上下学都注意点，快高考了，别让他毁了你。”

孟亓说好，拉她到店里休息了两个小时，有人端着快餐盘路过，说外面下雪了，他们才收拾东西离开。

出门后要往哪里走呢？

陈西桃想先送孟亓回家，孟亓坚持送陈西桃回去，陈西桃不放心坚持不肯。两个人画着圆，谁都走不出去。

最后孟亓给周问渠打了个电话。

半个小时后周问渠领着一个女生姗姗来迟。

周问渠问他："这到底怎么回事？"

陈西桃惊喜道："是你。"

陈西桃和许如清互相笑望着，她说："那天你生日，我买的蛋糕就是她做的。"

许如清腼腆地笑笑，对周问渠说："我卖出去的第一个蛋糕就是她买的。"

周问渠拍拍脑门，说："孟亓，你要是不给我吐出来，我打断你的腿！"

惹得大家一阵笑。

彼此都认识，路也能走到一起去。

他们先送许如清回员工宿舍，随后又送陈西桃，等姑娘们都安全到家了，孟亓和周问渠对视一眼。

周问渠打电话叫人，孟亓站在他一边打车。

夜里十点多了，下雪天，车很少。

车还没打上，陈西桃就从小区里跑了出来。雪簌簌而下，在路灯下像夏日的飞虫。她迎着飞雪，发丝飞扬，如精灵迫降。

她递给他两把伞，告诉他："雪大了，回家吧，别的事情都放一放。"

孟亓明白她的意思，可这次他没有答应。

陈西桃走近他，说："孟亓，先高考。"

路边驶来一辆出租车。

周问渠先上车，让师傅开到路口等。

陈西桃说："除夕的愿望是给你许的，希望你高考顺利。"

孟亓的眼睫颤抖。

"你知道吗？"他问她，"我莽撞惯了，只有你能让我撤退。"

他安静得不像样，或许这才是真的他。

“桃子，还有一百天。”

漫长又短暂的日子。

“你说我能考上‘熙大’吗？”

陈西桃神情悠远，忽然很笃定地笑了：“当然可以。”

——只要你想。

我们罗马见，圣山见。

桃花开了，随后蔷薇爬上墙头。

春天到夏天，快到比语文课文里的过渡句还要短。

四月十六日是陈西桃的生日。

孟亓从永远也做不完的题海中抽出身，去给陈西桃过生日。

那天是周五，孟亓要上晚自习到十点多，从学校出来之后，蛋糕店几乎都关门了。他找了许如清，做了个巴掌大的袖珍蛋糕，一朵粉色的小桃花。

孟亓到之前，陈西桃已经吃过一个蛋糕了，室友们已经包了场，差点不醉不归。

孟亓和陈西桃在大学附近的公园里，找了个石凳坐下，将蛋糕摆出来。

孟亓从书包里拿出早就准备好的气球：“除夕那天没有给你准备，现在补上许愿气球。”

陈西桃笑：“那就可以许两个愿望啦。”

她大声念：“希望孟亓上了大学还能是我学弟！”又解释，“不大点声，怕天上的神仙听不见。”

孟亓低低地笑，在蛋糕上插上一根蜡烛。她吹灭了，又许了一个愿望，希望身边的所有人都能快乐。

孟亓看着她低头许愿的侧脸，发誓要更努力。

五月伊始，白市组织了第三次联考。

成绩在两天后就出来了，孟亓仍旧年级第一，可在全市排名中，他退了几个名次，跌到了第九名。

陈西桃曾经说过每次考试都要同他一起做总结，然后把他出现的问题贴在书房里，让他在学习的时候，做到心中有数。

步入四月以后，孟亓基本进入到三天一大考，两天一小考的阶段，他大考一般都比较稳定，可小考中的毛病还挺多的。有一次因为物理一个大题没做好，年级第一名的位子没守住，掉到了第四名。

因此孟亓书房的白板上，早就贴满了考试总结。

孟亓一心扎进题海里，偶尔休息，会打电话喊陈西桃一起去滑板。

他们从市区一路滑到郊区，在郊区的河堤上席地而坐，看油菜花开，又看柳条抽芽，再沿着来路滑回去。

孟亓说滑板的时候他最放松，感觉自己在飞。

陈西桃则惊讶于他的滑板技术，闹着他问之前不会玩滑板是不是也在装。

孟亓笑笑，不给她明确的答案。

第三次联考之后，陈西桃让赵明英把她高考前的复习资料发过来，赵明英找不准发哪些好，最后邮过来两摞书。

陈西桃打电话让孟亓过来运走。

为了给孟亓一个安静的学习环境，孟敏暂时不住白马庄园，这天孟敏从公司处理完公务之后，来家里看孟亓。

车子刚驶进小区，就看到保安和孟亓一人提着一摞书往家走，孟敏让司机停车去搭把手，进屋之后孟亓一身的汗。

孟敏问："陈西桃给你寄的资料？"

孟亓打开冰箱拿了瓶水，猛灌了半瓶才说："是。"

孟敏从那两摞书里抽出一本试卷，随手翻了翻，看到上面密密麻麻的字迹，评价："她看上去不像那种能静下心来学习的孩子。"

孟亓笑："巧了，我也不像。"

可他们都学得很认真，也很拔尖。

晚上放学陈西桃来找孟亓。

没等来他，倒是先看见一个穿着灰色短袖，背着大书包的小黑孩儿，正骑着变速车，从校园里出来，又风风火火地往还剩十几秒的绿灯冲过去。

在黄灯的时候冲过马路。

"冲刺期了，他也变了，开始认真学习了。"孟亓不知道什么时候来到她的身旁。

陈西桃笑笑，递给他一杯桃气泡泡。

他接过来的时候，陈西桃又看到他手侧的黑色墨痕，知道他肯定又奋笔疾书了一下午。

她蓦然记起有一日她去一家理发店找他，进门看到的鱼缸后面，挂着“天道酬勤”四个字。

当时她不知道那字是他写的，逞口舌之快，挑剔那字不应景，现在想想，却觉得很合适。

孟亓不就是那种，在声色享乐中，却没有迷失沉溺，依然勤苦自立的人吗？

“孟亓，还有十天。”陈西桃说。

还有十天高考。

“还有十天解放。”孟亓说。

陈西桃笑：“到时候想好干什么了吗？”

孟亓一顿，悠悠地看了她一眼，说：“秘密。”

陈西桃只觉得他幼稚。

却幼稚得可爱。

她不再问了，插吸管喝了两口饮品，身体的每一个毛孔都清爽了起来，她抬头去找孟亓的双眼，与他对视上，她眼睛亮得像太阳透过树叶缝隙照射下来的光。

他们喝着同样沁甜的饮料，在校园门口的树荫下张望着彼此，有一搭没一搭地说着话。

丝毫没注意，有几双眼睛正盯着他们。

第十五章 相信

一起去未来

危险偏偏发生在高考前一晚。

高考之前，孟亓执意与陈西桃见面。陈西桃不想他奔波，便独自赶往他家。

孟亓和往日一样到地铁口接她，两个人从路边开了共享单车骑，骑到一半，被一行骑着摩托车的人团团围住。

摩托车发出震天的轰鸣，别墅区人烟稀少，只有一两辆车开过，但没人停下来，他们无路可跑。

摩托熄声了，这帮人从车上下来，摘下头盔，向二人走来。

有两个认识的人，一个是马良，还有一个居然是高聪。

“孟亓，明天就高考了，开考前送你个礼物，怎么样？”

他们早就在他家的附近转悠了半个多月，只等高考前夕给他致命一击。

陈西桃冲向前护住他：“我看你们谁敢！”

她怒到极致，眼眸红得犹如泣血。

孟亓咬牙说：“你给我老实点！”又对马良说，“让她走，我留下来奉陪到底。”

马良舔舔牙，笑了：“我愿意，可我聪哥不愿意。”

孟亓握着拳头就要上去揍人，手臂刚抬起来，又硬生生放回去。他早已不是之前那个莽撞的家伙。

他和马良谈判：“周问渠很快就到。”

马良不吃这套：“你妈到，他都不会到的。”

话音刚落，有人喊：“你们在干吗？”

还真是孟亓妈。

谁也料想不到，孟敏正巧这时候过来看孟亓。

她拨开人群走到孟亓面前，张开双臂，将他护在身后：“我告诉你们！我已经报警了，小区的保安也刚刚联系过，马上就过来，你们要是现在不走，就走不了了！”

大人到底是理智的，而孟敏本身就是个极有威慑力的人。

可马良不肯走，他蛰伏了半个月，怎么甘心一次又一次地让孟亓逃走。

他假意笑了笑说：“好的，阿姨。”

却在转身的时候忽然举起棍子，对准孟亓的头打过去，“砰”的一声闷响，倒下的却是孟敏。

一个母亲的本能，不就是在危险来临前，挡在孩子面前吗？

孟亓托住孟敏，那一刻深深的无力感侵蚀了他。

陈西桃看着他空洞的眼睛，心一下子坠到冰点。

保安总是晚一步来，等待救护车的时候，每一秒都是煎熬。

医院高耸的大楼林立着，窗户里发出一格格通明的光，其中一间小小的病房里，孟亓握着孟敏的手，四个小时了，不发一言，一动不动。

陈西桃把手搭在他的肩膀上，拍了拍他：“孟亓，十一点了，回家吧，你明天还要考试。”

那个男人也在，孟亓曾经偷偷“百度”过他，知道他叫宋志刚，西装革履，干练睿智，与母亲很配。

他也劝孟亓：“孟亓，这里有我守着，你回去准备明天的考试。”

孟亓置若罔闻，还是一动不动地抓着孟敏的手，死死地盯着她。

刚刚医生明明说她没有大碍的，可为什么还不醒呢？他简直想喊医生再来诊断一遍。

想到那日母亲晕倒，他在病房外踌躇，他本该推开房门的，可他退缩了，现如今他后悔了。

他们都太好强，都想着对方先迈一步，否则有些话怎么都说不出口，现在想想，这也不全是好强，好强的背后，全是在乎。

他还有很多问题没来得及问她。

她肯定也想解释给他听的。

宋志刚出去接了个电话，回来后对孟亓说："那几个人都被抓了，我让律师过去处理了，放心吧，一个都跑不了。"

孟亓闻言，这才抬抬眼，说："谢谢。"

宋志刚心里也不好受："孟亓，听话，回家休息。"

陈西桃冲宋志刚摇摇头，她看他这个样子，便明白他是一定要等到孟敏醒来才肯罢休的。

于是她不再劝他。

宋志刚出去买饭。

陈西桃去一旁倒了水，递给孟亓："喝点水，一会儿再吃点东西，好好等她醒过来。"

孟亓不动。

陈西桃说："好，你不喝，我也不喝，我和你一起。"

孟亓的眼皮动了动，他看了陈西桃一眼，乖乖接过她手上的水，全部喝光。

陈西桃满意地笑笑，不再讲话，搬了椅子坐在他旁边。

他等孟敏，她等他。

远处渐渐有霞光显露，天将破晓，夜很快被太阳驱赶。

新的一天。

孟敏还是没醒。

陈西桃撑到五点的时候忍不住睡了过去，等她再醒来，已经八点了，孟亓却不在旁边。

她一连给孟亓打了好几个电话，他不接，她心里生出许多不好的念头来。正当她要出门去找他，他背了书包，推门进来。

"陈西桃，我去考试，你帮我守着她。"

陈西桃看着他，看到他眼眸最深处，点点头，示意他快去。

有些话她没说出口，但她想他一定懂。

——把后背留给我，你该上前冲锋陷阵了。

陈西桃生日那天，孟亓与她闲话，她告诉他，她在回白市那天收到了一封特殊的信。

他当时没来由地升起一股信念感，想像帮助她那样，也帮一次自己，只是他想等高考后再说。

可谁也不知道，明天和意外哪个会先来。

高考第一天考语文和数学，上半场很快就结束了。

孟亓走出考场，看到许多同学的白衬衫都湿透了。这天日头高照，一丝风也没有，一动不动都会出汗。

门口黑压压地围了一群等人的家长，他们撑着伞站在大太阳下，汗流浃背，甘之如饴。

孟亓顿了一下，找不到熟悉的身影，抬脚想走，有人喊了他一声，是宋志刚。

他来接孟亓回家，车里准备了干毛巾，冷气不是很高。

到家之后杨姨早就摆好碗筷，孟亓和宋志刚对坐着，一言不发地吃完饭。孟亓没问过孟敏的状况，知道问也是多余。

随后孟亓上去午睡，宋志刚在楼下开语音会议。

醒来之后，宋志刚送他去考点，路上听车里的广播在强调因高考要避让的路段，还有这两日的天气状况。

据说第二天会有雨，天气能凉快不少。

第一天考试结束之后，孟亓才又去医院。

恰逢医生来查房，孟亓问医生怎么还没醒。

医生讲了一堆术语："白天查过了，角膜反射、瞳孔对光反射、眼球运动、吞咽反射都有反应，这种情况是大脑皮层及皮层下网状结构，发生高度抑制而造成的意识障碍，轻度昏迷，不出一周就会醒的。"

孟亓陪了孟敏一会儿，快到九点的时候宋志刚喊他回去。

他从病房推门出来，陈西桃从椅子上倏地站起来，和他对视，他眼神沉静，看不出情绪。

孟亓忽然笑了："刚刚宋志刚给我看了我妹妹的照片，长得很肥，像是吹到最鼓的气球，也看不出像谁。"

陈西桃"扑哧"一声低声笑出来："肯定像你小时候，肥嘟嘟的，多可爱。"

“你见过我小时候？”

“那天姥姥拿给我看的。”她忘记对他说了，送他回白市那天，她有去老人家里做客。

孟亓笑了，低低的，很温柔：“守了一天了，我送你回去吧。”

孟亓送陈西桃回校。

目的地到后，两个人没有多余的话别，对视了一眼。他摆摆手，她点点头，转身离开。

进了门，陈西桃觉得心潮澎湃，越往里走，心情就越奇怪，走到行政楼她忽然转身跑出来。

孟亓果然还没走。

他在门口的马路上蹲着，手上拿了根草棒在地上乱画，远远看过去，很像个蹲零活的临时工。

她疾步走过去，到他跟前的时候，他看到了她的脚，然后缓缓抬起头。猛然站起来，有点头晕。

“怎么还不走？”

“怎么又跑出来？”

同时说出一句话。

孟亓笑笑。

陈西桃叹气：“我看这谈和不谈也没什么区别，什么便宜都让你占了。”

孟亓看着她，笑得促狭：“那区别可大了。”

陈西桃白他一眼，白完他又低头无声地浅笑起来。

孟亓捕捉到她的眼神，定定地说：“我很好。”

这样讲，她就放心了。她释然一笑。

孟亓心里有什么要溢出来：“还记得我生日的时候吗？你许愿说希望我心里想的那个人，以后都能陪我过生日。”

陈西桃瞬间回忆到那日。她说了很多话，也贪心地许了很多愿望。

孟亓说：“你以为我心里想的是谁？”

陈西桃心旌摇曳，答案呼之欲出。

孟亓说：“是你。”

陈西桃呼吸一滞，随后心“扑通”乱跳起来。

"那天你还说，生日愿望都会很灵验。"

陈西桃整个人都晕晕忽忽的，她佯装叹气："我觉得，你这个愿望应该会成真的。"

他明显僵了一下，然后一抖一抖地笑了。

陈西桃想起他那个黑本子最后那页上的话，她一字不落地记了下来——

"不过是吃了一颗酸涩的梅子，而后无尽回味，或浅或深却永不停止地酸齿牙。

"我从未想过时长，只因我从未想过停止。"

高考语文的古诗词填空题里有这样一道题："朱颜辞镜花辞树"的前一句是什么？

孟亓在答题纸上一笔一画地写下：最是人间留不住。

高考第二天，传说中的雨，没有如期而至。

而一周之后，医生所许诺的醒来，也没有如期而至。

孟敏就这样睡着了。她的手和眼球偶尔会动，每天都在给人希望，但希望总是推迟。

宋志刚和孟亓商量要不要告诉姥姥和姥爷，孟亓想了很久，亲自给他们二老打了电话过去。

老两口儿连夜从烟城来到白市，进门看到女儿沉睡在病榻，眼泪便沾湿了衣裳。

宋志刚抱了小女儿到医院来给姥姥和姥爷看。

小女婴取名宋梦梦，五个月大，吃得很好，肉嘟嘟的，长得很漂亮。老两口儿看着新生命，情绪稳定了许多。

姥姥抱着宋梦梦到孟敏的病床前，问宋梦梦："认不认识妈妈呀？"

宋梦梦瞪着大眼睛吃手，并不能听懂，闻声竟乐呵呵地笑了起来。

姥姥看着小梦梦那样子，忍不住又红了眼眶，对孟敏说："敏敏，你看看啊，你的孩子才几个月大，不能没有妈妈，你快点醒过来啊。"

病床上的人没有任何动静。

姥姥又抹泪："妈妈也不能没有你啊。"

看到这一幕的孟亓默默地走出病房，到走廊上，想哭，摸摸眼，干干的。

六月末，天气正是热的时候，一连几天没下雨，风吹过来空气里有一股被灼焦的气味。

宋志刚跟着孟亓走到楼梯间，拿出打火机给自己点了根烟，抽了一口后又问他："来一根？"

孟亓笑："不抽。"

宋志刚的眼神在烟雾中忽明忽暗："被人管着呢？"

提起她，孟亓的神色温柔不少，他笑笑没解释。

宋志刚也笑了："她是个好姑娘。"

"冬天的时候你在学校出事，那时候你妈在M国待产，碰见过那姑娘，她回国之后，你妈给她打过电话。"宋志刚又抽了口烟，"那段时间你妈的状态不好，她本来就是高龄产妇，那段时间她既不放心公司的事，又担心你的事，整宿睡不好，半夜给那姑娘打电话问你的情况。当时我就举着手机，听那姑娘义正词严地让你妈给你道歉。"

孟亓想起这件事，想到那天陈西桃的语气，神情悠远地笑了。

宋志刚掸了掸烟灰，继续说："后来你妈私底下还找过她一次，我不知道她们聊了什么，我只记得回家之后，你妈问我，'我在事业上开疆破土，努力追求自己的理想，虽然有顾虑，但从没停止过自己的脚步，也从来没改变过自己的选择，可这样对孟亓是不是不公平？'我问她，为什么这么说啊？她顿了一会儿才说，那个叫桃子的姑娘说'你对自己的人生负责当然没错，可孟亓不也是你的责任吗？'"

孟亓的鼻头莫名有点酸。他扬扬脸，眼眶里的东西流回去之后，他又低下头。

宋志刚说："那天你妈哭了。"

孟亓静静地听着，舔了舔干燥的唇。

"你妈给我说了一件事，她说之前刚把你接来白市的时候，你的成绩忽然变差，又说之前的好成绩是抄的，现在不想抄了，兴趣不在学习上。可去年年末，你的成绩又忽然变好，她问你，你说有门道弄答案，说想当学霸试试。”

孟亓沉下心来回想，是有这么一件事，当时他只是觉得解释麻烦，随口答的。

“你妈妈告诉我，她很自责，为什么这么离谱又拙劣的借口，她都会信。”

宋志刚抽完了一支烟，又点上了一根。

“我知道很多事，我和你妈都欠你一个解释。”宋志刚吐了个烟圈，“你妈本来想等你高考后再说的。”

孟亓的手在轻颤。

“你妹妹的到来是意外，怀上之后，她也有想过不生的，但是我没有小孩儿，加上你妈妈年纪也大了，要是流了，可能真的就没法再有孩子了。

“我们打算结婚的时候，就想告诉你，可是那会儿你刚转学，你妈见你状态不好，怕影响你的学习，就瞒了下来。后来你成绩落得厉害，人也到了叛逆期，她就更难开口了。”

孟亓沉默不语。

因为当初孟敏刻意隐瞒她结婚的事实，加上她工作忙，经常不着家，所以孟亓一度很阴暗，想事情也都往偏执、阴暗上想。

他那时候故意“堕落”，能怎么惹事就怎么惹事。

对抗换来的只是更深的不理解，他们都封闭着自己。即使坐下来谈话，当他旁敲侧击想让她坦诚她的故事时，她也总是灵巧地回避过去，于是他也就不想同她聊了。

她被他气哭过一次，具体事情他忘记了，只记得那次她偷偷联系过“戒网”学校，要将他送到南方去，可后来又不了了之了。

孟亓现在感觉过去的自己有点幼稚，可当时太怕了，没办法。

怕被爱的人抛下，又怕拖累爱的人幸福。

很煎熬、很矛盾，但又做不到无私地成全。

所以，当陈西桃向他诉说家里的某些事时，他就知道，他再也无法放开她。

因为他们是同类。

孟亓咽了口唾沫，转头看向宋志刚：“你是不是介意我？”

宋志刚愣了一下。

“没有，你怎么会这么想？我要是介意，你妈怎么还会嫁给我？”

孟亓点点头，目光沉沉：“那就是你的家庭不能接受我。”

他搜过的，宋志刚出生世家，是天之骄子，家教颇严。

宋志刚果然迟疑了一下。

孟亓的神色暗了暗：“你们的婚姻关系至今被保密得很好。”

孟敏的公司不算大，但宋志刚不一样。宋家隆通四海，宋志刚又是白市媒体津津乐道的钻石王老五，为什么没有任何新闻爆出来？

“她在这里昏迷了一个月，可你们宋家，除了你没有任何人来看过她。”

宋志刚猛吸了一口烟，声音沙哑得像有颗粒：“孟亓，新闻稿已经发出去了。她是我的妻子，无论能不能醒来，我都要给她一个名分，给梦梦一个名分。”

他抬头，看向远处的夕阳，目光深深的：“她会醒的。”

日子会好吗？

以前班里有个女文艺青年，总爱在朋友圈里发些奇奇怪怪的问题。比如：这个世界会好吗？日子会好吗？人生会好吗？

可没有人能回答她。

高考过后，原本整天待在一起的一帮人就像一把星，散落在南北东西。

六月二十六日，高考成绩出来了。马轩考了四百八十多分，刚够本科线。同学聚会的时候他说要复读，问孟亓能不能把他之前的复习资料借给他一年。

孟亓说行，但只能借一半。马轩问还有谁要借，孟亓幽幽地说出“周问渠”三个字，引起周围一片讨论。

齐卡拉问：“浪子回头了？”

孟亓笑：“是啊，以后他和小马哥可以组个组合，就叫‘金不换’。”

路飞宇一听这话就笑了：“我看谁浪子回头，也无法复制你的神话，你是拿了逆天改命的剧本，弯道超车，一骑绝尘了。”

孟亓笑笑：“是啊，所以你们也一定能行。”

他是这满屋子人里考得最好的，总分七百一十六。虽没摘下市状元桂冠，但进顶级学府没有问题。

屋里这帮同学，多是羡慕和感慨，羡慕孟亓运气好，感慨自己学得辛苦却赶不一个上半路出家的。

孟亓并不解释。

吃到一半齐卡拉过来找孟亓，问他：“想好报什么专业没有？”

孟亓说：“总之要和商业沾边。”

他那个偷懒的母亲还在睡，他不能眼睁睁地看她的公司生杂草啊。

齐卡拉笑笑，似乎并不关心他回答什么，而那句提问也不过是投石问路罢了，她怯生生地盯着他：“那个，你……”

孟亓看了她一眼，就那一眼，她知道自己真的再也没有机会了。

她叹气，又很快释怀：“算了，我投降了。祝你幸福，孟亓，也祝我们都能拥有灿烂光明的未来。”

“砰——”玻璃相撞的声音。

随即有阵旋律响起，有人点了歌来唱，是《起风了》这首歌。

上次听到还是前天，他和陈西桃从医院离开，在地铁上共用一个耳机。

“从前初识这世间，万般流连，看着天边似在眼前，也甘愿赴汤蹈火去走他一遍……”旋律让他沉静，可歌词令他澎湃。

忽然有同学上去抢了话筒，大喊了一声：“纵有疾风起，人生不言弃！”

话说到一半，眼泪便如断线的珠子一样砸了下来。

接着不少人都哭了。

相聚终有时。

他们散场从饭店出来的时候，恰好是日头最毒的时候，同学们一个接一个离场。孟亓站在原地抬头看天，太阳照得他睁不开眼，可这感觉令他安心。

七月上旬，阳光灼热、滚烫，光明的感觉。

同一时间，陈西桃刚气喘吁吁地下了山。

她这天起了个大早，去城西青檀寺里上香。人生实苦，生老病死就占了一半。

这是她来青檀寺的第二次。

一次是孟亓因为刘臣被打，那天雨水冰凉，直到现在回忆起来还是会发抖。她看着他一点办法也没有，情急之下，她这个不信神明的人，只能默默求神。

在如此肮脏的现场，她衣襟大敞，双眸失神，雨浸湿她，发丝缠绕在脸上，她是如此不庄重、不肃穆，可又如此虔诚。

求神佛庇佑，求神佛庇佑，求神佛庇佑……

神佛听到她的祈祷了，于是后来她到寺庙添香火。

上次来的时候是冬天，寺庙里香客极少，山林倒算茂密，但远没有盛夏时的绿色葳蕤。

陈西桃上了香，替孟敏求了个平安符。

替孟敏求符实际上就是替孟亓求符。她将平安符亲手交到孟亓手上，孟亓摩挲着那张符，久久不语。

是他先打开了她的心结，后来她解开了他的枷锁。

两个迷路的人成为各自的避难所，一路往家的方向去。

他们并肩坐在孟亓家树荫下的后花园里，池子里的锦鲤悠闲地游来游去，叮当在一旁打盹。

岁月是多么静好，如果不去想那些糟糕的事。

孟亓问："你什么时候放假？"

陈西桃说："我买了十一日早晨的高铁票。"

孟亓点点头："我到时候去送你。"

陈西桃有点低落："其实我有点不想走。"

孟亓明白她的心思，安慰说："你放心，我妈的状况不会影响我的生活。我姥爷说了，越是这样，人就越要好好吃饭，好好睡觉。"

陈西桃看着孟亓，有点感慨："孟亓，我想起加缪的一句话。"

"我的身上有一个不可战胜的夏天。"孟亓替她讲了。

陈西桃先是吃惊，而后腼腆地笑了："希望这句话你能记在心里。"

孟亓满怀汹涌，面上装不在意，笑笑说："知道。"

陈西桃定定地看着他，忽然想起他在冬天告诉过她，认识她以后，他便永远在过夏天。

然后她心里强烈地生出一个念头。

"孟亓，过来。"她说。

孟亓愣了一下，问：“干吗？”

她强调：“叫你过来。”

孟亓存着疑惑，往她身边凑了凑。

她皱眉：“再近点。”

孟亓又往她那里靠了靠，笑着问：“怎么了啊，你……”

他的话音被一个吻打断。

陈西桃微微起身，忽然碰了一下他的唇，蜻蜓点水，二人四目相接。

陈西桃又坐回去，揪住孟亓的衣领，把他拽到跟前，双手揽住他的脖子，笑了笑，眼底的痣忽然鲜活起来。

妖精要吃人了——

“孟亓，我们是不是还没有正儿八经接过吻？”

孟亓眼里像有一片沸腾的深海，克制与澎湃交织，他定定地看了陈西桃三秒钟，然后腾的一声站起来，抓住陈西桃的肩膀，把她带到怀里，二话不说低头吻下来。

澎湃压倒的克制，海水卷起惊涛骇浪。

陈西桃在他忽然起身的那瞬间心咯噔了一下，他吻下来的那瞬间，心脏开始扑通扑通狂跳。

她被他紧箍着，整个人如一株菟丝花依附在他身上，被他掠夺，又被他庇护。

山雨欲来，相爱的人应该抵死缠绵。

陈西桃死死攥紧他的衣服，完全掌握了主动权。

孟亓觉得自己完全被陈西桃拿捏住了。

她站在他面前，什么话也不用说，他就乖乖俯首称臣，献上他的王冠，成为她的子民、她的护卫、她的忠仆。

歌里唱：“这个世界最坏罪名，叫太易动情，但我喜欢这罪名。”

女生脸颊有点红，就像一朵被春水浇灌的桃花，他贪婪采撷。

对视，牵手，拥抱，接吻……

看着对方的眼神，感受对方的温度，聆听对方的心跳，以及探索对方的呼吸。

当你拥有了爱的滋味，做了相爱的事情。

便会发现，人的一生太多变数，唯有爱与被爱，是不可被剥夺的。

无论你贫穷还是富有，卑劣还是高尚，逆境还是顺境，你都有爱人的机会和被爱的可能。

生命存在的本身，便赐予了每个人类爱与被爱的机会。

谁知道明天会怎样，这一刻他们坦坦荡荡地去爱了。

青春似乎，就是因为相爱开始的。

这个夏天似乎格外漫长，陈西桃放暑假回烟城之后，姥姥和姥爷也返回烟城。孟亓每天都往返于医院和家之间，比上学的时候都勤勤恳恳。

九月一日高中开学的时候，周问渠和马轩一起到医院看望孟敏。他们复读分到同校同班了，来的时候穿着一样的校服。

周问渠说“来之前背了一会儿书，背到‘恰同学少年，风华正茂’，觉得真好。孟亓，你说得对，我还年轻，只要我想，我们殊途同归。”

孟亓伸手给了他一拳，笑了。

大家都在往好的方向走。

只有孟敏还待在原地。

她的时间凝固在她昏睡的那一刻，她合上眼，静静地呼吸着，不知道母亲多了几根白发，儿子考上了什么学校，女儿有没有长出牙齿……

所有和她息息相关的，都变得与她无关。

孟亓到“熙大”报到那天，去医院看孟敏。

她躺在床上，沉沉地安睡，气色那么好，仿佛下一秒就会醒过来。

孟亓握住她的手：“你以前老是说‘等一阵子’，但后来好歹还是接我回家了。那这次我继续等你，你一定要醒过来。”

孟亓说完这话，停了半分钟的样子，孟敏的手动了动，他没有看见，将她的薄毯往上拉了拉，起身出门。

新生开学的日子，是学校一年到头最热闹的一天。

“熙大”门口堵满了车和人，学生会摆了棚子在外面迎新生，一辆辆校车接踵而至，一拨拨少年走进校园。

陈西桃抱着一束向日葵，在校门口独自站着，与这热闹格格不入，但她的心是不孤单的。

她打电话给他，他说去了趟医院。

她问他大约几点能到。

他说还要再去一个地方。

她说："那我继续等你吧。"

他没有不让她等，而是说："我尽快。"

天气并不凉爽，或许这是夏日延续的证明。陈西桃却并不讨巧去阴凉下等，她就站在最容易被他一眼看到的地方，一块太阳正照下来的空地上。

可她忘记了，她无论在人堆里，还是空地上，他总能一眼看见她。

"陈西桃。"是他在喊她的全名。

陈西桃循着声音看过去，忽然被风眯了眼，眼泪在眼里打转，忍了又忍，还是倾泻而下。

他剪了头发，很短的平头。

陈西桃问："为什么呀？"

孟亓说："从头开始。"

他们相视而笑，然后被一阵铃声打断。孟亓接了电话，眼里笑意变得更深厚、更绵长，仿佛瞳孔是个黑洞，里面全是温柔与爱。

陈西桃看着他，知道这世上只有一件事能让他如此快乐，于是她也笑了。

起风了。

少年的衣衫被疾风吹鼓。

陈西桃走近他，将花束送到他怀里。

"孟亓，一起去未来吗？"

孟亓看着女生的面庞，忽然知道了那个问题的正确答案——

日子会好的。

因为信者得爱。

"一起去未来。"

番外一

问渠那得清如许

思绪总是很容易被拉远。

想到三年前，实验高中放榜的时候，周问渠还在城西和人打架。

他们这边四个人。对方少说也得有十四个人，个个赤手空拳，开打了，便随手抄起路旁堆积的旧家具。

他们人少，对方又来势汹汹，几乎没两分钟就要输，周问渠背上挨了好几下，板凳腿砸在身上最疼了，柄子的大腿还让板凳上边的钉子砸了一个血窟窿。

最后见实在打不过，周问渠大喊一声“跑”，另外两个哥们儿分头就逃。他则背起柄子，窜进小胡同里。他跑得很快，可柄子伤口的血落了一路，想隐匿踪迹都难。眼见身后有人追上了，他忙拦住一辆三轮车，给了一百块钱让蹬车大爷扶着柄子坐后头，他则坐前面狠命蹬起来，简直是亡命天涯。

飞奔到实验高中门口的时候，路边都是人。他停下来，扶柄子过去看，好不容易挤到最里面，看到红榜上的特长生栏，第一行就是“周问渠”三个字，整个人狠狠颤抖了一下。

然后他又紧张地握着拳，一行行去看其他人名，从头到尾查了一遍，汗都冒出来了，都没找到那个名字。

他再走出人群的时候，脸色已经转为平静。安顿完柄子之后，他去找许如清。

他们两家离得很近，都住在城市边缘的烂尾楼里。许如清的家门口还贴着黄纸，那是她老家的传统。她爷爷前段时间过世了，家里就留下她和她那个躺在床上无法动弹的爸。

周问渠进屋之后便闻见一股铺天盖地的中药味。

许如清在厨房熬药。她的头发像被何首乌滋润过，又顺又长，软得像一块黑色丝绸。

许如清转身拿碗的工夫看见周问渠靠在门框上看自己，于是腼腆一笑，说："来了。"

周问渠没动，笑笑说："来了。"

许如清说："恭喜你啊，你是我们全校唯一一个以体育特长进实验的。"

周问渠的嘴唇颤抖了一下，问："你以后怎么办？"

许如清浅笑，说："还能怎么办？不上了呗。"

她把这事说得挺轻描淡写的，仿佛是本就厌倦了，又像是无所谓什么结果，并没把升学当成人生大事。

但周问渠知道，她只是习惯了这样反应。

就像小时候二月二吃炒糖豆，给她她就张嘴，手伸到一半忽然缩回去，知道被骗她也不生气。她淡淡地笑着，永远只有这一个表情。好像早在生下来那一刻，就本能地学会了顺从命运。

所以周问渠才会打心眼里疼她。

"不上干什么去？"他问。

她很轻微地顿了一下，说："打工。白市那么大，机会那么多。"

周问渠笑了，连连点头，想骂这个世界。在侧身的时候看到对面屋里，躺在床上睁着两只眼睛，无声紧盯着厨房的许爸。

周问渠知道刚才的对话他能听懂，且全部听到了，于是把脏话硬生生咽回肚子里。

生活很苦，像中药那么苦，那味道沾上就消不掉。

周问渠彼时的境况没有比许如清好多少，他爸常年在外收高利贷，前年遭人扎了一下，肾坏掉了，家里顿时没了支撑。他妈在乐器厂打工，加工加得多了能领五千块的工资，可还不够治病的。

家里天天都有争吵声。

李翠翠骂："你怎么不让你那些小情人来管你呢？"

周安赔笑："还是你最好……"

李翠翠“呸”一声，骂几句乌龟王八蛋，又说：“老娘就是信了你的邪，才能跟你过一辈子，等哪天我跟人跑了，那也是你造的孽！”

周安不说话了。

以前周安是说一不二的暴脾气，李翠翠才是唯唯诺诺的那个，但自从周安出事，家里急用钱的时候，李翠翠发现周安把存款都拿去养情人后，就什么都变了。

李翠翠问周问渠：“考上了吗？”

周问渠说：“考上了。”开口时觉得自己像有罪一样。

李翠翠没有笑，静了几秒，扭过头狠狠地剜了周安一眼：“你自己想法子搞钱去吧！”

周安的眼睛在听到“钱”这个字眼的时候，变得很暗很暗。

周问渠知道周安心里的苦和难，想了想告诉他：“爸，学我上，钱我挣，你不用想那么多了。”

他这话不是说说而已。

他从周安的手机里找到了周安曾经一起放高利贷的朋友，约了对方见面，那叔叔上下左右打量着他，说：“你太小了，这么着，别去干太危险的事了，去帮我收租吧。”

周问渠问：“一个月能给我多少钱？”

那叔叔笑了：“一看你就是孩子。”又说，“一家给你提百分之二十。不少了吧。”

事实上周问渠没有概念，书本上的算术题他尚且搞不懂，何况生活里的，但他没表现出多茫然的样子，二话不说就答应了。

周问渠走上周安的老路，被李翠翠狠狠地骂了一顿。她让他在楼道里跪着，什么时候改主意什么时候起来。

周问渠心硬，愣是跪了一天一夜，最后膝盖都直不起来。

李翠翠坐地上泼妇一样号啕大哭，骂脏话，喊：“我就是上辈子造了孽，欠你们爷俩的！”

周问渠一见李翠翠这样，就悄无声息地掉泪了。

别看周问渠整天不着调的样子，其实特爱哭。李翠翠见他哭，又心疼起来，接着又去骂周安是个乌龟王八蛋……

好几天都没安生。

膝盖不疼了，周问渠又去找许如清。

开门之后他有些惊讶，她把头发剪短了，不是那种漂亮的齐耳短发，而是贴着头皮一下子绞断，像刚被胡乱修整过的杂草。

许如清很局促，笑问："很丑吧？"

周问渠本能答："没有。"

许如清笑："可是卖了五百块钱呢。"

她问他："要不要上去天台？"

天台上风很汹涌，但全是热气，吹过来的时候会卷起附近工地的灰尘。

人陷在迷雾里。

许如清坐在那张旧沙发上，把腿搭在沙发扶手上。

看远处灯火在尘埃里发出朦胧的光，总有高楼平地起，这城市变化的速度如此之快，它身负盛名，繁华灿烂，却容不下城郊的万千家庭和一个孩子的天真。

他们这群孩子，浸泡在穷水里长大，过早地看到了生活的烂疮，早就不信神明和魔鬼。

因为世界的美好鲜少展露在他们眼里，所以谁也不能轻易要求他们将真善美展露给这个世界。

许如清说："问渠，好好上学。"

周问渠说："好。"

但三年后，当他在电脑上看到自己三百多分的高考成绩时，他知道，这辈子他终于有一次失信于她。

查分之后，周问渠在路边开始大哭，接着他打电话给孟亓。

孟亓从医院赶过来找他，他自己先宣泄了一通，孟亓到的时候他反而已经平静了，笑笑说："恭喜你啊，考那么好。"

孟亓拍拍他的肩问："你有什么打算？"

他吹了一下头发，说："不上了呗，反正我现在也饿不死。"

他这话不是吹牛，这三年来他性格大胆，为人处世也八面玲珑，没少挣钱。

孟亓却直刺他的痛点："哥，我是不是说过，只要你想，我们能殊途同归。"

周问渠听完这话，连反应都没有，"扑哧"一声就笑出声了，笑得上气不接下气，最后呛了一下，涕泗横流。

他心里苦。

然而他现在明白了，生活之苦哪是中药，而是一味毒。

周问渠到蛋糕店去找许如清。

她刚关门准备落锁，就看见了周问渠。

她几乎一下子明白过来他的境况，问："有什么打算？"

周问渠说："我的未来是一团迷雾。"

许如清笑："哪能呢？只要有目标，人就不是浮萍。"

周问渠眼里有海，有些话装在心里很久了，她开始开蛋糕店之后他就想告诉她："你能成为我的目标吗？"

许如清却摇头："我要结婚了。"

周问渠的头皮一下子便发麻了，那种感觉是明显的恐惧。他难以置信："你才二十岁，你还很年轻！"

许如清打断他："问渠，一年前我就说过不要在我身上浪费时间了，我很确定自己想要的是什么，而我想要的你给不了我，就算以后能给我，现在我也等不起，我爸爸更等不起。"

周问渠两只手都不知道该放在哪里。他有片刻是失声的，好不容易深呼吸了一下，才说出话："都什么年代了？哪有人为了家人就牺牲自己的……"

"问渠，别人说这话可信，你说这话……你看看你自己这三年过的都是什么日子？"许如清的声音淡淡的，没有起伏，"何况我和他在一起，并不是为了我爸，他能给我安全感，我爸给不了我，你也不行。"

周问渠的眼睛红了，只那么一会儿声音就哑了："你想要安全感，慢慢去找不行吗？"

"不行。"许如清笑着摇头，"问渠，我怕，怕抓不住。"

周问渠后退两步，想说什么，自知自己已无话语权。

许如清却走上前，抱了抱他：“问渠，你拼命是为了什么，不就是想赚够上学的钱吗？现在怎么说未来是迷雾了呢？”

周问渠落泪了。他的眼泪毫无征兆地砸在了许如清的背上。

这并没有阻止她放开他，她很快将怀抱收回了，然后后退，说“再见”。

周问渠看着她离去。

他知道，这一声“再见”说出口，他们是真的告别了。

第二天周问渠早早起床到工地附近要了两碗六块钱的炒河粉，一份吃完，一份给柄子带过去。

去找柄子要经过一条小路，路旁的草被烟尘蒙了一层灰。草地上有垃圾，大多是些卫生纸或薯片袋子，易拉罐和矿泉水瓶早就被拾荒者捡走卖钱。

柄子的墓地杂草丛生，除了周问渠，没人来看他，甚至没人再记得他。

周问渠已经快二十岁了，柄子却依旧十八岁。

许如清在夜市摆摊，被流氓缠上了，后来周问渠带着柄子他们和那帮人约架，没想到对方人多势众，最后还是吃亏了。

柄子的腿被人砸了个窟窿，去医院处理的时候明明看着伤势不大，后来过了两三天，柄子忽然给周问渠打电话，说：“哥，我腿疼。”

周问渠穿过逼仄的胡同，进入柄子独住的那扇小门，看到在床上蜷曲的他，屋里有股难以忽略的臭气。他心想不妙，再看柄子，浑身惨白，身体却烫得惊人，掀开被子一看，那块伤口早就流脓，肉黑了里面生出蛆虫。

送到医院的时候，医生说要截肢保命。

可柄子无父无母，连个其他监护人都没有，谁签得了字呢？最后只能待柄子清醒过来，问他的意见。

柄子听完那话很平静，眼神放空，整个人都很辽远。

周问渠看柄子那样，忍都忍不了，眼泪猛地掉下来了。他想起那时候和柄子在一起玩，他们一群人在马路边上撒尿，看谁尿得更远。多浑蛋，但是多快活呀，可这样的快活，柄子永远不能拥有了。

柄子对周问渠说：“哥，我做了个梦，梦到你考上了好大学，我是笑醒的。”

周问渠的喉咙发紧。

柄子又说：“哥，没有钱也要想办法搞钱，一定要读书，好不好？”

他这么说，周问渠就觉得不能呼吸，仿佛只要呼吸，眼泪就会没出息地掉下来。

柄子似乎不需要周问渠回答。他又说：“哥，我想吃饺子。”

周问渠记得很清楚，当时他说：“好，我给你买。”

柄子说：“不要，我想吃家里包的，就是过年的时候，一家人围在一起吃的那种。”

周问渠打电话让许如清包饺子送过来，柄子狼吞虎咽地全部吃光了。吃完之后，他说要上厕所。

周问渠和许如清在门口边沉默边等，可柄子却再也没出来。

许如清很少哭，可那次她为柄子哭了。

但她没有把柄子的死归咎到自己的头上。

哭完之后，她告诉周问渠：“问渠，我要带着他那份生命好好地生活下去。”

从那以后许如清再没踏入柄子的墓地一次。

某一天，周问渠在柄子的墓地待了许久，说了些不常吐露的真心话。随后他回家，在楼道里就听李翠翠在骂周安，说他窝囊，没脸没皮……总之还是那些没有新意的话。

李翠翠晚上去加班，周问渠和周安热了点剩菜剩饭，坐一起聊天。

周问渠问他：“这样子生活难不难？”

周安却笑：“安稳的日子怎么会难？”

周问渠问：“不觉得我妈骂人难听吗？”

周安一副看透世事的样子：“看事情不能只看表面，我这副样子，她大可以一走了之，可她没有。她心里苦，却又放不下我，拼了命地赚钱，还不是为了给我吊命……说到底，她骂我，我反而安心，我对不起她……”

周安对周问渠说：“孩子，要是给不了一个女人好的未来，就不要让她爱上你，更不要留住她。”

这话一直在周问渠脑海里回荡。

夜里醒来了，他起身去跑步，跑过杂草丛生的旧学校，跑过废旧的工厂和堆积的钢筋，跑到拥挤的胡同里，足疗店的门口亮着小彩灯，里面坐了几个浓妆艳抹的女人。再跑到烂尾楼，那扇熟悉的窗子里，居然还在微微亮着灯，她的剪影投射在窗子上，曼妙的身姿，让他魂牵梦萦。

他忽然很激动，胸口剧烈地起伏着，然后他大喊："许如清！"

他喊破了音，有狗吠声响起来，楼道里的声控灯一下子亮了五盏。

可那扇窗迟迟没有动静，她的影子也顿住了。

之前得知许如清和那男人在一起的时候，周问渠闹过。她问他："为什么？"

大概是因为他们在一起的时间太久了，太熟悉彼此。

从出生就认识，小学、初中都在一起上；她去摆摊他就做她的保护神，他去打架她给他贴创可贴；偶尔和父母吵架，他总是躲到她家里；她青春期的第一包卫生巾，还是他给买的呢……

她问他为什么。

别人或许不懂，但是这十几年的相处，她明明是懂的。

周问渠等了一会儿，看那扇窗的灯灭了。

他终于死心，转身要走。身后却忽然传来一阵门窗被打开的声音。

许如清喊："问渠，别回头，跑下去。"

周问渠的脊背一挺，终是往前昂首阔步，没有转头。

周问渠打算复读。

这个决定当然不只是因为许如清。

他脑海里闪现很多很多人和很多很多话。

孟亓说："渠哥，你才十九岁，只要你想，我们殊途同归。"

柄子说："一定要读书，好不好？"

周问渠到天台上静坐，手机里循环着一首歌，叫《乌兰巴托的夜》。

思绪辽远。

他看到远处天将破晓，城市即将醒来，他忽然意识到，大家都在往各自的人生道路去了。

父亲回归家庭，孟亓回归校园，柄子去了天堂，许如清找到了家，好像只有他一个人还在原地打转。

周问渠觉得自己不可以再这么下去了。

手机里在唱歌，他跟着低声地和。说起来有意思，这歌词太耳熟，好像刚刚才听人说起过："我用奔跑告诉你，我不回头。"

番外二

黑色笔记本

一

你把这个本子递给我的时候，我怔住了，那种从睫毛到血液的静止，虽然只有一秒钟，我却忽然明白了什么叫“刹那即永恒”。

看你昂首阔步地重新踏进人群中，只是看你的背影，便认定你是个所向披靡的人。

想到遇见你的那一天。

风汹涌，云甜蜜。

有人说，人类的本质是“海水，月亮，和一些心碎”。

你却不是。

你身体里，装的是“山峦，骄阳，和完整的无畏”。

二

竞赛冲刺期我们一起上课，你坐在第一排。老师如果抛出一个刁钻的问题，大家便会忽然统一噤声。

唯有你，像个棒球队里的捕手，不让问题落地。

每当你认真和老师探讨知识的时候，我都觉得不可思议，不是惊讶你的灵敏，而是感叹你的精力。

专注、大胆、机敏、无畏……这些词在初冬的迟暮里摇曳，又像一颗颗粒子构成了你。

我确定了，你身体里一定装了一座山峦。

三

你把头发剪短了一点，马尾高高地扎起来，发尾会扫到脖颈。

不知道为什么，这样的发型，总会让我想到从小到大的“好学生”们。你注意过吗？好像大多数学习好的女同学，马尾都是这个长度的。

但你梳起来，更好看。

四

我们终于有了一张合照，不知道这会不会是最后一张。

这场竞赛，我以 0.5 分险胜，并列第二。

我知道以我原本的实力，站在台上的本不该有我，可是因为有你，所以我也奋力站上来了。

你就是我的船长。

五

班长说你最近有了个新的外号，叫“圣女”，一中的圣女。

他们说烟城的高中生，几乎有一大半都是知道你的，你在金字塔尖上长久地屹立着，好像没什么可动摇你。

你简直成了一中的一张名片，前几天学校让你拍了招生杂志，立刻有电视台邀你上节目，据说还有不少影视公司想签你。

你太好了。

六

我这天中午没回家吃饭，在外面闲逛的时候遇见了你。

当时门口有两个男生和你面对面站着，水泥地里有星星点点的血迹，草地里不时传来小猫的呜咽和嘶喊声。我迅速判断出那两个男生在虐猫，而你应该是冲出来制止了他们。

你看起来一点也不着急，可我急坏了，忙拦住一个同学，让他叫保安。

你和那两个男生在对话。

高一点的男生好像在骂你多管闲事，而你像个雄赳赳、气昂昂的女战士一样，鄙夷又大声地问：“管你怎么了？”

高个男过来推你，我赶忙上前，才刚迈出一个步子，就听你昂着下巴大声吼：“你动我一下试试！”

高个男还真的撸起了袖子，矮个男抱着他，劝他住手。

推拉之中，我忍不住要跑上前把你护在身后，还好保安正好赶到。

看到保安跑到你们身边，我才发现我身上已经满是汗水。

我真想上去指着你的鼻子骂你一顿，你怎么那么冲动啊？！如果没有人保护你，你该怎么办呢？！

晚上睡觉的时候，我又梦到这件事。

在梦里，我冲上去了，勇敢地站在你面前，吼道：“你动她一下试试看！”

醒来之后，万般惆怅。

我只好写下这些文字。

梦代替我勇敢，文字代替我表达。

七

今天我就要离开这座城市。

春天到了，请你好好盛开。

八

居然是你。

可你为什么不记得我？

我连你记忆中缺失的拼图都算不上吧？因为我好像从未来过。

又开始“丧”了，我怎么又“丧”了？

九

今天我脑海里反复都是这首诗——

我把石头还给石头

让胜利的胜利

今夜青稞只属于她自己

一切都在生长

今夜我只有美丽的戈壁 空空

姐姐，今夜我不关心人类，我只想你

十

刚刚看到微博有人说“没能拥有过任何一个男生的青春而接下来遇到的都是爱过别人的男生”。

愣神了片刻后，我有一点庆幸，还好，还好，你也有爱过别的男生。

宋明扬不值得我嫉妒。

十一

为什么不能回头看我一眼？

十二

重新睡着，做了一堆梦，可这些梦里全部没有你。

我想与你一起看烟花落在眉梢上头，再听着踩雪声一步步走到灯火通明处。

十三

桃子，夜深了。

为了让自己看起来没那么寂寞，我出去唱歌了。小型派对上有人点了《很爱很爱你》，我唱得不好，可还是唱了。

这会儿满脑子都是歌词，忽然睡不着了。

十四

桃子，我要去找你。

那天我对你说“你要知道，今天过后，很多事都变了”，并非随口一提，我不再满足于现在这样。

新年快到了，我不能在一个新的未来，也失去你。

未来见。

后记

这本书写在春天。

在我心里，春天总是特别的。

春风的气息是那种不是很冷冽的凉意和那些不是很灼热的暖意，混合起来的气息。这种冷与热交织的感觉，就像一个浑身冰冷的、属于冬天的人，慢慢融化在春光里。

融化的过程中，其实有点痛。

不知道从什么时候开始，我需要很努力才能适应春天，这感觉，就像长时间处在黑暗里，乍一见光会刺眼。

以往沉郁的时候，我总是会写出“我也寥落、神伤，如一颗孤星坠逝”这类矫情的话。

然而这次，我不想放任自己的消极，我产生一个念头——如果春天不能温暖我，何不让夏天安慰我？

于是我写了这个故事。

我给这本书的定义是加缪的那句话——我的生命里有一个不可战胜的夏天。

这句话与季节无关，正如故事里其实大部分时间都在过冬天，但在冬日大雪漫天的时候，孟亓对陈西桃说：“你来之后，我永远在过夏天。”

孟亓说出了我想表达的，即：“我们期待的，从来不是所谓的春天或夏天，而是爱。”

没有爱，春夏与秋冬何异？

内心装着一颗月亮的孟亓，遇到了内心装着一轮骄阳的陈西桃，开展了一段稀松平常的故事。

谁能不爱太阳呢，谁爱上一个热烈而美丽的人会需要理由呢？可谁又能拒绝月亮呢，谁面对皎洁的月亮会不动容呢？

于是太阳和月亮相爱了。

不管怎样，我很喜欢这个故事，喜欢到可以接受它的瑕疵。

因为它调节了我，避免了我再一次在春天融化。

这几年我既没学来剑走天涯的本事，也没留住枕石漱流的野逸，既学不会讨巧，也没学会转弯。遇到事便只会横冲直撞，受了伤，要么便咧嘴笑笑，要么便咬牙死撑，不懂得喊疼。

还好文字是我的乌托邦。

希望文字也是你的乌托邦。

多谢打开这本书的你。

哪怕你从中体会到一点点的幸福或快乐，我们彼此就值得一声，幸会。

最后，希望有一个盛夏般的人光临你的世界，从此之后，你永远在过夏天。

如果没有，希望你的身上，有一个不可战胜的夏天。